岩　波　文　庫

31-222-2

老女マノン・脂粉の顔

他　四　篇

宇　野　千　代　作
尾　形　明　子　編

目　次

脂粉の顔

横浜の羽二重《はぶたえ》輸出会社の支配人である瑞西《スイス》人のフバーから、カフェの給仕女のお澄《すみ》が月額六十円の手当を宛《あて》がわれる談合には、なんら明白な条件というものはなかった。

その晩、フバーはひょっこりと店へ這入《はい》って来てパロアの肱掛椅子に腰を下したきりで、ちびちびとキュラソの洋盃《グラス》をなめずっていたが、突然流暢な日本語で、

「一体貴女《あなた》は、一ヶ月に何程《なにほど》かかります？」

卓子《テーブル》から三尺くらいの処《ところ》で、片足を片足に凭《も》たせかけるように組んでちょっと気を惹く様子をしながら、銀盆の縁《ふち》をぐるぐる廻していた手を止めて、お澄はちょっと怪訝《けげん》な顔を挙げたがすぐ持前《もちまえ》の派手な笑顔に返って、

「六十円はなくっちゃあねえ、」

と言ったのだが、無論格別の成算もないほんの出鱈目《でたらめ》に過ぎないのであった。

「ほう、」

と、フバーはお澄の顔をしげしげと見詰めた。眼の縁に（お前はとうから眼を附けていたんだぞ！）とでも言いそうな思わせぶりな笑《えみ》を刻みながら、一旦外へ出た。

そして二度目に遣《や》って来た時はわざと店へは這入らないで、玄関ボーイにお澄を呼ば

せたのであった。軽い線画を現わした飾　窓《ショーウインド》の向うから流れる瓦斯《ガス》の微光を顔面斜半《ななめ》分に浴びて、お互《たがい》に突っ立ったままほんの三分間で話を済ませると、フバーはお澄の手に西洋封筒入りの札《さつ》六枚を握らせて、さっさと大股に行ってしまったのであった。

　金銭に恬淡《てんたん》なのか、自分に心を惹かされたのか、それとも一種の術《すべ》なのか、お澄は夜、床《とこ》の中へ這入ってからも、会体《えたい》の知れない異邦人の胸を割ってみたいと思ったが、とにかく、纏《まとま》った金の六十円は有難い事に違いなかった。明日からカフェを止《よ》すのは無論の事だが、さりとてこのままフバーの妾《めかけ》にせられるのでもなさそうだし、何しろ歴然《はっきり》した条件のない曖昧《あいまい》な境遇に置かれるというだけで遊んで暮せるのは実に好《い》い、と思った。

「久しぶりで………」

　とお澄は、彼女の側《かたわ》らに鼠の子のような丸髷《まるまげ》を捻じ向け痩《や》せた片腕を胸に宛てて寝呆《ねぼ》けている老いた母親を見返りながら、朝から晩までの勤めから解放せられる喜びを充分に玩味《がんみ》するような笑《えみ》を浮べた。

　翌朝《よくあさ》、お澄がたっぷり寝《ね》呆《ほう》けた眼を土鼠《むぐら》のような眩《まぶ》しさを感じながら見開いた時は、日は高々と昇っていた。薄ぼやけた眠《ねむり》の中で確かに母親から呼び起されたような気のする、その速達郵便の水色封筒が、少し向《むき》の曲った塗枕《ぬりまくら》の横に喰《は》み出ていた。下手《へた》な鉛筆の片仮名書きのそれは一目で日本字に馴染まないフバーの手跡《て》だと解ったが、午後から目黒の大《だい》競馬を見物しようというのであった。

指定せられた停車場へ行ってみると、フバーの外《ほか》にもう一人見知らぬ娘が立って此方《こちら》を見ていた。

お澄はまるで予期しなかったこの美しい連れをちらと見ただけで、ある本能的な不安に襲われた。（碌《ろく》でない）事が起りそうであった。（粟粒《あわつぶ》ほどの値打もないお前のお蔭で、私達はさんざ待たされたのよ）とでもいう風な白眼《しろめ》に似た一瞥《いちべつ》をくれて、その娘はフバーを促しながらずんずん先《さ》きへ行ってしまった。その後姿を見詰めたお澄の顔の無意識に浮かんだ愛嬌《あいきょう》笑いが、片頬の隅で阻《はば》まれて泣き出しそうな皺《しわ》を刻んだ。

三人がボギー電車に乗って一側《かわ》にずらりと列《なら》んで腰を下した具合は、実に妙な取合せであった。真中《まんなか》に挟まれたフバーは好いとしても、左右の女同士は全く変であった。なよやかな羅《うすもの》の着物を、小さい骨組の形よく盛り上った肉の上にぺったりと吸い附いたような具合に、無雑作にだが一分《ぶ》の隙《すき》もなく着こなして、しなしなとフバーへ寄り添いながら、少し巻舌の甘い声音《こわね》で絶間なく饒舌《しゃべ》っている娘に較べて、お澄はカフェの瓦斯の光りの下ではどうかこうか誤魔化《ごまか》しの利《き》いた新《しん》お召《めし》の単衣《ひとえ》の、脊負揚《しょいあ》げの処や小股《こまた》の辺りが少々汗染みて染色の斑らでさえある自分の身態《みなり》に致命的のひけ目を感じた。

その身態でのひけ目を顔ででも償《おぎな》いたいつもりのお化粧が、だいぶ薬が利きすぎてぱっと開いた濃い脂粉《しふん》の牡丹《ぼたん》の花の様な顔が首から上で戸惑っていた。その上に一遍《ぺん》ぐしゃっと潰《つぶ》された気持は容易にほぐれて来そうにもなかった。電車が停《とま》ってからかなりの坂を上って行く途次でも、一言の軽口さえ言えないのが忌々《いまいま》しいほどであった。

会場へ着いてからは、お澄のいる事が全く忘れられた容《かた》ちであった。小憎《こにくら》しいほどな自由さと、しかも異邦人には気附かれない程度に気取った無邪気さとで、その娘の饒舌《おしゃべり》が、一心《しん》に見入っている辺りの見物の眼を、馬が走り、仆《たお》れ、躓《つまず》き、嘶《いなな》く、めまぐろしい空地《くうち》から奪ってしまうほどであった。

と、娘はその場で知り合いになったすぐ前の席の老紳士の脊中《せなか》をぐいぐい押し初めた。ちょうどデスクにするのに都合の好い角度にまで、うんうん声を挙げて赧《あか》くなりながらその脊中を押し曲げただけで、辺りの人を他意のない笑いに引込ませるのに充分であった。が、彼女はもっと念の入《い》った悪戯《いたずら》を始めた。

何時何処《いつどこ》で摑《つかま》えたものか、娘は自分の化粧バッグの中を探って一匹の蟬《せみ》を取り出した。その裸のチョキンと羽を切られながらそれでいて死に損っている蟬を、例の老紳士の脊中を曲げたデスクの上に一枚の紙を拡げて、その上に食指《くすりゆび》で押え附けた。

何が始まるか、この凝《こ》った悪戯が終り次第洪水のような笑声《しょうせい》を浴びせ掛けようと用意した幾つもの顔が、ちょいちょい競馬の方へ気を惹かれながらその蟬の上へ集っている事を充分に意識の中《うち》へ入れて、娘はわざと落付いて小さい万年ペンで蟬のまわりを丹念に描き始めた。そうして、幾つもの動物教科書中の挿画のような蟬が出来上ると、

「ね、ねえ、貴方《あなた》蟬の複製は要らない？」

とこう、例の甘い調子で辺りの見物人へ紙を千切《ちぎ》っては遣るのであった。

ちょっとの間、その奇妙な贈りものの上に皆の眼が注がれている時、突然、

「ひえっ！」

と、まるで咽喉《のど》笛《ぶえ》に嚙み付かれでもしたような叫び声が起って、例のデスクにされていた老紳士が棒立ちになった。そして横撲《よこなぐ》りに倒れた彼の椅子の側には娘が、喇叭《らっぱ》の口から吐き出されたような笑声を立てて体中を揺《ゆす》り上げているのであった。

やがてその騒ぎは、悪戯者の娘が老紳士の隙を覗《ねら》って先刻《さっき》の蟬を、たった今彼女からもらった蟬の複製をしきりに見入っていたその首筋からそっと這わせたので、もうその時には脂《あぶら》っ濃《こ》いそれでいて髯《ひげ》むしゃの背中の皮膚をだいぶ下まで、むず搔ゆい六本の昆虫の脚が這っているのだという事が解った時、踊り出したサンタクロースのお爺《じ》いさんのような老紳士の変な腰付きに、皆《みんな》は破れるような喝采を浴びせ掛けた。

この騒ぎには流石《さすが》のお澄も笑わせられたが、このグループでの自分のぶまな地位が歴然《はっきり》と解って来た。どんな役割を演じるために、この美しい騒々しい娘のお伴《とも》をしたの

か？ と思うと堪《たま》らなかった。同時に、何時《いつ》もあのカフェの瓦斯《ガス》の光りの下で彩色《さいしき》美人の誇りを恣《ほしいまま》にした境涯が如何に安易なものであったかを、今更《いまさら》らしく思い返さずにはいられなかった。

「如何《どう》です？ このリスのような娘の可愛らしい事は、私の連れですぜ。」

とでも言いたそうな柔かい微笑《びしょう》を含んで、娘の辺りの人達に絶えず眼を配っていたフバーが、如何《どう》かした拍子にお澄と顔を合わせでもすると、狼狽《あわ》てて眼を反《そ》らすであったが、そのちらと閃《ひらめ》いた眼光には見逃せない気難《きむずか》しさがあった。（お前なぞ、何処へでも消えてなくなってくれ）とでも言っているようであった。

見物の間中、彼は碌々《ろくろく》お澄と口も利かないのであった。

こうしてお澄は最後に、娘とフバーとの間に避暑とも避寒ともつかない気晴らしの温泉行きの相談が出来上ったのをまで、側《そば》にいながら聴かなければならなかった。それでいて、こうした拙《まず》い気分に滑り込んで来たのは、何が始まりか何が終りかてんで見当が附かないのであった。

彼女は、浮かない顔をして母の家《うち》へ帰って行った。

その翌朝《よくあさ》、お澄は気が進まないながらもなんとなしにそうしなければならないもののように思ったので、既《も》う会社に出ているはずのフバーに電話を掛けてみた。そして、二《ふた》言目《こと》には吃《ども》るようなぎこちなさで、一昨夜は思い掛けない御同情に預かってお気の毒に思った事、昨日《きのう》は大変愉快であった事なぞ、叮嚀《ていねい》に述べたのであったが、相手は気乗りがしないどころか返辞すらごく偶《たま》にしかしないくらいで、その時の彼がどんなに気難しいのか眼に見えるようであった。

その夕方、また速達で、予期してはいたが、あまりに早過ぎるフバーからの絶交状が来た。

が、お澄には彼女の牡丹《ぼたん》の花のような脂粉の顔が、秋の真昼間《まっぴるま》の白光の下でどの程度までの幻滅を感じさせるものか、最後まで解らないのであった。ただ、六十円の手当でも償いのつかない、あるむしゃくしゃした糟《かす》が胸の中へ溜《たま》って何時《いつ》までも取れなかった。

（一九二〇、十二）

墓を発《あば》く

一

村の人々から八丁堤と言慣らされている、桑畑に沿うた高い堤の一本路に差掛った時、若い女教員の吉子は少し尻下りな薄い眉を寄せて遠い行手《ゆくて》を見遣《や》るようにしながら立留った。其処《そこ》から道続きになっている杜《もり》を越した彼方《かなた》から、行進喇叭《らっぱ》の遠鳴りが聴えて来たからであった。

　それはこの頃村人の誰もから噂され待設《まちう》けられていた近い師団の機動演習の喇叭に違いなかった。この、如何《どう》しても避ける事の出来ない兵卒等の長い一隊との行交《ゆきまじわ》いを、想像しただけで吉子は体中が固《こわ》ばるような気がした。狼狽《あわ》てて、後を振返ったり、両側を見廻したり足許《あしもと》を見たりした。まるで犬の子一匹通らない野中の一本路でありながら、格好な隠れ場所をでも探すかのように。

　が、何処《どこ》にも幾百株とも知れない桑の新緑がすいすいと伸び、重なって、土と枝と葉身とが一つの色をなして彼女を囲繞《いじょう》していて、その足許からは八丁堤がうねっているばかりであった。

その間に、水底からでも響いて来たようなぼこぼこと籠った音であった喇叭が、だんだんと歴然《はっきり》近づいて来た。水気を含んだ重い朝の空気を揺るがして、

「ぶ、ぶ、ぶるぶる、る、る」

と鳴響《なりひび》くと、幾百という足音がそれに和して、タ、タ、タタ、と規則正しい音律をしてない交ぜに聴えて来た。見る間に杜の緑蔭《りょくいん》を透して二つ三つ五つ、と玩具《おもちゃ》のような帽子、枯葉色の服、それから機械人形のように動く脚の群が現われて、煙のような砂塵《さじん》がむくむくと舞上った。

やがて、先頭の喇叭卒が赤い総《ふさ》の附《つ》いた喇叭を口に宛てて、両頬をぶざまに膨ませたり凹《へこ》ませたり、また直《じ》きに他の喇叭卒と交替して、喇叭を握ったままの右手を下げ、タ、タタ、と足並揃《そろ》えている、その滑稽《こっけい》な痛ましい赭鉄《あかがね》色の顔が、歴然《はっきり》見えるほどに近づいて来た時は、吉子は路の片側に避けて、じっと釘付けにされたように真正面に向いて立っていた。

毎朝行逢い馴れた二、三の中学生をさえも出来るだけ——道程の損な迂回をしたり、用もない路傍の荒物屋へ立寄ったりして——避けるか、そうでなければ、耳の附根《つけね》まで真赤《まっか》にして行過ぎる吉子にとっては、その予期する事のなかった兵卒の一隊との行交は、あたかも不慮の災《わざわい》に似ていた。彼女は蒼白《あおじろ》い、決心を現わした固い顔を、兵卒等の注視

の中に晒《さら》しながら、ぴりぴりと唇を痙攣《けいれん》させた。彼女には彼女の前を行過ぎている兵卒の顔が、いずれも同じように見えた。然《しか》し、何と長い退屈な一隊であろう、と感じながら立尽していた。

時々、騎馬のや、抜剣の将校が、薄羅紗《らしゃ》の背中に朝日を浴びながら、隊の右側に沿うて行過ぎた。濡れたように黒い靴と銀色に光る拍車とが、馬の腹を鼓《たた》きながら揺れた。先頭の喇叭の響《ひびき》が、兵卒の心に軍規の厳正を告げるのには遠過ぎるほどな隊の後半になって、鬚《ひげ》を蓄えた将校の姿が稀になった。何時《いつ》の間にか列中を、疲労と防ぎようのない惰気が漲《みなぎ》っていた。私語、哄笑、唱歌などの雑音が満ちて来た。一定の調《しらべ》をなさない耳ざわりな足音がバタバタと続いて行った。足を引摺《ひきず》って行遅れた三人五人が、十歩くらい駆けてはまたゆっくりと歩いた。

この時になって、吉子の思いも初《そ》めない注視が降って来た。

「ちょいと、姐《ねえ》さん」

「お伴しましょうか」

「お門が違いましょう——だとよ」

「お安くないね、よう、よう」

「お早うございます、はっはははは」

此等《これら》の不遠慮な罵声は、無制限に拘束せられた彼等の自由に対する無意識な呪咀《じゅそ》であったが、不幸にも多分の嘲笑や侮辱を直接に現わす事にしか役立たなかった。此事《このこと》は、吉子を憤怒で赫《あか》くさせた。彼女は今まで堪《こら》えていた深い羞恥から解放せられる間もなしに、この新らしい圧迫に数分間、呼吸をはずませながら足を地面にたたき付けるようにして歩いていた。

が、やがて或る光景が吉子の心を静めたのであった。彼女は、その時一人のはぐれた兵卒が駆けて来るのを見出した。彼は紫色になったその厚い唇に節くれ立った二つの握り拳を押当てていた。口からは異様な汚物を混じた黄色い液体が、その握り拳、手首、軍服の胸部一体に掛けて、たらたらと流れ出ているのであった。土のように蒼黒《あおぐろ》い顔は苦痛を堪えかねて、深い皺《しわ》の上には脂汗が溜ってぎらぎら光っていた。彼はひた走りに二、三歩行っては、また立留った。そして、ちょっと身を屈《かが》めて両手に粘着した汚物を、路傍の青い草の上に捺《す》りつけた。その弾《はず》みに古ぼけた帽子のひさしが左の耳の上へずり寄ったが、彼はそれを直そうともしないで、光った眼を上げて前の一隊を白眼《にら》みながらひたすら駆けて行った。まるで駆ける事だけが彼の運命ででもあるかのように。

吉子は幾度も振返って、その兵卒のともすれば前に突掛りそうな後姿を見つめた。憐《れん》愍《びん》や何者に対するとも知れない公憤が彼女の胸に芽《め》ぐんで来た。彼女は次第に自分を回復しながら、静かに学校の方へ歩いて行った。

がらんとした校庭の静けさが、始業時刻までかなりの間のある事を示していた。小使の飼馴らした小犬のチヌが、古びた井戸の蓋の上にのってうずくまっていた。滑らかな背のむく毛が日を浴びてしっとり濡れていた。吉子の下駄の音を聴付けて、ちょっと、懶《ものう》い視線を投げたが、やがて、ぶるっと体を一振りゆすって、その小犬は真直《まっす》ぐに吉子の方へ駆けて来た。そして、歩く毎《ごと》にゆらゆらする吉子の袴《はかま》の裾《すそ》にじゃれ付きながら、玄関口まで従《つ》いて来たが、吉子が下駄を脱いで廊下に上ってしまうと、もう従いて上ろうとはしなかった。くんくんともの悲しい諦めを訴えながら、二本の前脚を差伸べ尾を振って、光る茶色の眼だけで、しきりに吉子の後姿を追おうとした。

職員室にも誰一人来ている者はなかった。室の一隅の古びた火鉢に掛けられた鉄瓶が、ちんちんと音を立ててたぎっていた。吉子は末席の彼女の卓子《テーブル》に腰掛けて、暫《しばら》くじっとしていた。明放たれた窓から、村役場のぎらぎら光る瓦屋根と、風にそよいでいる碧梧《あおぎ》桐《り》の高い梢が見えた。

その時、けたたましいチヌの鳴声が、校庭の遥か向うから聴えて来た。続いて、二つのお互にわめき合う叫声《さけびごえ》と、何かを囃《はや》し立てる大勢の子供の喧囂《けんごう》とが、異様な一つの噪《そう》音《おん》となって次第に校舎の方へ近づいて来た。吉子は椅子を押して少し背伸びをしながら見上げた。そして、殆《ほと》んど身を打たれたような小さい叫声を発して職員室を走り出た。

十人より少《すく》ない人だかりが、もうその時は校庭へ雪崩《なだ》れ込んでいた。

一番先《さ》きを唖の久太が走って来た。すぐその後を一人の男が何か大声にわめきながら逐《お》いかけているのであった。久太は雑嚢《ざつのう》のひっ切れた紐を片方懸命に握りしめて肩に掛けて走っていた。中味の重量でだらりと腰までぶら下っている雑嚢が、久太の走るたびに、ばったん、ばったんと彼の尻をこっ酷《びど》く打つのであったが、彼はそれさえ感じていないようであった。彼の垢染《あかじ》みた単衣《ひとえ》の短い裾がまくれ上って、二本の真黒《まっくろ》い裸の脛《すね》が今にも前へのめりそうな速さで飛んで来るのであった。

吉子はかすれた声で、久太の姓を呼んだ。そして、何者にも眼をくれないで走って来た久太の前へいきなり立ちはだかった。久太は咎《とが》めるような白い眼付きで吉子を見上げた。彼はぜいぜいと呼吸《いき》をはずませて、雑嚢の紐を握りしめた右手に、なおさら力を入れてぶるぶる慄《ふる》わせた。彼は何事かを吉子に訴えようとして、なめくじのような、涎《よだれ》で濡れた唇を動かそうとしたが、彼には口を利《き》く事が出来ないのであった。

久太はいら立たしそうに額に青筋を立てて呻《うな》った。

「ああ、ああああ」

それが彼の意志表示のすべてであった。喘《あえ》ぐように口を開いて、白い歯と無気味な赤さとを持った口腔の間から、たらたらと、涎を流した。吉子は久太のひきつった顔面を真面《まとも》に見るに堪えないで眼を反《そ》らした。そして、

「如何《どう》しました？」

と、久太の肩を鷲摑《わしづか》みにして彼を引戻そうとしている男へ、咎めるような一瞥《いちべつ》を向けて云った。

「先生様！」

男の声は悲しみと憤りとに慄えていた。

「久太奴《め》が如何様《いかさま》申し聴かせまいても剛情を張りまいて、はい」

彼は久太の父であった。吉子は彼をとうに知っていた。彼は毎朝、幾つかのたわしを藁縄《わらなわ》に連ねて竹切れの先にぶら下げながら肩にかついで、八丁堤を通って街へ売りに行った。吉子は其処で、屢々《しばしば》見知らぬ男としての彼と行逢っていた。その彼が久太の父であった。

「久太奴が聴かんのでございやす。はい、何ぼう行くなと申しまいても」

彼は同じ事を繰返すたびに、叩頭した。彼の爛《ただ》れた細い眼には涙が浮んでいた。

「此奴《こやつ》のお蔭で手前はこの四、五日仕事にも出られんのでございやす。学校が初まる時刻になると、此奴がわんわん云やあがって、如何しても学校へ行くちうて聴かんのでご

ざいやす。部屋へ押込めといても、格子のめどから覗いて見ちゃあ、近所の子供衆が学校へお行きるのを見ると、気が違うたようになってわめくのでございやす。あげくの果てには、畳をむしったり障子を破ったりして、先生様、全く手が附けられんのでございやす。今日もちょいと、それもほんの、手前が草鞋《わらじ》の濡れたのを干そうと思うて、裏の日向へ出やした間に、往還へ駆《はし》り出よったのでございやす。親に胆《きも》を焼かすのも好《え》え加減にしやあがれ、と思いやすと腹が立って、腹が立って」

ここまで云ってしまうと、彼の声は、激情に負かされたようにかすれてしまった。裸《はだ》けた胸毛の辺りまでが、憤怒で火のように赤くなっていた。未《ま》だ言い続けようとして、黄色い歯の露出した下顎をがくがくと動かしていたが、頬の筋肉が固ばってしまったのであった。

吉子は彼のこの話しをのみ込む事が出来なかった。久太が学校へ行きたがるのを如何して久太の父が拒止しようとするのか解らなかった。一室へ監禁してまで拘束する必要が何処にあるのか解らないのであった。

唖の久太と言うけれども、久太は決して真実《ほんとう》の唖ではなかった。「ア」と言う母音に近い或るごく少数の限られた音だけではあったけれども、とにかく、発音し得るものを持っていた。その上に他人の言葉は能《よ》く理解した。彼を完全な不具者として、その就学を拒む理由は何処にも発見せられなかった。久太ひとりしか子供を持たぬ老いた父の希望は容れられて、久太は三年以前に、この村の小学校に学籍を置いた。彼は三年間を透して同一学年にいた。彼の年齢に似合わぬ大きな図体は、校庭の真中《まんなか》や教室の隅で、教師生徒の差別なく皆の嬲《なぶ》り物になった。にもかかわらず彼は学校へ出る事を喜んでいた。そして、未だ誰一人登校する者もないような朝早くから、というよりも彼の眼が開いて、彼の前に朝日が昇るとすぐに、学校へ出たがった。

そして、広い校庭を斜めに、或《あるい》はぐるぐると廻って、

「あ、ああ、うあ、うう、う」

と呻りながら、駆け抜けるのであった。その時の彼の眼は空に向いていた。誰にも知る事の出来ない彼一人の喜びが、その面に輝いていた。やがて始業の鐘が鳴って、整列した全生徒が各《おのおの》の教室に進む時、彼は、その音高い無数の足の音律を享《たの》しむように、少しばかり首をかしげて、口を開き眼を見張って、皆に従って進んで行くのであった。教室に這入《はい》ってからの彼も、なんら静粛を破る事は無かった。何《ど》の点から見ても彼は学校そのものの空気を好んでいるらしかった。久太のこの様子は、先《ま》ず誰よりも、彼の父親を喜ばせたのであった。勿論《もちろん》学校としても、この大人しい不具者を他の生徒の邪魔者として退ける道理のあろうようもないのであった。その久太を今、彼の父は学校へ遣るま

いとしているのであった。

「如何《どう》して河井さんを学校へ寄越さないようになさるんですか?」

と、吉子は久太の毬栗《いがぐり》頭に手を置きながら、静かに彼の父に聴いた。河井とは久太の姓であった。

その時、久太は涎液で濡れたその胸を吉子の袴に殆《ほと》んど摺り付けるくらい、ぴったりと寄り添って、彼の汚れた左手で吉子の袴の紐を撫《な》でていた。その眼は他愛のない眼たたきをして時々、吉子の顔を見上げていた。そこに、教師から特に自分ひとりが愛せられている事を、信じ切っている幼稚な表情があった。吉子は久太のこの眼を感じていた。無意識に彼の頭を撫でている間に、なんとも言えない愛撫の情が吉子の心に湧いた。

「河井さんは学校じあほんとに大人しくしていますよ。それに今頃では……」

「先生様!」

と久太の父は腹立たしそうに、殆んど叫ぶような声で吉子を遮った。そして再び、その黄色い歯とともに厚い唇と下顎や突出して、投げ出すように言うのであった。

「先生様! 明日は知事様の試験があるのでございやしょう」

「試験ですか?」

「はい、校長先生がそうお話しなされまいた。そん時、手前は仕事に出掛けようと思うて、門先きに出ておりまいたが、校長先生はわざわざ手前の家までお出でんされまいたので……はい、そうしてお話しなされやすのには、今度の試験は大切な場合じゃから、久太奴《め》が粗相《そそう》な事でも為出《しで》かしよると大事になるで、試験が済むまでは学校へ出さんように、とくれぐれもおしゃられまいた。久太奴が粗相でも致しまいては、ほんとにどえらい事になろうも知れやせんで」

と、終りを独言《ひとりごと》のように呟《つぶや》いた。それに依って彼の微《かす》かな鬱憤《うっぷん》を晴すかのように。

吉子はすべてを理解する事が出来た。何者かに打たれたように、この惨めな父子の悲哀を感じた。

この事は二ヶ月も前から告知があった。特に児童教育の更新を期するという事に依って、県下の各教育当事者を喜ばせるよりも、むしろ恐怖させたという、新任県知事が、県下の全小学校に一斉に一定の試験問題を課して、各校生徒の成績を徴し、その結果によって、各校教師の日頃の訓育ぶりを調査しようというのであった。この種の挙行は、新任知事の或る野心、虚栄心、衒気《げんき》を満足させるに充分であった。が、彼にとっては単なる思付きであり、殆んど気紛れに近いものであったにしても、各小学校長にとっては致命傷を与えるものになるかも知れないのであった。彼等は死物狂いになるより外は無かった。一に彼等自校の成績を挙げたいと言う願望は、露骨な醜汚な野望に変じるのが当然であった。彼等は手段を撰ばなかった。試験当日までにあらゆる術策が廻《めぐ》らされた。かくてこの児童教育の更新計画は、知事から各小学校長に、各小学校長から各受持教師に、受持教師から無数の罪のない児童の頭の上に、得体の知れない圧迫となって叩き落されるのであった。この僻村《へきそん》の小学校でも、告知の発せられた日から全二ヶ月間というものは、正しい意味の薫陶は尽《ことごと》く破棄せられた。何事もただ「当日」のための準備であった。校長は声を挙げて部下教員を叱咤《しった》した。

老いた小使は、喘ぎながら広い校庭の隅々を駆けずっては、生繁《おいしげ》った夏草の太い根を鍬《くわ》で起した。時々彼は腰を伸して鍬の柄に縋《すが》った。暫くして溜息《ためいき》を吐《つ》きながらまた草を掘った。この老いた小使の酷使は「当日」のためになされた。試験の監督のために各校へ県から派遣せられるはずの視察官の眼が、この清潔なる校舎校庭を見るためであった。

受持教師は試験に出そうな問題を発見する事に腐心した。そしてそれを叩込むようにして児童の頭の中に入れようとした。彼等は極端に神経質になり疳癪《かんしゃく》になった。彼等のいら立った眼の前に、泣き出しそうな児童の無数の顔が列《なら》んでいた。

子供達は遅くまで残されて、骨のしゃぶり滓《かす》ほども興味のない同じ教課の連続を口ずさまなければならなかった。子供達は時々、ちらと眼を動かした。そして教室のガラス窓から赫《あか》く焼けている西の空を見た。温《あたたか》い飯の匂《におい》と犬の鳴声とが彼等を待っているようであった。

すべては何と言う悲惨な光景であったろう。其処《そこ》にはただ、叱り飛ばしそうな顔と泣き出しそうな顔としか見出されないのであった。此等《これら》が教育の更新と言うのだという事を、誰が真実と思うであろうか。

吉子の頭を、この二ヶ月来去った事のない疑惑が掠《かす》めて通った。今、久太の父が言っている通りであったならば、次の事を推断するのに難くないのであった。久太の出席という事は、久太の属している学級の平均成績点数を能《あた》う限り高めるためには、明らかに邪魔であった。それにしても、校長自身がわざわざ足を運んで久太の出席を拒止したとは、吉子には想像する事も出来ない無謀としか思われない事であった。然《しか》し今更《いまさら》久太の父を慰める術《すべ》は見出されないのであった。

その時、彼等《かれら》三人の周囲には子供等の物珍らしそうな眼が次第に増していた。吉子は両手を挙げて彼等を追遣《おいや》るような手附きをしながら、厳しい口調で言った。

「皆、彼方《あちら》へ行っていらっしゃい！」

が、彼等は直《じ》きに蠅のようにたかって来た。とり捲《ま》きの後にいる子供等は、眼をむいたり舌を出したりして久太を玩弄《もてあそ》ぼうとさえした。これらは久太の父を怒らせた。彼はまた、小《こ》っ酷《ぴど》く久太の肩先きを小突いた。遂に、久太の垂下った兵古帯《へこおび》の結目に手を掛ってしまった。

けて、力任せにぐいと引いた。久太はよろよろと後によろけたが、見る間にぺたっと坐

「貴様はなんちう外道じゃい、親に好《え》え恥を晒さしあがって……」

彼は殆んど泣声で言いながら、土の上をずるずると久太を引摺《ひきず》り初めた。そしてもう一度凄い爛《ただ》れた眼を光らせながら周囲の子供達を睨《ね》め廻した。

「何を見てやあがる！」

と、彼が顔を挙げた拍子に、今まで樹蔭《こかげ》をうけて暗かった顔面斜半分の太い瘡痕《きずあと》が、白く浮き上って見えた。

子供は一度にばらばらと散って行ったが、二十歩ばかり遠くへ走ってから、雨のような拍手を浴せ掛けた。けたたましい久太の号泣がそれに和した。チヌまでが何処《どこ》からか走り出てしきりに吠え立てた。

急に、子供達が鳴りを鎮めた。青い稲田の畔を坂本校長が、深張の黒い洋傘《こうもり》に朝日をうけながら静かに此方《こちら》へやって来るのが見えたからであった。

「何と言う騒々しい事だ！」と彼の眼が言っているようであった。彼は一瞥で、この光景を理解したようであった。彼は極端に不機嫌な表情をして、罵《ののし》りわめいている久太父子から廻りにたかっている生徒の群を見渡し、最後に未《ま》だ去りかねて其処にぼんやり

立っていた吉子に、詰問《きつもん》するような一瞥を与えて通り過ぎた。

吉子は暫く立尽したままで、校庭の一隅に眼を遣っていた。其処ははっきりと箒《ほうき》の縞目がついて綺麗に掃かれていた。村役場の庭から飛んで来た梧桐《あおぎり》の青い葉が二枚、ころがっているだけであった。麗《うら》らかな朝日が校庭一杯に白い光を投げて、地上のキララの細片が、チカチカとその光を跳返《はねかえ》しているのが、吉子のぼんやりした眼頭に映って来た。また遠くの方から久太の獣の鳴声に似た号泣がこだまを返して聴えていた。ひっくりかえしになった久太の麻緒の下駄が片方転っていて、其処から久太の引摺られて行った跡が、箒目のような筋をなしているのであった。

二

吉子の前に現われたその朝の二つの出来事の間には何の関聯《かんれん》もない事でありながら、吉子は妙に二つを結び合わして考えそうであった。そして幾度も、

「不可《いけ》ない、不可ない」

と心の中で呟いては頭を振ったが、何が不可ないのかはっきりしないのであった。今も教室の側の廊下を歩きながら、教案と教科書を持った右手で、無意識に袴《はかま》の脇を叩いてはぼんやりと考え続けていた。

その時、一人の女子が、小犬のような速さで殆んど吉子と衝突しそうな勢《いきおい》で彼女の側を駆抜けたのであった。吉子はひょいと振返った。それは尋常二年位の女生徒であった。吉子が振返ると同時に、その女の子の頭が後に振向いた。その瞬間に女の子の顔が真赤《まっか》になり、眼が或る咎《とが》めを予期するようにおどおどした。それはほんの一瞬間であった。女の子は前にも増した速さで、廊下の曲り角に風のように消えてしまった。彼女の痩《や》せた腰の上で激しく揺れた草色の帯が、吉子の眼にはっきり残った。吉子は以前にも、その草色の帯の揺れる小さい後姿が駆《はし》って行くのを、矢張《やは》りこの廊下で見たような気がした。

彼女は、また前のように頭を振りながら、彼女の教室へ這入《はい》ろうとした。

教室には、彼女の受持の尋常三年の女生徒が、三十分の体操を済ませて、これから残り三十分の唱歌を教わるために、吉子の這入って来るのを待っているはずであった。然し子供等は待っているのではなかった。先生の廊下を遣って来る姿が、教室のガラス窓越しに見えるようになるほんの一秒前までの其処には、女の子らしい囀《さえず》るような燥音《そうおん》が湧き上っていたのであった。先生の姿が見えるや否《いな》や、彼女等は半分話し掛けた口喧嘩や、午後の遊びについての約束や、誰彼の噂話しの饒舌《おしゃべり》などを、さらりと捨てて、静かな生真面目《きまじめ》な、けろりとした顔を列《なら》べるのであった。

吉子はこの教室へ這入りたての空気を好む事が出来なかった。未《ま》だ九歳にもなり切らない女の子等が、こうした白々しい技巧を知っている事を知るのは、堪えられない不愉快な気分を誘うのであった。そのために吉子は何時《いつ》でも、打解けた微笑を以て授業を始める代りに、気難しい顔になってしまうのであった。そして極めて低い声で授業するのであった。彼女のこの暗い気持は、幼い、敏感な子供等の心へすぐに反映しないではいなかった。吉子の受持児童は授業中、殆んど笑う事はなく、大きな声さえ立てなかった。吉子は自分の瞳が時々、子供達の眼の上に冷水のように注がれているのを感じては、はっとなった。この如何《どう》する事も出来ない、彼女自身の性格的な冷めたさに、或るうそ寒い淋しさを感じるのであった。

その時、子供等は唱歌を教わるために待っていた。子供達はこの二ヶ月間というものは彼女等の好きなオルガンの響を聴く事は殆んど無かった。先生の透通《すきとお》るような声に連れて、四十三人のからみ合った愛らしいコーラスが、彼女達の耳へものなつかしい響となっても一度戻って来る、その肉声の渦巻を、上眼を使いながら思い出そうとした。彼女等は、全く、唱歌に飢えていた。この二ヶ月を通して彼女等の前には、唱歌は勿論《もちろん》修身、書方、綴方《つづりかた》、図画、すべて来るべき一斉試験の課目に縁遠いものはすっかり禁じられてしまっていた。読方と算術だけが数える事の出来ないくらい繰返された。彼女等は渇いた咽喉《のど》を鳴らすようにして唱歌を教わりたがっていた。こんな子供等に対して吉子は、前日、過度な授業を強いた報酬として、今日のこの時間に唱歌を遣《や》る事を約束した。然し、彼女が今朝、何気なく校長の手から彼女の教案をとって見ると、彼女が立てた教案の最後の時間は、赤インクの斜線が二本引いてあった。その末尾に、同じ赤インキの小さい字で「唱歌は明日の準備に繰替うべし」として、校長の朱印までが捺《お》してあるのであった。

吉子は心が締めつけられるような息苦しさを感じた。「先生でも時々嘘を吐《つ》く事がある」という事は、子供等の頭に、異様な印象となって浸込むのであった。彼等は、この事を、恐らく、二十歳になっても憶えているに違いないのであった。

「先生、唱歌は」

「唱歌じゃあないんですか」

「私は唱歌帳だけしか持って来ません」

これらは、生徒が教師へ向って言うべき言葉から脱した野生の声であり、幾らかの反抗を交えた怨声であった。それを押え得るものは教師の人格ではなかった。まして温情や、親愛では決してなく、ただ巧妙な瞞着《まんちゃく》だけが、役に立つのであった。然し、その巧妙な瞞着をさえも、子供等は余りに敏く知ってしまうのであった。

こういう場合の吉子は、子供等を瞞着し了《おお》して苦々しい気分を味うよりも、むしろ、彼等の上に教師として許されたすべての圧迫を加えて、彼等の口を閉じさせる方法を撰ぶのであった。これは、より以上に子供等の心をいじけさせる事になるのかも知れない、と思いながらも、吉子はこの偽瞞の空気の中にいるよりもましだと思うのが常であった。

「それは恐ろしい事ではないか」と何者かが言っているようであった。

子供達は沈黙した。かくて、彼等の小さい胸の中には、強いられた服従に対する声のない反抗が、蔵せられるのであった。恐らく彼等自身も心付かず、教師も心付かぬ間に、この反抗は次第に培われて行くのであった。

何事にも無関心になり得ない吉子にとっては斯《か》くして始められた授業はますます不愉快になって行くのであった。

「人間が人間を教育するという事は、少くとも自分にとっては恐ろしい事だ。許されない僭越だ。単に何事かを注込み、それを受容《うけい》れしめる、それだけの仕事をするに過ぎない者を教師と言うならば、教師は一つの機械として存在するだけであろう。其処にはなんら心霊の関係するところがない。人格的な感化も徳育もない。動き、動かされる心霊は手を束ねて引下り、ただ機械的な智育だけが残される。そういう意味の単なる教授は、如何《いか》にも容易な事に違いなかろう。然し、教師は、到底《とうてい》機械として存在する事は許されないのだ」

子供達は固い木机に突伏すようになって、読本の漢字の書取を遣っていた。吉子は彼等の腰掛の間を通り抜けながら、毎時もの考えに耽《ふけ》っていた。

子供達は時々頭を挙げて、殆んど聴取れないくらいの溜息を吐いた。それが、彼等に許されたすべての倦怠《けんたい》の表示であった。

彼等のめくり返そうとする読本の頁《ページ》は、幾度も繰返された指の摩擦のために、汚れて所々切れていた。雪という文字の次に雲という字が抜出されており、次に吹くという字、降るという字、次が何、何という事まで、彼等がすっかり諳《そら》んじてしまうくらい繰り返された書取であった。彼等は、この書取を、囚人に課せられた麻糸つなぎの仕事のように、嫌悪し、倦々《あきあき》した。教師の眼の届かない処《ところ》では、読本の下に隠してあった「幼女画報」が少し引出してあった。彼等のノートに書いてある漢字の綺麗な行列の次の頁には、彼等の自由画の「りぼんを結んだお嬢さんの頭」が描かれてあった。彼等の胸を叩いたなら言うであろうと思われた。

「私はもうすっかり覚え込んでしまったもの」と。

今朝、始業前に坂本校長は部下教員を一堂に集めて訓示した。「今日こそは諸君にとって最後の五分間である」と、而《しか》して、吉子の今臨んでいる時間は、最後の一瞬間であるかも知れないのであったが、それは、小さい欠伸《あくび》によって報いられようとしているのであった。

此処《ここ》に、教育界全般を通じての鉄則である劃一《かくいつ》教授が露骨にその弱点を示していた。或る者は、その教課の単純無趣味に倦々した。何もかも喰い足りないものばかりであった。にもかかわらず、より劣等な子供達のお相伴《しょうばん》に、ずるずると落ちて行かなければならぬ境涯が情なくなった。また或る者は、その教課の過当、難解にその乏しい脳漿《のうしょう》を絞り上げられ、より優秀な子供達のお相伴に、耳朶《みみたぶ》を引張り上げられ、及ばない爪立ちをさせられなければならぬ境涯を涙ぐましく考えていた。お互いに全く違った意味で、堪え難い倦怠に襲われた。斯《か》くして教室の中には、如何《どう》する事も出来ない惰気が漲《みな》ぎるのであった。この惰気が吉子の最後の一瞬間を覆うてしまった。子供達が耳を聳《そばだ》てて待っていた終業の鐘がカンカンと鳴った。

「さよなら！」

「先生さよなら！」

「さよなら！」

それは何と言う活々《いきいき》した声であったろうか。彼等は雪崩《なだ》れるように校門を眼掛《めが》けて走った。赤い袴、青い裾廻し、黄色い帯が跳ね返り揺れ上った。それは何と言う潑溂《はつらつ》たる光景であったろうか。

「心霊の開係する事のない、単なる機械であり得たなら」と吉子はまた考えた。この愛すべき子供等の後姿を見送って、苦々しい悔を感じる事はなかったであろうと。

今日一日の恐ろしい仕事は終ったが、明日はすべての教師と子供の上に大きな鉄槌《てっつい》が振翳《ふりかざ》されるのであった。吉子は何とも言えない肉体的な戦慄《せんりつ》を感じたのであった。

三

吉子が校門を出たのは日がとっぷり暮れてからであった。彼女は校庭の木柵にカチカチと洋傘《こうもり》の柄の先を当てながら、無意識に歩いていた。彼女は非常に疲れていた。町にある彼女の家に帰るためには、一里余りの単調な道程をとらなければならない事は、彼女に何とも言えない憂鬱《ゆううつ》を感じさせた。その上に彼女の家庭の重苦しい空気がなおさら吉子の歩調をにぶくするのであった。

彼女の足は知らず知らず、小さい流れに沿うた小道を歩いていた。その小道を少し行けば、彼女の父方の縁になる伯母がささやかなひとり暮しをしていたからであった。

伯母に似た人影が、小川の縁《ふち》にしゃがんでしきりに青い菜葉を洗っていた。小さい頭を包んだ手拭《てぬぐい》がほんのりと夕闇の中に浮いていた。吉子は立留って声をかけた。

「伯母さん！」

「まあ、吉やんかいの、お寄りんか、ちょっとお寄りんか、今日も余程遅いのう」

「明日の支度でね」

「大概の骨折じゃあないのう。どうぞまあ好《え》え塩梅《あんばい》に遣っておくれると好えが……」

「何だかもう、くさくさしちまってねえ、子供の方でもそうそう、一から十まで憶えられるものでもないでしょう。それは、あれくらい同じ事を毎日遣らされるんじゃ誰だって可厭《いや》んなると云うもんですわ」

「それもそうじゃ。まあ、ちょっとお這入りんか。好えもんがある、素麺《そうめん》が茹でてあるんぞい」

「え、有難う、でも余り遅いから」

「遅いからお這入りいちうんじゃ、なにこれは直《じ》き済むからのう」

そう言って老いた伯母はまたせっせと菜を洗っては籠へ打上げていた。伯母の手が動く毎《ごと》に、青菜の先が忙しげに翻って小流れの波をはね返しては白い水玉をあげていた。

「御精が出やすのう」

誰か通りがけの農夫が伯母へ挨拶をした。

「はい、貴方《あなた》も御心棒で……ありゃまあ惣さんではありゃせんか、この度《たび》はえらい御《ご》愁傷《しゅうしょう》な事でございやしたのう。わしもたった今朝聴いて吃驚《びっくり》しやしたいのう。常さんのあの若盛りで、さぞ傷《いた》しうお思いんされやしょうのう」

「はい、お有難うございやす。何ぼう愚痴を溢しても生きて戻りゃせんのでございやすが、村の衆が何の彼のと言うておくれんされる毎に、つい情けのうなりやいて……」

夕闇に紛れて朴訥《ぼくとつ》な農夫の眼に浮んだ涙は、吉子等の眼には留らなかったが、甘藷を容れたほぼろ(藁《わら》を編んで拵《こしら》えた野菜物の容器)の緒を握っている彼の左手が、小刻みに慄《ふる》えていた。

農夫の後姿が小道の彼方の無花果《いちじく》の葉の中に見えなくなった頃に、伯母は洗い終った青菜をよいとしょと言いながら抱上げて腰を伸した。そして、吉子と列《なら》ぶと子供の背丈くらいしかない丸いゆがんだ背中を屈《かが》めて、すぐ後の茅葺《かやぶき》の家の方へ歩き出した。青菜の籠からぽたぽたと雫が落ちていた。

「吉やんもお這入《はい》りい、――じゃが、惣さんも気の毒な、あれはのう、朝鮮へ行った息子が殺されたんじゃげな」

「殺された?」

と、吉子はちょっと立留った。見知らぬ農夫の身上に起った出来事ではあったが、殺されたという言葉は、吉子の多分な好奇心と微《かす》かな哀憐の心とを喚び起したのであった。

「うん、殺されたんじゃやげな。――まあまあ、ちょいと外へ出とる間に家の中は真暗《まっくら》じゃや、お躓《つま》ずきなよ、其処《そこ》の障子のねきには未《ま》だ解かん荷が積んであるぞい」

伯母は手さぐりでマッチを擦った。ガラスの嵌《はま》った名計《なばか》りの戸棚に小さい光りが揺れながら映って、中の筆墨、インキなどの雑品が幻燈絵のようにぼんやりした影を見せた。やがて、七分心《ぶしん》の石油ランプに火が点ぜられた。其処に、老いた伯母のたつきの料になるべきささやかな文房具店の商品が、ずらっと見渡された。それは少し大きな玩具《おもちゃ》箱に似ていた。二宮金次郎や乃木大将の絵の附いた表紙の雑記帳や、折畳みの出来る石版や、十五銭くらいの安万年筆や、十二色の絵具箱まであった。伯母はこれらの商品を生きたもののように思っていた。それらが子供の手に売渡される時は、彼女はノートの表紙を撫でて見たり、鉛筆の先《さ》きを二、三度振って見たりした。それは商品に対する無意識の彼女の「お別れ」であった。町の吉野屋から新らしい商品が届いた時(彼女は大抵それを彼女の大きな木綿風呂敷に包んで、曲った背中に載せて帰って来るのが常であったが)荷を解くと、殆《ほと》んど十五分くらいも一処に立ったままでじっと見詰めていた。そして更にも一度、この朱塗の框《かまち》に嵌ったガラス棚の中にこれらの商品を列べて、なお十五分もじっと見詰めていた。彼女はひとりの冷い床《とこ》の中に這入った時も、眼を閉じて何時《いつ》までも彼女の店の光景を思い浮べていた。そして、あくる朝になったら、戸棚の隅の売残りの色チョークを、眼に付易い所へ列べ替えなければならない、事などを考えていた。斯《か》くて彼女の夢までが安らかであった。彼女はこんなにして愛する商品と暮していた。

「吉やん、わしは今朝夜の明けに町へ行って来たのじゃ、これ、綺麗な裁縫箱じゃろうがの、のう、綺麗じゃあないかいのう」

伯母は片隅に重ねてあった鉄板製の針箱の一つを取上げて吉子に見せた。薄い被い紙をはがすと、ペンキ絵のような山茶花《さざんか》が画いてあって、小さい赤い玉の針差しや、絎台《くけだい》まで折畳みの利《き》くようにしてあるのであった。

「山口先生がお世話をしておくれんされてのう、今度はわしの店がこの裁縫箱を一手に売る事になったのじゃ。ほんにあの方がようお世話をしておくれんされるからのう――吉やん、此方《こちら》へお出でんか、腹が減ったろうがのう。さあ、素麺が好《よ》う冷えとるぞい」

伯母はランプの鍵を外して持ちながら、奥の四畳半へ吉子を呼んだ。やがてささやかな夕餉《ゆうげ》が用意せられた。吉子は先刻《さっき》から心に懸っている問題の方へ話しを転じた。

「おお、そうじゃったのう、何んの殺されたちうてもただの人殺しではないのじゃ、ほれ、何とやら言う朝鮮人の悪い奴が大騒動を起いたと言うじゃあないかの、矢張《やっぱ》しそれで惣さんの息子は殺されたんじゃが……」

その農夫の息子は十九歳の未だほんの子供であった。今年の正月に彼は老いた両親を遺して朝鮮へ渡った。彼は田舎の若者が故郷を立つ時に普通に持つ考えで、てっとり早い成功を夢みていた。無一物で渡鮮して、大きな牧場や鉱山や農場を経営している、所謂《いわゆる》立志伝中の人々を夢みていた。彼のこの心持の中には老先《おいさき》短い両親があった。彼は郷国を立って行った。そして京城《けいじょう》を志す代りに、郡部の未だ内地人の影の極めて薄い地方を目指して、其処で、彼は郵便局の逓送人《ていそうにん》となったのであった。彼は衣食住にあらゆる不自由を忍んで贏《か》ち得た幾何《いくばく》かの給料の残額を、田舎の両親へ送った。こうして彼は孝子の名をなし、彼の両親は村人の羨望の的になった。が、それはほんの束の間であった。悲報が飛んだ。彼は不逞鮮人に斃《たお》された犠牲者の一人となり終ったのであった。

日鮮合併後、鮮人は重税(鮮人はそう感じていた)に苦しんでいた。徴発さるべき理由については何の得心をも与えられない納税は、それを課せられた彼等鮮人の胸に、深い、声の無い怨嗟《えんさ》となって蔵せられた。郡部の僻地になるほど、その傾向が甚《はなは》だしかった。彼等の無智は、租税の送達の機関に使われていたに過ぎない各方面の小さい郵便局を、彼等の財嚢を絞り上げるものだと解して、仇敵《きゅうてき》の如くに思惟《しい》するに到ったのであった。斯《か》くて逓送人の運ぶ赤行嚢に彼等の鋭い数千の眼光が集っていた。

暗い夜であった。若い逓送人であったこの農夫の息子は、赤行嚢の逓送車を曳《ひ》いてとある谷あいに差掛ったのであった。其処には、竹槍の先を削って数人の鮮人が待っていた。其処で彼は竹槍の血祭に揚げられた。それは全く言語に絶した光景であった。

「何の恨《うらみ》があって常さんを殺しやあがったやら言うてのう、村の衆がお言いるのじゃ。これが日清日露の戦争ででもあろうもんなら、金鵄《きんし》勲章をお貰いるやら、招魂場でお祭をしてお貰いるやらするるんじゃろうが、竹槍に刺されたちう話しをすると、学校子供なんぞは笑うたりするがのう。惣さんも慰藉料《いしゃりょう》とやらを何ぼかお貰いたげなが、そいだけじゃあ、諦められんわいのう。常さんが竹槍に刺されて血が脇腹からたらたら出るのが、眼の先《さ》きにちらちらするちうて婆さんがお泣きるげな――あら、もちっとお喰べんかい。吉やん！」

吉子は膳の縁に箸を掛けて、じっと一隅を見詰めていた。彼女は喰べ続ける事が出来ないのであった。あの若者の肉体を離れた霊魂は、また遺族達の哀れな心は、何処《どこ》に彼等の仇敵を求めるのであろうか、彼は何者の犠牲に供せられたと思うであろうか、吉子は彼等の上に得体の知れない何者かがいる事を感じた。その何者かが、鮮人をして、斯《か》かる惨虐を敢《あえ》てせしめるまでの狂暴に駆り立て、嗾《け》し掛けたのであった。その何者かが、あの若者を殺させ、遺族を泣かせたのであった。

吉子はその時、この話しと正反対な或るシーンを思浮べずにはいられなかった。それは、或る新任教師の歓迎会の席上で、かなり酔の廻った若い男教師に依って語られたものであった。彼は妙な手附《てつき》をしておどけた口調で話し初めた。

彼の学生時代の修学旅行の一つがほど近い小都会へ企てられた時の事であった。例に依って少し薄暗くなる頃から、学生達は三人五人と連れ立って、黒マントを頭から冠《かぶ》ってこっそりと色街を漁るために町へ出たのであった。とある大通りであった。片側の柳並木の蔭に、遠くからは提灯のように見える灯が、殆んど二十くらい続いて、霧の深い暗の中に濡れていた。彼等が酷く好奇心に駆られながら近づいて見ると、それは、ほんの一坪もあるまいと思われるくらいの箱のようなほったて小屋が立並んでいるのであった。その一つ一つの小屋の中から明り障子を透して、豆のような電燈の光が洩れているのであった。障子には、ちょっと一杯、一品料理、にしめなどと肉太な文字が記されてあって、どの障子からも酔払った男のだみ声に混って、かすれた女の博多節や磯節《いそぶし》が洩れていた。

「あれなんだよ」

と彼は連れを振返って説明した。人の噂ではちょっと一杯というのは表向で如何《いかが》わしい宿の代りをもするという事は近在へも聴えた話しであった。何時の時代の遺物とも知れない妙な建物であった。その建列《たちなら》んだ小屋の殆んど終りの辺で、何か騒ぎが持上ったと見えて、暗い中で大勢の人声ががやがやと騒いでいた。近寄って見ると、一人のぬっとした大男が、喰逃げでもしかけたのか、皆からせきとめられているようでもあり、それとも様子が違っているようでもあった。巡査が二人、提灯を提《さ》げて来ていたが、如何も手が附けられないという風な顔をして、

「おい、早く払ってしまったら如何《どう》だ！」

とその大男をそっと小突きながら、語調の乱暴なのに引替えて慰めるような言い方で、幾度も繰返していた。大男はだいぶ酔っているらしく呂律《ろれつ》の廻らない上に、顔附《かおつき》が飴で も売って歩く朝鮮人に違いないと思われた。ぎらぎらする眼で廻りを睨《ね》め廻しながら彼は怒鳴っていた。

「俺は金持っている。金惜しくない。このお内儀《かみ》さん人を馬鹿にした。言葉が解らん思って人を馬鹿にした」

と彼はしきりに怒鳴った。それにつれて野次馬が囃し立った。彼はこの小屋の一つで酒徳利を二本あけたのであった。彼はそれ以上飲めなかった。その時女が言った。

「もう一本飲んだら、ヽヽヽ×××させる」

彼は女がそう言ったとわめいた。群衆は喜んで手を叩いた。それで、その男は女の言う通りになって呑めない三本目を呑んでしまった。が、三本目の徳利が空になった時、

女はけろっとした顔附で三本の酒代として壱円なにがしを請求した。朝鮮人は半分憤りながら、女の口約束を履行させようとしたが、女の平手で横面《よこつら》を強《したた》かのめされたのがその報いであった。彼は女に愚弄せられた事を知って、獣の様になってわめいた。果ては往来に走り出て聴くに忍びないような事を口走った。直《じ》きにどの小屋の中からも出て来た肥《ふと》った女達や巡査などの手で、その朝鮮人は何処《どこ》かへ引摺《ひきず》られて行った。後には白粉《おしろい》のはげた四十女がかまびすしい笑声を立てていた。

若い男教師の話しは了《おわ》った。この話は少しばかり酔の廻った校長をまで、上機嫌にさせた。下卑《げび》た哄笑が湧き上った。ただ吉子にだけは、この朝鮮人のわめく声が耳許《みみもと》に響いて来るような気がした。何処でても、愚弄と嘲笑を甘んじて受けなければならない運命に、得体の知れない何者かが鮮人全体を追い遣ったものとすれば、何かの破綻が来るのは当然と思わなければならない、と吉子は考えた。同じ檻の中に閉じ込められた到底融合する事のない二つの民族の最後は何に依って報いられるであろうか。あの若い逓送人の死も正しく天然の災《わざわい》と観るより外《ほか》はない、と吉子は考え続けた。

吉子がお膳を片附けて、端近い六畳の間で蚊遣りに咽《む》せながらとりとめもない話しに耽っている時に、表の格子の開く音がして、同じ学校の体操教師の山口がのっそり這入《はい》って来た。

「いよう、河村さんもか、」

と、彼はちょっと帽子に手を掛けたが、

「少し伯母さんに話しがあってな、」

と、言訳がましく言って、上り端に腰を掛けた。朝から酒の気を絶たないというのが自慢の彼は五十を越したというのに、脂切った顔面やじくじく肥った短い体軀《たいく》、そばへ寄るとむっとする腐った酒のような体臭などが、はちきれるくらい体中に力を蔵していた。

伯母は身軽に立上った。

「山口先生かいの、あんまりお見えなされんので、つい先刻《さっき》、隣の若衆を頼うでお宅へ一走り行って貰いやしたがのう」

「また、何事で」

「何のほんの一口お酒を差上げたいと思うてのう、貴方《あなた》、」

「やあそりゃ度々《たびたび》お気の毒を掛けますなあ、じあ帰って早速頂戴しましょうかい、河村さん、ごゆっくり、」

「やれやれ先生のお早いこと、まあちょいとお上んなされて、」

「いや帰って呑むのも楽しみじゃ」

彼は帰って行った。小ランプを提げて送り出した伯母が戻って来ると、吉子はいらいらしながら聴いた。

「山口先生は始終見えるの、また呑みに来たんでしょう。ほんとに好《い》い加減にしないと伯母さんはすっかりしゃぶり取られてしまうじゃありませんか、」

「わしもつくづく閉口しとるのじゃが……お酒を呑ませるばかりじゃあないでのう、今度もあの裁縫箱を引受けたのについてもなみひと通りの心配事ではないのじゃ」

「お金でも持ってって遣るんですか！」

「余り大きな声じゃ言われんがわしも時々泣きとうなる事があるいのう、この商売ではほんにほそぼそと暮しを立てるのさえかつかつだのに、」

「私がいると工合が悪いと思ってこそこそと帰ったんだわね、今度から知らない振りをしておれば好いじゃありませんか、利の薄いものをその上はねられちゃ遣り切れないじゃありませんか。」

吉子は憐れむように伯母を見て言った。あの豚のような山口の喰物になっているのかと思うと情けなくなって来るのであった。

「そうは言うても駄目じゃ、ちっとでも礼のしようが足らんと、けんもほろろな為打《しう》ちをなされるけえのう、ああまで掌を返すようにせられるものかと思うと恐ろしい気がするいのう。」

伯母はそれからお定まりの愚痴を聴かせるのであった。

子供のない彼女は夫の死後、この学校の近くにささやかな文房具店をひらいたのであった。その頃は競争者に脅かされるというような事は夢にもなくて、彼女の生活は細いながらも安らかであった。が、直《じ》きに月日が立って、若い働盛りの男が商売敵として彼女の前に立っていた。彼女はその時から、勢力のある教員に附け届けをしてでも、彼女の商品を売らなければならないという事を悟らない訳に行かなかった。尚《なお》そうしても、彼女の生活は脅かされがちであった。彼女は毎夜遅くまで暗い七分心の下で、老眼鏡を曇らせながら針の穴を探したりしなければならなかった。然《しか》し彼女の針仕事はなおさらたどたどしいものであった。彼女はおどおどとして辺りを見廻した。一握の藁《わら》にでもと り縋《すが》りたいような老いた女の頼りなさであった。こうして、一個十五銭の裁縫箱は十銭が資本に殆んど三銭五厘《りん》が山口などの酒代に、僅か一銭五厘が彼女の掌に残されるだけであった。

山口というのは殆んど三十年もこの村の小学校へ勤めている男で、彼は村人の間にも、また学校の各教師の間にも、如何《どう》する事も出来ない奇妙な勢力を持っていた。彼はその塁の中に籠って彼一流の画策を廻《めぐ》らしていた。彼は全く朝から酒の気を切らした事がないのであった。それでいて教育家であった。

体操がほんの申訳だけ済むと、彼はいつも彼の廻りにがやがや言う子供達を寄集めて、極めて如何《いかが》わしい話しを始めるのであった。春期発動期にある少年達の性的興味を唆《そそ》るような言葉ばかりが、彼の口から出るのであった。

「何ぼ威張っても貴様達のお母《か》あなんぞは俺にはてんで頭が上らんぞ！　これで三十年も昔には色々な面倒を掛けられたもんさ、ちょいと油断するともう子供をこさえとる、そうしちゃあこの俺に後仕末をさせたんだよ。なあに、その頃はこの後の川なんざあ毎日毎日、菰《こも》包みの赤ん坊が三つも四つもぽっかんぽっかん浮いちゃあ流れていたものさ、それで今時分になって済ました顔をして「先生様、子供達がお世話になりやす」なんどと言ったって、いやあお前はお竹さあじゃないかちうてしまへばそれ切りじゃ」

早熟な子供達は面白がって手を叩くのであった。すると彼も一緒になって
「うふふ……」

と下卑た笑声を立てて、肥った体を揺り上げるのであった。

吉子は初めて彼を見た時から、彼の体臭が現わしている所の、彼の磊落《らいらく》を装った汚濁な趣味を卑しんでいた。彼女の哀れな伯母がこの山口の餌になっているのは、腹立たしいもどかしさであった。

「裁縫箱が来たから田中屋へ買いに行け、ちうて山口先生が一言お言いんされると、子供達は飛んで買いに来るのじゃのう、」

「馬鹿馬鹿しいじゃありませんか、山口先生に飲ませるだけ値段を安くして御覧なさい、だまってたって子供は買いに来ますよ、」

「ところが、そう行かないんじゃ、そう行けば何事もないのじゃが、なんぼ安うても何にも知らん子供達は、先生が買いに行けとお言いんされた方が立派な品物じゃと思い込うどるからのう、全く山口先生に見離されたら、最《も》う早《は》やおしまいじゃがのう。」

吉子は伯母と床《とこ》を列《なら》べて横になってからも容易に寝付かれないような気がした。こんな僻村《へきそん》に於《おい》てさえも小さい「教科書事件」があった。未《ま》だ未だ誰の眼にも届かない所に、口を開いた魔物が巣くっているような気が、しきりにするのであった。

伯母も寝苦しいと見えて、時々、細いしわぶきをしていた。やせた腕を胸の上に組合せてじっと眼を閉じていた。二人の枕許《まくらもと》で、豆らんぷがじじと鳴っていた。

四

暴風雨のような一日が過ぎて行った。

児童の試験答案は厳重に封印を施されて、監督官のトランクの中に閉じ込められた。

午後四時頃、監督官の白リンネルの後姿が校庭の高い楡《にれ》の木の蔭に消えて行くのを見送って、坂本校長を始め各教師は、職員室に集っていた。室中を異様な沈黙が漲《みなぎ》って、ぎらぎらと血走った眼がお互《たがい》同士で探り合いを始めていた。各自は直覚的に各自受持児童の成績を感じていた。彼等のがむしゃらな注ぎ込み教授は明らかに的を外れていた。何《ど》処《こ》へも持って行きどころのない焦燥が無言の内に各自の胸の中を引掻き廻していた。かっと顔中を赫《あか》くほてらせながら、それでいて奇妙な気抜けの状態にあった。

「皆さんどうも御苦労でした。お疲れでしょうから勝手にお引取り下さい。」

暫《しばら》くして坂本校長はこう短い一言を残して、出て行った。すぐその後に追い縋るようにして、彼の腹心だと言われている次席訓導の三谷が、ちらと忙しい一瞥《いちべつ》を皆にくれながら、急いで出て行った。

「また例の自暴飲みだあ、」

と、山口は忌々《いまいま》しそうに二人の後姿を見送りながら嘲笑して言った。奇妙な低い笑声が、皆の唇から洩れた。

吉子は暗い気分に圧潰《おしつぶ》されて、一人で校門を出て行った。そして彼女が校舎の裏囲いの黒板塀に沿うて歩いていると、老いた小使の妻がしきりにその黒板塀をこすっているのに出くわしたのであった。小さい孫と二人で、べたべたに水を含ませた雑巾で拭《ぬぐ》いとろうとしているのであったが、黒い板の上に白いチョークで画かれた変な落書は仲々《なかなか》とれないのであった。

「先生様、この通りだからのう、ほんに子供ほどすばしっこい者はございやせんて、わし等なんぞが夢にも知らん事をもう感附きよってのう。」

「三谷先生はほんとうにそんなのかしら、それにしても子供らしくない事を遣《や》るもんだわねえ。」

「余り遣り口がおおっぴらでございやすて、ほれ、あの尋常二学年の巻野の娘にのう、授業時間中でも文の使をおさせんされるちうじゃもの、今朝も貴方、あの娘が堀端で大勢の子供に蹴《け》られたり撲《なぐ》られたりしとりやしたがのう、可哀そうに、」

そう言って彼女はちょっと腰を伸した。

「三谷先生もあれで校長様の御気に入りでなかっつりゃ、一日でも学校に居られるものじゃございやすまい、」

吉子は、何時《いつ》か授業中に鼠の様に廊下を駆抜けた女の子の草色の帯を思い出した。おどおどしたその眼を思い出した。そしてこの女の子の受持教師であり、三谷の恋の相手であるという女教師のべたべたした長い袴《はかま》や濃い脂粉《しふん》の顔や、今、職員室でこそこそと校長の後に従って出て行った三谷の厚い濡れたような唇や栗鼠《りす》のような狡猾《こうかつ》な細い眼やを思い浮べて、彼等の何の神秘も羞恥もない俗悪な恋に、べっと唾液でも吐出したいような不快を感じた。

「何から何まで汚穢《おわい》だらけなのだ。」

と彼女は歩きながら考えた。心がなおさら重く暗く閉ざされて来た。

吉子はそれから遠い道を歩いて、彼女の街《まち》にある家へ帰らなければならなかった。彼女のその家には、温かい夕べの団欒《だんらん》の代りに底冷のした重い空気が彼女を待っていた。その冷たい空気は彼女自身が造ったものかも知《しれ》ないのであった。

それは、或る日曜日の朝であった。母のお種は風邪で寝ていた。その枕許には弟の澄夫ががらがらを転がしながら遊んでいた。吉子は友達の家へ早くから出掛けたのであったが、途中から何かを思出して家に引返して来た。家の中には奇妙な沈黙が満ちていて、母の寝ている部屋から細々と何か口説いているような声が続いてはとぎれていた。吉子は全く無意識であった、彼女の心に本能的な或るものが働いて、彼女は足音を忍ばせながら唐紙《からかみ》に摺寄《すりよ》ったのであった。母の声が呟《つぶや》くように澄夫に言っていた。

「……よく気を附けてね、姉さんは大変優しいんだけどもほんとうの姉さんじゃあないんだから、さあって言う時には澄ちゃんは独りぼっちになっちまわなくちゃあならないのよ。」

吉子の胸に裏切られた者の哀感が湧いた。これは永久に消えない印象であった。この時から吉子は愛され得ない娘としての悲しい自覚を持っていた。そして、「哀れな呪わるべき運命の継母」を残して、彼女の心は永久に母の許から去って行ったのであった。

それまでにもなく、吉子はこの母が実母でない事を感じていた。が、ひ弱な弟と優しい母を如何憎みようもないのであった。何処《どこ》か、誤って繋ぎ合された肉身同士というような感じはあったが、心から母と弟とを愛していることが出来た。また彼女自身も愛されている事を信じていたのであった。

然し、この恐ろしい日から吉子の心は暗く閉されてしまった。澄夫は吉子の顔を見ると、こそこそと隠れるように感じられた。母のすべての親切や愛情は、吉子を底の知れない疑惑に捲込《まきこ》むばかりであった。ちぐはぐな行違いが其処此処《そここ》に起った。母と弟とは、吉子の鋭い眼におびえるようになった。彼等のこのおどおどした眼が、吉子をなおさらいら立たしい焦燥に駆り立てた。こうした空気の檻の中でお互に探り合う眼附《めつき》を交しながら住まなければならない三人の運命を、吉子は呪いながら不安な日を送っていたのであった。

吉子はその翌朝、出勤時間より殆《ほと》んど一時間も早く学校へ出た。廊下で、校長の洋傘《こうもり》と靴を持って小走りに遣って来た小使に摺れ違った時、彼がおどけた手附で彼の短い拇《おや》指《ゆび》を出して見せながら笑ったので、吉子は坂本校長がこんなに早くからもう出勤している事を知った。妙な擽《くすぐ》ったさが彼女の胸に込み上げて来た。校長のこんなに早い出勤には彼一流の極《きま》った原因があったからであった。

「河村さん！」

吉子は職員室の閾《しきい》も跨《また》ぎ切らない間に、いきなり呼び掛けられた。彼女は出勤簿の置いてある卓の方へ近寄りながら、彼の顔を見上げた。

彼の顔は醜く憔悴していた。小皺《こじわ》でたるんだ眼瞼《まぶた》の奥に落込んでいる眼が、今朝は一層くぼんでいた。勉めて気難かしく装おうとした不自然な表情が、全く別な陰険さを帯びていた。こうした態度を彼がとるのは、彼が前夜を教育家にあるまじき耽溺《たんでき》に過した時に、決って見受けられるものであった。

「河村さん、貴女《あなた》の受持児童の出席平均は余まり思わしくありませんね。近頃は督促訪問も遣ってないようだが。」

そう言いながら、彼は卓の上の薄い和綴《と》じの帳簿を繰拡げていた。彼の前の卓には、各教師の机や書棚から引出した書類が堆《うずたか》く重ねてあった。それらの書類は、教授上訓練上の効果を期するためにと言うより寧《むし》ろ、彼の上に立つ視学官に見せるために彼自身が案出した、種々の設備に関する調書や記録であった。彼のこうした朝は、彼自身の気分転換のためにすべての書類の大整理が行われて、部下教師の誰でもが彼の不満の対象になり、手厳しく槍玉に揚げられるのであった。

吉子はこの彼の心理を裏まで見透かしていた。その上に彼の人格に対する底深い不信任をもっていた。就中《なかんずく》彼の言う児童の出席の件に就いての注意は、自身の見苦しい破綻を暴露したものであった。県の一斉試験の終るまでは、劣等児童の欠席を、彼は寧ろ希望していたのではなかったか。にもかかわらず、こうまで白々しく空とぼける事の出来る彼の或る太々《ふてぶて》しさを、吉子は心から憎悪し、軽蔑した。

吉子は微かな反抗心が頭を擡《もた》げて来るのを感じた。然し彼女は一言も言葉を返す事なしに、

「午後からでも家庭訪問に出掛けてみましょう、」

と短く答えて、彼の前を去った。

その日の午後、子供達をすっかり帰してしまってから、吉子は欠席児童の家庭訪問に出掛けた。

出席率の悪いのは極《きま》って劣等児であった。その劣等児は殆んど貧しい家の子供であったか、でなければ特殊部落の子供であった。この子供達の両親は彼等特有のねっとりとした頑固な考え方をもっていた。彼等の心は殻の中に籠っている蝸牛《かたつむり》に似ていた。彼等

は彼等の殻をすっかり脱捨ててしまう事は決してなかった。何かの機会で彼等の心が和やかにさせられた時でさえも、彼等の疑い深い心は、その体半分をひそかに殻の中に引込ませていた。いざと言えばすぐに殻の中にすっかり引込んで、自己を隠してしまおうと用意しているかのようであった。金輪際、殻の中からすっかり出てしまうという事はないのであった。彼等の眼は蝸牛の触角の代りをでもするように、常に、ぎらぎらと異様な光を帯びて、疑深《うたがいぶか》く外界を見詰めていた。如何《どう》しても馴染んで行きようのない冷たい空気が、彼等の身辺を包んでいた。彼等は学校に対してさえも一種の敵愾心《てきがいしん》を持っていた。金持の娘や、村長か議員の息子を特待生にする事しか考えないように見える教師に、彼等の子供を預けるという事は、彼等にとっては愛児を俘虜としてかり出された時のような不安があった。彼等が子供を学校へ寄越したがらないなお一層根本的な理由は、彼等の貧しさであった。その子供にまどろっこい「教育」を施すよりも、てっとり早く金になり彼等の稼ぎを助けさせる仕事に追立てねばならぬほどに、切迫している貧しさのためであった。彼等の子供はあらゆる仕事に駆り立てられた。

　こうした状態にある肉親の間から、子供を学校へ連れ出す事は、非常に困難であった。吉子は殆んど二ヶ年にもなる彼女の教師生活の間に、彼女の真意から出た家庭訪問が彼等に依って如何《いか》に報いられたかを、苦々しく思い浮べずにはいられなかった。殆んど大抵の場合が、単なる罵詈と嘲笑に依って迎えられた。より悪い結果しか招く事が出来ない事も度々《たびたび》であった。

吉子が今訪問しようとしているのは渡辺はつという女の子の家であった。路が遠いのと小さい弟妹の守をしなければならないのとでこの女の子はよく学校を休んだ。出ている時よりも休んでいる方が多いくらいであった。吉子の督促訪問もそれだけ骨が折れた。如何《どう》かすると一ヶ月に四回くらい行ってみなければならない事もあった。そうしている間に、吉子の心の中にだんだんと何とも言えない親しみが、この渡辺親子に対して湧いて来るのであった。

渡辺の家は村里から遠く離れて、ぽつんと一軒だけ建っていた。家の前はずっと青い畑や稲田が見渡す限り開けていて、後はすぐ海に沿うた防波堤が遶《めぐ》っていた。その朽ちた椽側《えんがわ》に腰を掛けていると潮の鳴る音と、稲の上を渡って来る風の音とが同時に聴かれた。あの発育の不完全ななよなよした子供が、こんな淋しい所からとぼとぼと学校へ通うのかと思うと、吉子はいじらしい気がした。その子供の赤くただれたトラホームの眼が、絶えず眼たたきばかりしているのが、吉子の頭の底にこびり附いているようであった。

吉子が渡辺の家に着いた時には、家の中には誰もいないのか幾度呼んでみても何の答えもないのであった。骨ばかりになった障子の隙間《すきま》から、むしりとられてしまったような家の中の惨めな有様がすっかり見透かされた。床の上には荒莚《あらむしろ》のような畳が申訳けだけ敷いてあって、一隅によれよれになった蚊帳《かや》が、一方だけ吊手を外さないままでどろんと下っていた。未《ま》だその中には蚊が五、六匹、ぶんぶん鳴っているような感じのするほど、薄汚いものであった。吉子は、裸の芋が土まみれになって転っている土間に暫《しばら》く立っていたが、誰か一人くらい留守居をしていそうなものだ、と思いながら家の入口に附いている汚い廁《かわや》の方を見返ったりした。不意に彼女の足許《あしもと》から、

「にゃあ、にゃあ」

と猫の鳴く声がして、未だ生れて間もない子猫がぞろぞろと六匹ばかり這い出たのであった。何時《いつ》からか織ったこともないようにすっかり煤《すす》けてしまって、梭《ひ》や丸い棒に糸切れや綿屑がぼやぼやと引掛っている機《はた》の蔭から這い出して来たようであったが、六匹が六匹ともぺっちゃりとした脾腹《ひばら》をしていて痩せた肋骨の辺りが、呼吸をする度毎《ごと》にひくひくと波打っているのであった。見るからに痩せて痛々しい子猫があわれ気な声でしきりに鳴いているのを見ると、吉子は奇妙な哀感をそそられるような気がした。

敷居をまたいで誰もいない家を出ようとすると、今まで気附かずにいた一種の臭気がむっと鼻を襲うて来た。それは極端に貧しい家に特有な異様な臭気であった。柱や茅葺

の屋根や荒莚《あらむしろ》にまでしんから浸み込んで抜けない一種の臭気であった。この臭気は家族の衣服や履物や体そのものにまで浸み込んでいた。

朝干したなりで畑へでも出掛けたものか、西日の届かない軒の竿に腐ったような蒲団《ふとん》が一枚干してあった。所々、表皮が破れて真黒《まっくろ》い綿がはみ出ていた。

吉子は何故か自分でも無意識で、この臭気の満ちた家から二十歩ほど遠ざかった時、思い切り胸を拡げて深い呼吸をした。そしてすたすたともと来た方へ引返そうとすると、遠くで意味のないそれでも誰かを呼んでいるような微《かす》かな声が聴えた。吉子は何気《なにげ》なく振返った。そして、其処《そこ》からずっと離れた畑で、夫婦とその子供らの四、五人の農夫の影が、西日に手をかざして此方《こちら》を見ているのを認めたのであった。それは渡辺の親子が畑から吉子を呼んでいるらしかった。手拭《てぬぐい》を冠《かぶ》った女房は気軽に走り出して来て吉子を迎えようとしたり、亭主も鍬《くわ》を捨てて畑の間の小さい流れで手を濯《すす》いだりしていた。吉子の受持の女の子も彼女の小さい兄弟を背中に縛り付けて、畑の隅に坐っていたが、トラホームで赤くなった小さい眼をしょぼしょぼさせて眩《まぶ》しそうに吉子の方を見ていた。

「やれやれ、御苦労様でございやしたのう、このお暑いのにまあ」

「皆さん御精が出ますねえ」

「はい、先生様まあ御覧じませい、この通り情けない事になってしもうてのう」

と亭主はちょっと体を曲げてぐるりの彼の持畑を指さした。其処には大根人参、葱《ねぎ》などの青い菜が如何《どう》した事か、何かで故意に踏みにじりでもしたようになって黒い土にまみれていた。其処だけではなくて、見渡す限りの畑の青いものが根こそぎに薙《な》ぎ倒されていた。一夜のうちに怪偉な羽を拡げて地獄の巨鳥でも過ぎて行ったかのようになっていた。

「先達っての演習のお蔭でこの通りになってしまいやした。二、三日前から家内総掛りで片附けておりやすような始末で、はつ奴《め》も当分学校を休ませてもらいやすとよっぽど助かるのでございやすが……」

「演習って言うと、此処《ここ》で戦争のような事でもしたんでしょうか。この畑の中で……」

「畑の中じゃろうが田の中じゃろうが、そねえな事を気に掛けちゃあ、戦争の真似《まね》も出来るもんじゃあございやすまい。じゃが、この大根はもう二十日もすれやあ漬物どきで、街へ出す積りでございやしたが、もうこうなっちゃあいびつになってしもうてのう」

「だけど、何か手当てのようなものが下るんじゃあありませんかしら」

「お手当もありやすが、わっしらの手には廻って来やせんちゅう事じゃ、地主様がお貰いんされる分でもわっしらのような小作人にまでは如何でございしょうかいのう。

何処《どこ》かへ広い野原でもこさえておいて、さあ演習ちゅう時には其処で遣《や》るちう事になれや、百姓どもは助かりやすが、そいじゃあ、真物《ほんもの》の戦争にはなるまいかの……」

女房は、急に眼を醒《さま》して泣き出した子供を背中から下して、乳房を含ませながら、言い出した。その両頬に血が集って来て、妙に興奮しているようであった。

「のう先生様、一ぱし働き盛りの大けな男が、赤いしゃっぽを冠ったり、喇叭《らっぱ》を吹いたりまるで子供の遊び事みたよな事を遣ってのう、ちょうど夜でございやしたが、鉄砲の音がどんどんして、子供らは喜んでぎゃあぎゃあ言うて騒ぎやしたが、わっしらは畑の事が気にかかりやいてのう」

夫婦の者は交る交る演習のために彼等の蒙《こうむ》った損害を吉子に訴えて、その上に子供が学校を休むのまで口喧《くちやかま》しく言われては親子の口が干上ってしまう、と言うのであった。

吉子は彼等の言う事を聴いている間に、妙に頭の中が重くなって来るのを感じた。世の中の何処何処《どこどこ》までも長い尾を引いている或る不公正に対して、考えないではいられなかった。彼女は極端に気難しくなって来た。未だ愚かしくぺちゃくちゃ喋《しゃべ》っている女房の顔までが堪《たま》らないほど腹立しさを誘うのであった。その内に女房は吉子の不機嫌を悟って、急に言葉の調子を下げて吉子の意を迎えようとするのであった。

「先生様、小さい餓鬼を背負うてでも宜《よ》かっつら、明日の朝からでもはつ奴は学校へ遣りやすで……そいから、里芋の子をちっとばかり、お持ち帰りなされて……」

と、女房が手籠に入れた芋の子を吉子に持たそうとするのを振払うようにして、吉子は彼等に別れを告げた。吉子は歩きながら、時々後を振返って見た。永い間吉子を見送っていた彼等の姿が、黒い点のように小さくなった。そしてしゃがんだり伸びたりして、彼等は蟻のように黒い土の上で蠢《うごめ》いていた。

五

校庭の明るさが広い廊下を通して、吉子の教室の床に微かに照り返していたが、児童用の机腰掛の辺りは一体にかけて夕闇が忍び込もうとしかけていた。その微光の中に、どっしりとした西洋封筒の白い色が浮いていた。吉子は怪しみながら、その小高い教師用の卓の方へ近附いて行った。それは彼女がちょっと外出した間に、小使でもが持って来て置いたものらしかった。封筒には切手が幾枚も貼ってあって、掌にとって見てもかなりの重さが感じられるのであった。彼女の長い生涯中に於《お》いてこんなに重い書簡を受けた事は無かった。更に受けるべき事があろうとは思われなかった。宛名は確かに彼女に違いなかったが、手跡は勿論《もちろん》差出人の名前もてんで想像も附かないものであった。然《しか》し、何をこんなに長々と書いたものだろうという、その部厚《ぶあ》つな中味に対する彼女の好奇心は、何の躊躇《ちゅうちょ》もなしにその封を切らせてしまった。

「安部国吉」

吉子は封を切りながら、その下手《へた》なペン字の男名前を呟《つぶや》いてみたが、頭の中には何にも浮んで来なかった。

この書簡は、全く異常な熱心か誠実に依って書かれたものに相違なかった。罫の細かい用紙の表裏に、細々認《したた》めたものが、殆《ほと》んど三十枚もあろうかと思われた。

吉子は暗いので廊下へ出て、手摺りに胸を凭《もた》せ掛けて少し前屈《まえかが》みになりながら、暮残りの微光の中でその文字を拾い始めた。

「私は貴女《あなた》の兄です」

冒頭の一行はこう書出してあった。吉子はそれを信じる事が出来なかった。彼女の盲目にでもなったように何事をも認める事の出来ない眼が、殆んど十行ばかりを走り読みした。然し何が書いてあるのか見る事が出来なかった。彼女のぼんやりした眼先《さ》きを、ちらちらとペンの字が踊っているばかりであった。吉子は無意識に三枚四枚と読み続けて行く内に、彼女は紙の上から何事かを感じていた。そして時々、そっと溜息《ためいき》を洩らした。

それは、彼女と同じ母から生れたと言う見知らぬ男から差出されたものであった。彼女はこの手紙に依って、彼女が今まで夢にも思い及ばなかった多くの事を知ったのであった。

彼女の実母は曽つて、近在の漁村の酒屋へ嫁《か》していたことがあった。其処で一人の娘と一人の男の子とを生んだのであったが、如何《どう》した事情でか夫と二人の子供とを遺して去ってしまったのであった。その残された一人の男の子が安部国吉であった。国吉は父に背負われて幾度か里帰りした母を迎えに暗い山を越えて行った。が、間もなく浅黄の油単《ゆたん》の掛けられた母の嫁入道具は、赤い馬に附けられて里の方へ送り戻された。それは国吉が三つの春であったが、幼い子供の頭には若い母親の白い顔が何時《いつ》までも残っていた。彼はその時から永久に母を見る事はなかった。彼は二つ違いの姉と二人で浜へ出ては母を恋しがった。島通いの船が着いても、村の衆の土産物を母と一緒になって喜ぶような事は最早《もはや》なくなってしまった。淋しい日が姉と小さい国吉との上に続いた。少し自暴気味になった父親は稼業が身に染まなくなって、店先の古い暖簾《のれん》だけが浜風に淋しく揺れているばかりであった。こうして彼が九つの暮になって、他所《よそ》から若い女が来て彼等はその女を母と呼ばなければならなかった。彼は気の弱い男の子であったが、姉は勝気で神経質な女であったために屢々《しばしば》後から来た母と争いをした。人の好い父親がだんだん暗くなって行った。その間に小さい弟や妹が次から次へと生れて来た。狭い座敷を鼠のように子供達は駆け廻ったが、父と母と姉と彼とは部屋の隅にうずくまって互《たがい》に暗い争いを続けなければならなかった。家は極端に貧しくなって行った。何かの破綻が見出されるのが当然な状態にあった。この時彼のたった一人の姉は気が狂ったのであった。姉は気が狂ったままで島の伯母の家に預けられた。伯母の家は静かなお寺であった。姉は殆んど三年の間、其処で静養して今ではすっかり元通りになっているが、そのためか二十六というのに未《ま》だ嫁がないでいるのであった。

国吉はその家を去った母が二度目に遠い所へ嫁いで行った事も、また其処で彼の妹である吉子を生んだ事も、父親から聴かされて能《よ》く知っていた。彼は吉子の事を考える毎に、お伽噺《ときばなし》の国に住んでいる者を偲ぶような懐かしさをもって吉子を描いていた。彼と姉とは見ぬ妹の事を幾度話し合ったか解らなかった。姉は編針を動かしては、吉子へ贈るべき巾着《きんちゃく》を幾つとなく拵《こしら》えた。然し、父の死んだ後で彼等が漸《ようや》く吉子の居所をつき留めた時には、吉子の家族は疾《と》うにその街を引払っていた。それからは断ち切られたフィルムと同じように見知らぬ妹の消息は、ぷっつりと解らなくなってしまったのであった。

その間国吉は貧しい暮しを助けるために、その漁村の小さい停車場の駅夫をしていたが、二十一の徴兵適齢の時に採られて看護卒として今日まで二ヶ年半の間、軍隊生活を続けた。その軍隊生活の或る日、偶然が彼に嬉しい報知を齎《もた》らしてくれたのであった。それはほんの二十日程前、酒保の腰掛で思いがけない出来事に突掛ったからであった。見知らぬ新兵が腰を掛けて餡《あん》パンを喰べていた処《ところ》へ国吉が通り掛って他愛のない世間話しを始めた。ふとした噂話から運命の糸が手繰《たぐ》り出されて、吉子と同じ街に住むと言うその新兵の口から、吉子の委《くわ》しい消息が洩らされた。

「私はその時、その新兵が平気で餡パンを喰べながら、この不思議な話しを聴かせてくれるのを、暫《しばら》く呆れて見ていました」

国吉のたどたどしい口語文が、そう書き続けていた。

それから国吉は固い木製の桶のようなベットの中に寝ながら、毎夜、この手紙を如何《どう》書くべきかと思い耽ってまんじりともしなかった。突然国吉にとって喜ばしい事が重ねて起った。最近に催されるはずの機動演習が、吉子の住んでいる街を通過する予定だという事であった。苦しかるべき行軍が彼には待切れないものになった。村々を過ぎる毎に彼の足が浮いていた。とうとう彼は見知らぬ妹の住んでいる街の附近まで来た。彼は彼女をその家庭に訪問する事は避けなければならない、という事を考えていたので、唯一の望みを、吉子の勤めているという隣村の小学校へつないでいた。それは殆んど暮近い時刻であった。ほんの三十分の自由を与えられた彼は校庭の柵を幾度もめぐった。男の彼が女の吉子を訪ねて行くという事が、臆病な彼を恐れさせたので、彼は思い切って表門をくぐる事が出来なかった。誰か出たら聴いてみようと思っていた。退《ひ》け時を二時間も過ぎた校庭は静かであった。遊動円木の側《そば》で、十二、三の子守が背中の赤坊《あかんぼう》を揺り上げては泣かしていた。その外には小犬の影も見えないのであった。それでも国吉は去りかねて幾度も同じ所を往ったり来たりした。暫くすると二階の教室から、微《かす》かなオルガンの音が洩れて来た。彼はその弾奏者を男か女か知らなかったけれども妙に心が惹かれた。直《じ》きにぱったりとその音は杜絶《とだ》えてしまった。こんなにして彼の与えられた時間が過ぎて行った。彼は何者かに逐《お》い立てられるような気がして其処を去った。次の日には其処から四里もある村へ行軍をしなければならなかった。彼の脱殻になった心は何事をも楽しむ事が出来なかった。がんがんと脳天の真中《まんなか》を焼かれるような炎日が燃えていた。彼はとある辻を行軍中に草の上に倒れてしまったのであった。

「私は今、忠海の衛じゅ病院に寝ています」

任期の三ヶ年の満ちるのを眼前に見ながら、退屈な病院で日を送っているのは余り好いものではない、彼はそう書いていた。

「日射病だなどと言えばどんなに酷いのだろうと思われるかも知れませんが、大した事はありません。万一、これで除隊にでもなれば、何を置いても貴女《あなた》にお目にかかるつもりで、それを楽しみにしています」

長い手紙はそう結ばれてあった。

吉子は読み了《おわ》ってほっとした。そしてばらばらと無意識に用紙を繰って見た。それはたどたどしい幼稚な文章であったが、一体の調子や、ちっとも画の頽《くず》してないまずい文字などがもの懐しい気を起させたのであった。

夕闇は疾《と》うに吉子の手許《てもと》まで迫っていた。暗い中で視力を凝らしたために、暫く眼瞼《まぶた》がちくちくと刺すように痛んだ。眼を閉じると何時《いつ》かの朝、八丁堤で行逢った一隊が幻灯の絵のように浮び上って来た。その時の一行に遅れて吐瀉しながら走っていたあの兵卒の姿がはっきりと見えて来た。一瞬間、左の耳にずり寄った帽子のひさしと、紫色になった厚い唇とが眼の中を過ぎて行った。

「あれが私の知らない兄かも知れない」吉子は低い声でそう呟いたが、それは何処《どこ》となくそぐわないような気がした。と同時に、今まで彼女の遠くで蠢いていたと思った黒い魔者が、牙を研いで彼女の身辺に迫って来た事を感じたのであった。彼女の兄はその魔者の犠牲に供せられて、病院で呻吟《しんぎん》しているのであった。

「兄は直《じ》き死ぬかも知れない」

吉子はその黒い魔者の鋭い眼をじっと見据えるような反抗的な心で、冷めたい顔をしてそう呟《つぶや》いた。胸の中を氷塊のようなものが過ぎて行った。

六

或る午後、吉子は職員室を出ようとして小使から呼び止められた。そして一通の電報を手渡されたのであった。

「クニキチキトク、スグシマヘコイ」

吉子は先日の長い手紙を思い出していた。その手紙では国吉は衛戍病院に寝ているはずであった。この短い電文はがらりと局面を転廻させていた。殆んど一週間にも足りない間の経過がこうまで甚《はなは》だしく変ろうとは信じられないのであった。

吉子は呆然《ぼうぜん》として立尽していた。彼女の乾き上った眼には涙も浮ばなかった。しみじみ泣くのには余りに突然な出来事であった。

吉子は午後の授業を他の教員にたのんで、殆んど体一つで停車場へ駆付けた。

海沿いの軌道を二時間余り揺られて、吉子はと或る小さい駅に着いた。漁場特有の臭気が其処此処《そこここ》に漲《みなぎ》っていた。駅の裏土手に投げ出された積荷の箱にも雑魚の鱗《うろこ》がへばり付いてきらのように光っていた。頭髪の上に魚を入れた大盥《おおだらい》を載せて、「えい、えい、」と奇妙な掛声をかけながら、幾人もの魚売女が裸足《はだし》を揃《そろ》えて沿道を帰って来た。

浜の砂の上に干された網が藻を手繰り寄せたままで、砂の中に喰い込んでいた。吉子は其処から小さい渡し舟に乗せられて、直ぐ眼の前に見える青い島へ渡った。

それは海の表面に盛り上っている小山のような島であった。麓《ふもと》は大根や芋の葉の青いだんだら畑に囲まれていて、少し上の方には処々《ところどころ》、椎の木がまばらに聳《そび》えていた。見渡す限り民家らしいものはなくて、頂上にあるたった一つの古寺の屋根が、西日を受けて反射していた。その屋根の尖頭に鳥が一羽止っているのまでがよく見うけられた。

その古寺が、国吉の寝ている所に違いなかった。吉子は道に迷う恐れはちっとも無かった。時々顔を挙げて光る寺の屋根を見上げては進んで行きさえすれば好かった。が、畑の畔の狭い路であったから、野茨やあざみの刺《とげ》に如何《どう》かすると袴《はかま》の裾《すそ》がとられそうであった。吉子は汗を拭きながら登って行った。時々、立留って、彼女が今何処へ何をしに行くのか考えようとした。何も彼も夢のようであった。椎の茂みから、かさかさと小鳥が飛び立って行った。やがて、古風な石段が見えて、それを幾曲りか行詰めると、廃屋のような寺の門があった。崩れ掛った土塀にはぺんぺん草や青苔が生えていた。

やがて、ことことと足音がして、寺男らしい者が鐘楼へ上ろうとしかけていたが、吉子の姿を見ると、急いで本堂の方へ引返して行った。殆んどそれと入れ違いになるくらいに、疳高《かんだか》い女の叫声《さけびごえ》が聴えて、一人の女が転がるように飛んで来た。それが吉子の初めて見た姉であった。

「お、おおおお」

と姉は泣くような呻声《うめきごえ》を発して吉子の袖をとったなりで、本堂の床の上に坐ってしまった。彼女の蒼白《あおじろ》いこけた頬を涙が滝のように流れた。姉はそれを拭《ぬぐ》おうともしないで、顔を挙げて貪《むさぼ》るように吉子の顔を見詰めた。何か言おうとして唇を痙攣《けいれん》的に振わせていたが、如何《どう》かすると顔全体が今にも泣き出しそうな皺《しわ》を刻もうとするのであった。

吉子の胸に何か塊のような固いものがこみ上げて来た。涙が留度《とめど》もなく流れた。なんとも言えない快い哀感が吉子の体中を震わせた。それは姉であった。貧と酷使とにふみにじられて、傷《いた》ましく憔悴した姉であった。

「あんた、早《はよ》う国吉を見て遣《や》っておくれんされ！」

それが、初めて口を開いた姉の言葉であった。一言も聴かないでも、お互《たがい》の心はすべてを感じていた。この感じこそ、吉子の求めていた肉身の愛であった。

吉子は姉に導びかれて、暗い本堂の廊下を辿った。夏とも思えない冷たい山気が、何処からともなく忍び寄って来た。何時からか焚きしめた線香のしめやかな香が、ゆらゆらと室《へや》の中に漂っていた。

その室は、高い窓が一つある限りで薄暗く陰気であった。国吉の枕許《まくらもと》には、古ぼけた枕屏風が立ってあって、黒塗の盆の上には、生肴《なまざかな》のそいだ身が皿にこびり附いたままでのせてあった。

国吉は胸に薄い搔巻《かいまき》をかけて、その上に痩せた両腕を組合せて眼を閉じていた。吉子達が這入《はい》って来た時にもその落窪《おちくぼ》んだ眼瞼はみひらかれなかった。蒼い蒼い顔色であった。国吉は死んでいるのだ、と聴かされても吉子は信じたかも知れなかった。それほど彼は、動かないで、死人のような蒼白さで横《よこた》わっていた。

姉は病人の上にのしかかるようにして、その耳許に手を遣って言った。

「国吉、国吉、街《まち》から逢いにお出でたぞ、吉やんがお出でたぞい」

七

その夕方、姉のお絹は国吉を伯母に頼んで、風呂を焚いて吉子の疲れを休めよう、と言って裏へ出て行った。吉子はその後を従《つ》いて行って姉に話しかけた。

「兄さんは仲々《なかなか》眼を醒しませんねえ」

「今朝からちっとも喰べもせいで、眼を明けんのじゃもの、あのまま、ころっと死んでしまうのかも知れんのう」

「そんな馬鹿な事があるもんですか。兄さんは大変疲れていらっしゃるんですよ、姉さんの処へ帰って来たと思って、すっかり気が抜けてしまったんですよ」

「ほんにそうじゃろ、気が抜けてあのまま馬鹿になってしまいよると好い」

吉子はお絹の言葉を解しかねて、ちらと彼女の顔を見た。今、藁束《わらたば》から枯枝に燃移《もえうつ》った風呂竈《ふろがま》の火が、石で固めた煤《すす》けた炊口から、めらめらと炎を吹出していた。姉の顔にその炎が真赫《まっか》に反射して異様な物凄さを示していた。そそれ立った鬢《びん》の毛が血のように透いて見えた。

「どうせお上の仕事じゃ、碌《ろく》な事のあるもんでない」

とお絹は呟くように言いながら、又一束の枝を火の中に投入れた。二人のすぐ後まで、魔物のような暗闇が迫っていたが、炎の照り返しが、さびれた寺の庭の地面の上を微かに這っていた。

「国吉が駅へ出とる頃はほんに楽しみじゃったがのう」

姉はちょっと、遠い闇の中に眼を遣って述懐めいた口調で話し初めた。

「あれは女のような優しい子で、わしにも大変やさしうしてくれやした。彼れが駅へ出たのも、その儲けた銭を貯めてわしと二人で細い家を借りて暮らそうという考えじゃったがのう。わしもうちに居るのが、如何も気に染まんので国吉と二人で暮せたらと思うてのう。村の衆の針仕事まで引受けて、そればかしを楽しみに遣っておりやした。わしはその頃、未だ病気揚句じゃったが……」

ちょうどその時、徴兵の召集に依って、お絹の手からその弟は奪いとられた。後に残された彼女に対しては生活上に何の保障も与えられる事なしに、得体の知れない権力が、彼女の手から弟を奪い取って行ったのであった。入営祝賀の宴が張られて、漁場の若衆や娘が唄を唱ったり酒を呑んだりして、国吉を囃し立てた。彼女はそれを見ているに忍びなかった。お絹は、その夜酔い痴れた男女にあらゆる罵詈《ばり》を浴せかけた。が、国吉はとうとう、自分の勤めていたその小さい駅から出発しなければならなかった。赤い帽子を冠《かぶ》った駅長が国吉の手を握って「万歳」を叫んだ。彼女は気狂いのようになって、

「畜生!」

と怒鳴った。村人はお絹の体を抱き上げて、その冷めたい家の中へ連れ込んだ。彼女は誰もいないがらんとした家の中で、子供のように足をばたばたさせて大声を挙げて泣いた。それから今日まで二年半の間、呪われた日が、お絹の上に続いた。その長い間苦痛を堪え得た事に対する報酬は何であったか。彼女が待っていた国吉は殆んど死んでいるではないか。昨日の午後、担架で運び込まれた限《き》り、口も利《き》く事が出来ないで、今朝から眠り通しではないか。恐らく永久にその眼は見開かれないか、或《あるい》は炎日に見舞われた彼の脳は、生きながら死んでいるかも知れないのだ。

「如何《どう》して、もう二日でも三日でも早う、国吉が未だしっかりしとる時に、此方《こちら》へ戻してくれなんだのじゃやら、吉やん、わしはこう思うがのう、ちょっとでも体がようなっつら、国吉は到底も戻しちゃあもらえなんだんじゃろうのう。ほんに可哀そうに、国吉は死にそうにならないではわっしらの処へは戻れなんだのじゃもの、じゃが、いよいよ駄目じゃと解ってから、死んだも同じような体だけを戻して、一体如何《どう》せいと言う気じゃろう」

お絹は、少し病的な調子外れな声で、無気味な微笑を浮べながら言った。この時、吉子は空に向けられたまま、動かないでいる姉の白い眼を見た。そして何事かを感じて、恐しげに姉を呼んだ。

「姉さん、姉さん、そんな恐しい事をおっしゃっては不可《いけ》ません。兄さんは直《じ》きに快《よ》くなりますよ。すぐなおりますよ。姉さん、兄さんが快くなったら、三人でお母さんのお墓まいりも出来るじゃあありませんか？」

姉を慰めるつもりで何気《なにげ》なく言い続けた吉子のこの一言は、お絹に異常な感動を与えたのであった。一瞬間、炎の映った真赫《まっか》なお絹の眼が、ぎろっと吉子を見返した。

「わしはあのお母さんのお墓へ参ろうと思うた事は夢にもない」

それは静かな透通るような声であった。真暗《まっくら》い杜《もり》の中から聴えて来たような冷い声であった。吉子は、一度狂った事のあるという姉に、自分の不用意な言葉が齎《もた》らした昂奮を思って、恐しげに身震いした。が、お絹は落付いた低い声で言った。

「わし等の長い間の苦しみは皆あのお母さんのお蔭じゃと思うと、恨みはあってもこれんばかりの恩もないと思うのじゃがのう」

と、お絹はながながと彼女の去って行った母について語り始めた。だんだんと上ずった声が熱をもって、奇妙な昂奮に駆り立てられて行くようであった。

彼女の母が去った時にお絹は五つであった。ある真夜中であった。国吉とお絹と枕を並べて添寝をしていた母が、そっと起上《おきあが》った。お絹は非常にませた女の子であった。母が起上った時彼女はぱっちり眼を見開いて暗いらんぷの光の中に母の姿を見詰めていた。母は部屋から廊下へ出て、雨戸を繰ろうとしてそっと片手を戸にかけた。お絹はその時、何事か本能的な恐《おそろ》しさを感じて、母を逐《お》いかけて椽側《えんがわ》へ走り出た。そして椽側の柱に片手をかけ、母の腰にさがった帯に片手をかけて、大声で泣き叫びながら母を呼んだ。が然《しか》し、細いお絹の腕は直きに母の帯から振解かれていた。母の姿は暗の中に消えた。お絹は冷たい椽側に坐ったままで朝までしくしくと泣いていた。こうして彼女が泣いている間に、お絹の幼い心に母に対する根深い憎悪が培われたのであった。彼女は母がいなくなった事を告げるために家人を起したりは決してしなかった。彼女は一度として母の里を訪れたり、母の心を動かそうと勉めたりした事はなかった。彼女には母の去った理由や、その時の母の心事を知る必要は少しもなかった。幼い子供の腸をえぐるような泣声を聴き捨てて、心強く去り得た母の心を知るだけで充分であった。二人の愛児を敵の中に売って、彼女自身の悦楽を買った憎むべき女としての母の心が、永久にお絹の胸に残った。愛児のためにたったこれだけの犠牲をも拒んだ母のお蔭で、お絹と国吉は今日まで血の出るような生活を続けなければならなかった。その上に善良な父の心を暗くし、彼の一生を葬ってしまった。何処《どこ》に母の愛として信ずべきものがあろうか。

「子供の折から国吉は能《よ》く言いよったもんじゃ、早《はよ》う大きうなってお母さんのお墓参りをしたいちゅうて言いよったが、わしはその度《た》びに大きな声で叱りとばしてやりやした。わしは小さい子供の時分から、夜寝てから毎晩そう思うたのう。誰にも見付けられる気遣いのないような暗い晩に、あのお母さんのお墓へこっそりと行って、土をほじくり返してその墓を発《あば》いて遣りたい、墓の中から白い骨を掘り出して、その頭蓋骨やら脊骨やらを、腹の虫の癒えるほど足蹴《あしげ》にして、思うさま、この恨《うらみ》を知らせて遣りたい、と子供心に思詰めたものじゃが、今じゃとても、この考えは変らぬぞいの」

吉子は呆然として姉の顔を見詰めた。

何時《いつ》の間にか竈《かまど》の火は、燃えさしだけがぶすぶすと燻《くすぶ》っていた。この世の者とも思われぬほど蒼白い姉の片頬に、涙が一滴かかっていた。吉子は傷《きずつ》いた姉の心を抱締めたいような涙ぐましさを感じながら、心の中で呟いた。

「墓を発く、墓を発く」

突然、吉子の頭の中に彼女自身の暗い家庭が浮んで来た。何事も知らないで死んで行った母の罪は、其処《そこ》にまで尾を引いているのではないか、という疑惑が吉子の胸を突いた。

その時、本堂から微かな読経の声が聴えて来て、国吉の寝ている部屋の高い窓に、細い灯の蔭が揺れていた。

（一九二一、十一、二二）

巷の雑音

東向《むき》の高窓であったから、未《ま》だ夜《よ》の明方でも、ほの白い微光が、雨戸の隙《すき》や節穴からお絹《きぬ》の枕許《まくらもと》まで流れ込んで来た。その微光を未だ見開かないままの眼瞼《まぶた》に柔《やわら》かく感じながら、お絹は木《も》綿《めん》蒲《ぶ》団《とん》の粗い肌触りを享《たの》しむように、両方の足を二、三度、伸べたり縮めたりしていた。そして心の中《うち》で、

「もう起きなければ……」と未練げに呟《つぶや》いていた。

と、突然、ギッチ、ギヂギヂギヂ……とミシンの針を刻む音が、頭の中まで響いて来た。まるで脳味噌を歯車にかけて刻みでもするように、不快な鮮《あざや》かさでお絹の頭を脅《おびやか》して来た。お絹は急に眉を顰《ひそ》めた。

「何だってお隣りではこんなに早くから遣《や》り出すんだろう、」

と、眠り足らない眼を、後方の厚い壁の方へ向けた。が、やがて思い切って寝床《ねどこ》の中から起き出すと、荒々しいほどな手早さで、雨戸を繰った。水のような光線と青草《あおくさ》の匂《におい》とが、一時にお絹の顔に降注いだ。甘い水気を含んだ朝風が彼女の後《おく》れ毛を撫《な》でて過ぎた。お絹は少し蹠《あしのうら》を爪立てて脊伸《せの》びをしながら、高窓の敷居に両手を組合せて倚《よ》りかかった。すぐ鼻の先に表邸《おもてやしき》の黒板塀がぬっと列《なら》んで、楓《かえで》や桜の梢《こずえ》が、朝露に濡れたしっ

とりとした明色《めいしょく》を見せていた。黒板塀の囲い一杯に盛り切れないで、僅《わず》かに洩れ出た朝風《あさかぜ》であり青葉ではありながら、すべての快いもの新しいものを拒まれたお絹にとっては有難いものであった。暫《しばら》くうっとりと快い陶酔の中に浸っていた。

が、ふと、たった今、頭の中を掻廻《かきまわ》したミシンの響《ひびき》が彼女の顔を暗くした。……こんな宏壮な庭園の持主である隣家の人達が、貧しい自分と同じように、未だ夜の明け切らぬ間《ま》からミシンを遣る気遣いがない。よし又こんなに早くから遣っていたにしても、牧草の広っぱや、花壇や植込などのずうっと彼方《かなた》にあって、この窓からは僅かに屋根の一角が遠見に望まれるだけのあの母屋から、あんなにはっきりした、脳味噌を引掻き廻さないではおかないような不愉快な音が響いて来ようはずがない。……

お絹は高窓から離れて、彼女のたった一つの財産であるミシン台の前に腰を下しながら、考えた。素麺《そうめん》の空箱であったその腰掛がギシギシと微《かす》かに鳴ったが、あとはしいんとして、何処《どこ》からもミシンの刻む音は響いて来なかった。

「矢《や》っ張《ば》り、頭のせいかも知れない、」

お絹はこのミシン台が始めて彼女の部屋に運び込まれた時の、大きな喜びを思い浮べようとした。それは遠い昔の事のようでもあり、たった二、三日前のようでもあった。思い出すたびに、きざなちょび髯《ひげ》を貯えた、ミシン販売人ののっぺりした面構《つらがま》えが、お絹の頭の心《しん》で、エヘヘヘヘと卑しい追従《ついしょう》笑いをしていた。

「急にお部屋が狭くなりましたね、」

と、その男は狡猾《こうかつ》そうな一瞥《いちべつ》で、お絹の貧しい三畳の間を、ぐるっと一遍に見てしまいながら、

「これで毎日お稼ぎになりゃ、好《い》いお衣裳は着放題、おいしいものは食べ放題、」

お絹はそういう腐った女の遣るような言葉遣いが大嫌いであった。その上、その男の言葉の調子には、月賦《げっぷ》購入のミシンで稼がなければならない、若い貧しい娘の境涯を蔑《さげす》む様子が不遠慮に出ていた。然《しか》し幸いな事には、その時のお絹は余り有頂天になり過ぎていた。余り嬉しがり過ぎていたから、男の言葉をちっとも気にしなかった。

「私のやすむとこが無くなってしまいましたわね。お部屋中ミシンがのさばり出して、」

彼女の眼尻《めじり》と靨《えくぼ》が何時《いつ》までもだらしなく笑い続けた。

「あの時はどんなに嬉しかったろう。」

お絹はおそるおそる踏台へ足を載せた。男から幾度も催促せられてやっと、爪先に力を籠《こ》めてぎいっと一つ押した。ぎい、ぎい、台の上の滑車が眩《まばゆ》い銀の輪を画いて、廻転する、それにつれて縫針が、めまぐるしい早さで、チクチクと布地《きれじ》に喰い込んで行く、何という精巧な、愛すべき機械であったろう。これが、今日から自分の持物で、この部

屋に据えてある！　お絹はその男の足音が階段の下に消えると同時に、滑らかなミシンの胴体を抱えるようにして、横鬢《よこびん》を摺《す》りつけた。氷のような冷たさが、快く彼女の触感を刺撃した。

お絹の薄い唇がひとりでにゆるんで、低い唱歌の声が洩れた。頭の中では、明日《あした》から彼女の眼前に拓けて行《ゆ》くであろうエデンが、ぐるぐると廻転した。彼女は決して、米を買う金にも、間代《まだい》を払う金にも困らない、国許《くにもと》に遺《のこ》して来た老いた父親と、一人の弟とへ送金する、あわよくば、弟を手許に呼寄せて好きな勉強をさせて遣りたい！　お絹は涙ぐましい感激を以て父親へ手紙を書いた。夜毎《よごと》に人の寝静まる頃を、「火の用心」の鈴を鳴らし、雨に濡れては呼び歩く老父の姿といろりにそだをくべて父親の帰りを待つ憐れな弟の姿とを、心の中に描きながら。

然し、それから十日も経《た》たない間に、空想のエデンはあと方もなく消えて行った。お絹の唇には再び唱歌の声が上らなかった。それは何という不愉快な仕事であった事か。朝早くから寝る時までの終日は、我慢のならない、長い長い時間であった。ギッヂギヂギヂ、たったそれだけの単調な響きは、彼女を殺してしまいそうであった。監獄の中の麻糸繋《あさいとつな》ぎもこれ以上恐しくはあるまい、と思われた。たった十日の間に、真《ま》四角なエプロンばかりを、お絹は恐らく八百枚も縫ったような気がした。座敷の隅に出来上ったエプロンが堆《うずたか》く積み上げられた。お絹は溜息《ためいき》をしながらそれを見た。これが、あの愛すべき子供の胸にかけられるエプロンか、と疑った。白い蛆虫《うじむし》の残骸をでも見るように、お絹は得体の知れない憎悪の眼でこれを眺めた。一番不可《いけ》ない事は余り安過ぎる工賃であった。よくもこんな安い報酬を案じ出したものだ、と呆れるほどであった。お絹は自分で生活しなければならなかった。ミシンの一廻転にも彼女の体力は消耗されて行った。あとからあとから、それを補わなければならなかった。それには適当な睡眠と休息と栄養とが、是非必要であった。彼女はそれらの料《しろ》をすべて、ミシンの工賃から割出そうとした自分の虫の好さを苦々しい嘲笑を以て思い出さなければならないように、なって行った。その上に、一ヶ月五円の月賦金はお絹にとっては少額ではなかった。工賃の上り高が少なければ少ないほど、この月賦金がおっかぶさるような思いを伴って、思い出されて来た。きちょうめんなお絹の心に、身分不相応な負債を責める声となって、ギッチギヂギヂ、とミシンの響きが、執拗《しつよう》な意地悪さを以て迫って来た。

果ては、逐《お》いかけて来る悪鬼の蹄《ひづめ》の音のように聴えて来た。これから二ヶ年半、なしくずしに払い続けなければ、真当《ほんとう》に自分の物ではない。二ヶ年半、お絹は自分の声に驚いて声を立てそうであった。自分は死んでしまうに違いない、何という情けないものに縛り付けられてしまったんだろう！

お絹は悲しみに充ちた声で心の中で叫んだ。

例の男が、瞬《また》く間に素晴しい工賃を得させてしまうというミシンの偉大な機械力を語り聞かせたあとで、

「月に五円くらいは、全くただみたいなもんでさあ、機械がひとりでに儲けてくれますからね。」

などといった言葉を、腹立《はらだた》しく思い起さずにはいられなかった。

何処《どこ》の国の男か知らないが、販売人などというものを、この世界の隅々にまで、根気よく配置して、あらゆる手段を講じて、只管《ひたすら》この機械の売行に腐心している有様は、ちょうど、大きな土蜘蛛《つちぐも》がその口から怪しい糸を吐き、縦横無尽に網を張って、何にも知らずに引掛って来る犠牲を一つでも逃すまいとする具合に似ていた。お絹は、何時の間にかこの網の端《はし》に引掛って藻掻《もが》いている哀れな自分の姿を、じっと見詰めなければならなかった。

毎日毎日、彼女の眼瞼の見開いている間中彼女の頭の中でミシンが鳴った。仕事をおいて、貧しい独りの食卓に向っている時も、道を歩いている時も、廁《かわや》に這入《はい》っている時でさえも鳴った。お絹は呆然《ぼうぜん》と大きな瞳を見開いた。

「頭が如何《どう》かなったのかしら、」

お絹はそう疑う事が恐ろしかった。そして、しきりに頭を振って、その響を振りもごうとした。朝、眼が醒めるか醒めないかに、頭の中が鳴り始めた。寝ている間だけが、その響から逃れている時であった。

「…………」

お絹は恨めしげに眼の前のミシン台を見詰めていた。

「早く仕事をしろ、お前は何と言う怠《なま》け者なのだ！」

ミシン台はそう言って、お絹をせついているようであった。横着を構えて、尻を膨《ふく》らせながら寝そべっている猫よりも、ふてぶてしい落付を以て、ミシン台は澄《すま》していた。お絹はこうして腰掛けたままで、頭の中に数字を列《なら》べながら、未だ五日にもならない今月の稼ぎ高を計算していた。それは、今月分の月賦金を差引く事も出来ないような高《たか》だ、という事を情けなく悟らねばならなかった。彼女は、こんなに早くから、ミシンの幽霊に叩き起されて、飯も食べない間に仕事をしなければならないのが業腹《ごうはら》だった。一針も縫う気がしなかった。世の中の惨めな事は何もかも、皆、このミシン台のせいのような気がした。

お絹は素麺箱から腰を外して、ぷっとした顔付《かおつき》をしながら、男のような足音をさせて、階段を下りて行った。

階下《した》では、又別の貧しい一家族が、いぎたなく重なって寝ていた。末の女の子が独《ひと》り、母親の懐《ふところ》の中から、脱《ぬ》け出して茶の間の隅にあった飯櫃《めしびつ》の中に手を突込んでいた。赤坊《あかんぼう》は腹が減っていたので、冷えた固い飯を食べていた。他の者は、死んだようになって寝ていたから、この小さい悪戯《いたずら》っ児《こ》の邪魔をする者はなかった。フランネルの前掛には勿論《もちろん》、出しっぱなしにした茶ぶ台の廻りや、畳の上やそこら中一杯飯だらけになっていた。母親のいる前では許されない、その悪戯は、大変赤坊の気に入った。彼女は上機嫌で、飯粒の附いた笑顔をお絹の方へ向けた。

「おや、綾ちゃんは、駄目駄目、」

お絹はもうミシンの事を忘れてしまった。赤坊と無心に遊ぼうという念で一杯になった。赤坊は飯櫃の事を忘れてしまった。二人は同時に馳寄《かけよ》ろうとした。お絹は畳の上にこぼれた飯粒を踏み付けないようにするために、足を爪立《つまだ》てて歩いたが、赤坊はわざと踏潰して面白がった。お絹がしゃがんで、一粒ずつ拾おうとすると、赤坊はそうさせまいとした。短い歓喜の叫声《きょうせい》を挙げ、飯粒だらけの両手を拡げて、お絹の首へ噛り付いた。お絹は半分顰《しか》め面《つら》で、半分笑い出しながら、赤坊を揺《ゆす》り上げた。小さい足が、しきりにばたばたと騒いで、礫《つぶて》のようにお絹の腹を蹴《け》った。

「可愛《かわ》いい、可愛いいおいたさん！」

お絹は赤坊の蒟蒻《こんにゃく》のようにくにゃくにゃした小さい肩先を、自分の顎の下に挟んで、くつくつ押した。赤坊は仰山《ぎょうさん》な悲鳴を挙げて嬉しがった。大きな娘と赤坊は、そうしてふざけていた。

と、お絹の耳に低い呻《うな》り声が聴えた。お絹は直覚的にそれを感じた。

亭主は未《ま》だ雨戸の開けてない、薄暗い奥の間で、蒲団の上に起直《おきなお》っていた。彼は強度の神経痛で半身不随であった。自分独りでは、起上る事と体を横にする事だけしか出来なかった。彼は昼間も寝ていたから、夜は未だ暗いうちから眼が醒めた。若い女房が遅い夜遊びから帰って来て、「遊んで来るのが当り前だ、」という風に、がたぴしと不遠慮に表の戸を明けて這入って来るのも朝は遅くまで不貞寝《ふてね》をしているのも、沈黙《だま》って見ていなければならなかった。顔は半分いびつになっていて、碌《ろく》に口を利《き》く事が出来なかった。彼は先刻《さっき》、赤坊が蒲団の中から這い出したのも、飯櫃を引っ掻き廻しているのも知っていた。だが、坐ったままで、沈黙って見ていなければならなかった。

彼はしきりに呻って、寝呆《ねぼ》けている女房や息子の注意を惹こうと試みたが、無駄であった、赤坊が、今にも縁側から転び落ちるだろうという惧《おそ》れが、彼を悩ましていた。

処《ところ》へお絹が降りて来た。赤坊とふざけ始めたのを見て、嬉しさのために、彼は笑おうとした。が、笑う事が出来なかった。笑っても泣いても、彼の顔は同じであった。何時《いつ》も硝子玉《ガラス》のような空虚な眼には、涙が浮んでいた。

お絹は呻り声を聴くと同時に、その顔を見た。暗い座敷であったが、縁側からの微《かす》かな反射光線で、泣き笑いの不気味な顔が、映画のように現われていた。くしゃみを半分しかけて、そのまま凍りついてしまったような顔付であった。お絹は心で、彼の悲しい心を感じた。

「小父《おじ》さん、綾《あや》ちゃんがおいたで仕様《しよう》がないのよ。」

彼女は大きな声でわざと笑いながら、平凡な事を言った。どんな事を話し掛けても好かった。彼には誰も話し掛けてくれる者がなかった。否《いな》、まだ生きているのか、と言ってくれる者もなかった。生きたままで死んでいた。

彼は、赤の他人でしかない、この優しい若い女に感謝したい念で一杯になった。何かの意志表示をしようとしたが、妙に下腹が突張って来るような気がするばかりであった。

やがて、裏のどぶ板を踏むお絹のはしゃいだ足音と、その嬉しげな叫び声とが、一緒になって彼の耳へ聴えて来た。無念無想の動かない瞳を、暗い座敷の隅に向けたままで、彼はじっとしていた。

お絹は、皆《みんな》の寝ている間に赤坊の守《もり》をしがてら、今日の仕事を取りに行《ゆ》こうと思って、表へ出た。

「綾ちゃん！　お早《はよ》う、お早うをして御覧。駄目ねえ綾ちゃんは、何《なん》にも出来ないの、」

赤坊はたっぷり三つになっていた。然《しか》し、家《うち》のものは、赤坊を玩具《おもちゃ》にしている暇《ひま》に稼がなければならなかったから、哀れな赤坊は、僅か猿真似《さるまね》ほどの芸当も出来なかった。お絹が歩きながら、赤坊に頭を下げる事を教えようとしたが、無駄であった。赤坊は頭を下げるのが恐ろしいとでもいう風であった。頑《かたく》なに、顔を真赫《まっか》にするほど力を籠めて、首を後へ反《そら》そうとした。薄赭《うすあか》い生毛《うぶげ》の生えた、猿のような顔が、疑深《うたがいぶか》そうにお絹を見詰めて、動かなくなってしまった。お絹は朝の挨拶を仕込む事を諦めねばならなかった。そこで、出来るだけ機嫌の好《い》い笑顔になって、赫い捲毛《まきげ》のよじれ上った小さい頭を、激しくこすりながら、

「お早うは可厭《いや》ね、好いのよ、好いのよ。綾ちゃんは好い子ねえ。ほら、御《ご》らんな、わんわんが来たでしょう？」

玩具なしで育てられた赤坊は、犬と猫と雀とを友にしていた。その時、表邸《おもてやしき》のくぐり戸から、太った黒犬が走り出たのでお絹と赤坊は一緒になって喜んだ。赤坊は急に手足を藻掻いて、土の上に下りたがった。裸のままの足で土の上に降しても、赤坊はちっとも痛がらなかった。生れ落ちるとから、痛い、などという感じに負けないように出来て

いた。二、三歩、よたよたと走って、犬の方へ近附いて行ったが、又立止って、小さい日に焼《や》けた両手を拡げて、犬を呼ぶ手附《てつ》きをした。大きな犬は仲々《なかなか》来そうにもなかった。赤坊はちっとも飽《あ》きないで、しきりに手を振って犬を呼んだ。人間同士の挨拶は知らなくっても、犬を呼ぶ事は知っていた。悲しい事には、犬の方で知らぬ顔をしていた。

お絹は袂《たもと》の中から、赤坊のために取っておいた菓子の欠けらを出して、犬に投げてやったが、横着な畜生は、ちょっと長い耳を動かしただけであった。一歩も動こうとしないどころか、振向きもしなかった。牛乳や肉切れを飽きるほど喰べている犬にとっては、この貧弱な御馳走は、木の葉が落ちて来たほどにも感じられなかった。犬の方が動かないのを見ると、赤坊は自分の方で近寄って行こうとした。

ちょうどその時、同じくぐり戸の中から、その家の小間使が出て来た。先《ま》ず、お絹たちへ露骨な蔑視を浴せかけたのちに、

「クロ、クロ……」

と、叱るような激しい声で、犬を呼んだ。

お絹はその女の眼と声とから、まるで違った意味を汲み取っていた。

「クロ！　早く帰って来るんだってば、貧乏人の女や子供と遊ぶんじゃあない。」

お絹はこの違った意味の方を、はっきりと信じ切ってしまった。

「なんだ金持のお慈悲でやっと生きてる腐ったような女の奴隷め、其処《そこ》へ立ってる間におべっかの一つも稽古《けいこ》した方がましなんだろう。」

と、心の中で怒鳴り返した。そして、その女が犬を抱き上げて、黒繻子《くろじゅす》の帯を肥《ふと》った尻の上で揺り上げながら、潜り戸から這入って行く後姿を、じっと白眼《にら》んだ。

「綾ちゃん！　早く行こうね、」

そう言って、お絹が赤坊の方を振返った時、赤坊は犬も喰べなかった菓子の欠けらを拾って食べている処《ところ》であった。

「馬鹿ね！　綾ちゃんは、」

お絹は思わず険しい顔付になって、荒々しく赤坊の手から、その菓子を剜《も》ぎとった。砂と白い粉で縁取られた汚い口を大きく開けて、赤坊が泣き出した。お絹ははっとした。自分が今、何をしたか気が附いた。

「おお、御免よ、御免よ、」

お絹は自分も一緒にべそを掻きそうな顔になって、赤坊を揺り上げながら、調子をとって歩き出した。

「泣くんじゃあない、泣くんじゃあない、」

そう言って自分では、大きな瞳の中に一杯涙を溜めていた。……何だってこう、何もかも腹が立つようになってしまったんだろう。ちっとも我慢が出来ないとは……お絹は両側に列《なら》んだ小綺麗な家の、はたきの音を聴きながら、ほんとうに泣き出しそうになり、変な声で子守唄を唱い始めた。

みしん屋ではもう、門先《かどさき》に打水《うちみず》までしてあって、片手間商売の唐物《とうぶつ》を陳列した店も、きちんと片附いていた。

お内儀《かみ》は奥で、楊子《ようじ》を使っていたが、白粉焦《おしろいや》けのした蒼《あお》い顔を半分、店の方へ向けて、

「ちょっと待って下さい、」

とぶっきらぼうに言って引込んだきり、仲々《なかなか》出て来なかった。お絹は十五分くらい待っていなければならなかった。赤坊は退屈して何か悪戯の種を探し始めた。困った事には、赤坊の眼の前に、幾筋も束になった帯締《おびじめ》や、赤い手提《てさげ》袋などがぶら下っていた。ちょっと隙《すき》を与えると、赤坊は汚い手で、じゃれ附くようにして、いじり廻した。その間中、白い胸をはだけて、しきりに襟白粉《えりおしろい》を塗っていながら、お内儀はちょいちょいと光る眼で、簾《すだれ》の間から赤坊を白眼《にら》む事を忘れはしなかった。そして、じれったげな大声で、

「伝《でん》どん！　お客さんだよ。」

それでも誰も出て来なかった。赤坊にいじらせないようにあやすのに、だんだん骨が折れ始めた。それで、待っている間が、尚更《なおさら》ながくなって行った。お絹はじれじれして

来た。この洒落者《しゃれもの》の三十女が、だだっぴろい顔一杯に白粉をぬたくり、癖の悪い赤毛を撫《な》で上げるのが、すっかり済むまで待たなければならないのは、無性に馬鹿馬鹿しかった。

それに、彼女が起きてから大部時間が経《た》っていた。酷《ひど》く空腹になった。みしん屋の台所からはしきりに、温《あたたか》い味噌汁のむせるような香が立昇っていた。それが、お絹を尚更気短かにさせた。食べることの出来ない他処《よそ》の朝飯の匂《におい》に、鼻を鳴らしたり、呆《あき》れるほど安い工賃に釣られて来たりしている自分が腹を減らしている野良犬のような、惨めな気がした。皆《みんな》が寄ってたかって馬鹿にしている、そんな気がした。これ以上長くは我慢がならないと思った。ちょうどその時に、お内儀が眼が醒めたような、仇《あだ》っぽい化粧を済まして、にっこりしながら、出て来た。まるで別人のようであった。

「おや、被入《いらっ》しゃい。お待たせしてお気の毒様、」

上客《じょうきゃく》にとっておきのお愛嬌《あいきょう》を、もう一遍《ぺん》振り撒《ま》いた。お絹は変な気になったが、お内儀は上機嫌であった。お内儀は自分がどんなに美しくなったかをたった今鏡を見てよく知っていた。自分の水々しい化粧ぶりを見てくれる者が、若い男でないのはちょっと残念であったが、貧しい娘なのはそれよりも心易かった。そういう考えが、お内儀を晴々させたので、愛想の好い女が誰でも遣《や》るように、連れの赤坊をしきりにあやし始めた。それがたとえ、汚ない鼻ったらしであっても、まるで気にも掛けないようなそぶりで……然《しか》し、お絹は酷く不機嫌であったので、お内儀のあまのじゃくな御天気と一緒になって、踊りたくなかった。

「まだ仕事は来ないでしょうか？」

「好いのが来ましたよ、今朝《けさ》着いたばかりで、未《ま》だ誰方《どなた》へもお上げしないんですけど。」

「エプロンじゃありませんの。」

「いいえ、帯締めですよ。何の雑作はありません。ずうっと一筋に縫って下さりさえすれば、引繰り返すのは此方《こちら》で遣りますからね。一番手が掛らなくて、それに綺麗な仕事ですから、気が紛れますしね、百本位雑作《ぞうさ》なく縫えますよ。」

お内儀は奥から、羽二重《はぶたえ》絞《しぼ》りの細長い切れを一束ね、持って来た。うす藤や、ひわや、とき色の滑らかな、光る布地が、お絹のうす汚れのした前掛の上に拡げられた。一瞬間、お絹の瞳が物欲しそうに輝いて、生々《いきいき》とした。が、すぐに彼女は、それらの美しい布地が、自分には何の関係《かかわ》りもないものである事に気附いた。そして、懶《ものう》い、気の無い調子で聴いた。

「これで、幾何《いくら》なんでしょうか、」

「割に好いんですよ。何しろちっとも手が懸《かか》らないんですからね、それで、百本二十五銭です。」

「百本二十五銭！」

お絹は、自分の聴き違いじゃあないか、と疑《うたぐ》った。が、お内儀の澄ました顔を見ると、がっかりしてしまった。百本二十五銭！　それで割に好いんですよ、だとは。

お絹はお内儀の顔を、白粉の上にのっぺりと脂《あぶら》の浮いて来たその顔を、呆れて見詰めた。そのうちに、お絹の固い表情がお内儀の顔に感染して行った。

「では、別なものになさいますか。」

短いが、その質問には色々な意味が含まれていた。今にもこの仕事を引込めてしまうであろう、という予感が、お絹を脅《おびや》かした。此処《ここ》まで来ると、お絹はすべての考えを捨てて、降参しなければならなかった。腹立ちまぎれな事を言わないようにするために、舌を噛んでいた。お内儀は、この仕事は、全く割が好いのだ、と恩着せがましく又繰り返した。お絹はどうぞ、その仕事をさせてみて下さい、と頼んだ。石のような固いものが、咽喉《のど》に引掛っているような気がした。赤坊を負ぶって、仕事の這入《はい》った風呂敷を下げて、ミシン屋の敷居を跨《また》ぎながら、

「さようなら、有難うございました。」

と言って出て行った。お絹は何時《いつ》でも、仕事を与えてくれる者に対して、お礼を言わ

なければならない事を知っていた。然し、心の中では、まるで違った言葉で呪っていた。「出来るだけ上まえを跳ねるが好い！　そして、お前の白粉代と亭主の晩酌の代《だい》とを、しこたま溜めるが好い！」

今朝、あんなに酷くミシン機械を憎悪した事を、まるで忘れてしまったように、お絹は、台に凭《よ》り掛って丹念に機械を磨いていた。薄埃りを冠《かぶ》った胴体と台にくっついた銀《ぎん》板《いた》とが、皮を剝《む》いたように滑《すべ》っこい輝きを以て、黒檀のように、又プラチナのように光り始めた。「持てるものの享楽」が彼女の胸にも湧いて来た。それは、何の幽霊にも纏《まと》い付かれていない、純な感情であった。生きたものに対するような愛撫の情であり、感謝を現わすものであった。お絹は、心を籠めてその銀板を拭いた。そして、「よく働いてくれる私の針よ。私は余りお前を使い過ぎた。使い過ぎなければ食って行《ゆ》けないのを、私と一緒に悲しんでおくれ、」と無心に呟《つぶや》いていた。「機械は何にも知らない。機械が悪いのではない。」お絹は誓うように、自分の心に言った。愛馬を労《いたわ》っている農夫のような、平和なお絹の顔が、磨かれた銀板に映った。お絹はその顔を見た。梳《くしけず》らない捲毛《まきげ》の垂れ下った広い額、愛に飢えて見開かれた瞳、もの言いたげな薄い唇、それらの何処《どこ》かに反逆者の心が眠っていた。動的な美が潜んでいた。お絹はうっとりとなって、自分の顔に話しかけていた。

その時、体の何処かで、ぴくぴくと微《かす》かな疼痛《とうつう》が、時々、ちょうど細い糸をでも曳《ひ》くような具合に、ごく微かに間をおいて、響いてきた。暫《しばら》くすると、それが、左の足の踝《くびす》の辺りに焦点を持って、かなり激しい痛みとなって、ずきん！ ずきん！ と頭まで上って来た。お絹は急に顔を顰《しか》めた。

「あそこが、到頭《とうとう》痛み出した！」

幸福な妄想《もうそう》が一時に消えてなくなった。痛みが激しくなるにつれて、お絹は可厭《いやおう》なしに恐ろしい事を自覚しなければならなかった。

二日前の事であった。

見知らない子供が、狭い街道で、得意廻りの自転車に轢《し》かれそうであった。はっとして、お絹は跳び出した。雨上りのでこぼこ道であった上に、もう薄暗くなりかけていて、足許《あしもと》が解らなかったというよりも、足許など気にしている暇がなかった。お絹は、罠《わな》に引掛りでもしたように美事《みごと》な横倒しになって、ぬかるみの上に手を附いていた。自転車に轢かれるはずの子供が怪訝《けげん》な顔で「うつけ者の独り踊り」を見ていた。お絹は顔を赫《あか》らめて起上《おきあが》った。足駄の緒《お》が切れて、左足の踝の上の瘤《こぶ》に血がにじんでいた。激しい疼痛が遣って来た。

然し、はたから見ると、それは街上にざらにある、平凡な、馬鹿げた出来事の一つであった。お絹も痛さ痒さを感じる暇のないほど忙しいお蔭で、昨日一日忘れていた。それが今になって痛んで来た。……あの時の傷が内攻しているのだ、何という激しい痛みだろう。……突然、或る考えが、お絹の頭に閃《ひらめ》いた。今日限り、ミシン台を踏む事が出来なくなるだろう、という予想であった。それは、今日から食って行《ゆ》けなくなる、という事を意味していた。が、その恐ろしい考えも、長くは続かなかった。すべての感覚を剝《も》ぎ取ってしまうほどの激しい疼痛が遣って来たからであった。お絹は音を立てて転倒した。階下《した》から、女房が喚きながら上ってきた。彼女は、何をこのお転婆娘が騒いでいるのか詰問《きつもん》しようとした。お絹を腹立たしそうに、大粒の涙を留めた眼で女房を見詰めた。

「痛いのよ、小母《おば》さん！　おととい転んでくじいたのが……ああ、あ、あ、」

お絹は畳の上を転がって泣き出した。女房はお絹の泣くのを見た事がなかった。愚かな女房は如何《どう》して好《い》いか解らなかった。何か探し出しでもするように、きょときょと狭い部屋中を見廻した。訳の解らぬ事を口走りながら狼狽《あわ》てて階下へ降りて行った。が、階下では、智慧《ちえ》を貸してくれる者は誰もなかった。女房は、こんな時何の役にも立たない亭主を、腹立ちまぎれに口汚なく罵《のの》りながら、又二階へ馳《か》け上った。そして「ほんとうに上手な揉療治《もみりょうじ》」が裏横丁の三軒目にあるから、すぐ行ったら好いだろう、と言う事を始めて思い出したようにお絹に告げた。それから、成田山の御符が好かったら貼って遣ろうか、などと言った。お絹はそれらの言葉が耳へ這入らなかった。なんにも言わないで、医者の処までおぶって連れてってくれ、と哀願した。

お絹の惧《おそ》れていた事が一時に遣って来た。傷は化膿していて、切らなければならなかった。手術は済んでも、「足を絶対に使わないように、」と言渡された。お絹は泣く事も出来ないような思いで一杯になりながら、ぽかんと天井を見詰めて、寝ていた。寝ていて、痛みと妄想とに打克《うちか》とうとして、歯を喰い縛っていた。

朝に夕に、貧しい食膳が女房の手に依って運ばれた。一椀の粥《かゆ》、一皿の香の物も即時に換算せられて、お絹のレース編の巾着《きんちゃく》から、女房の掌《てのひら》に銅貨が載せられた。そのたびに、女房の光る眼が、巾着の口を覗き込み、最後の一銭のはたかれる時機を計っているようであった。そのあとで、

「もうそろそろ、起きてみたら如何だね。」

こう、せつくような調子で言うのが癖であった。お絹は、暗愚な女房の親切が、何処《どこ》までが真物《ほんもの》であり、何処までが銅貨に繋《つな》がっているかを、よく見極めていた。それで、

せっかくの温《あたたか》い粥も味噌汁も、ただ、咽喉《のど》を流れるというだけであった。

「早く起きたい！」

お絹はミシン台の方を見ないように、脊《せ》を向けて寝ながら、考えた。

「早く起きて、どの人間にも皆、仕返しをして遣りたい！」

が、仕返しをして遣る前に、お絹はもっと虐げられなければならなかった。或る日、ミシンの販売係の男が遣って来た。

どんどんと不遠慮に音を立てて、階段を上って来た。寝ているお絹を、突立ったままで見下して、

「ミシンを取りに来ましたがね。」

彼は、「お怪我《けが》をなすったそうですね。」とも「お気の毒な事をしましたねえ。」とも言わなかった。お世辞は金儲けに役立つ時以外には遣《つか》わない、というのがこの男の主義であった。

「ミシンを？」

お絹はその意味が解らなかった。

「こちらではもう、御不用だというじゃありませんか。」

これだけ言ったら沢山だという風であった。叩きさえすれば、無尽蔵に調子の好いお

べっかの言える口を持っていながら、今は一言いうのも惜《お》しい、という風であった。薄い唇を小憎らしくひん曲げて、つぐんでいた。その口附《くちつき》を一眼見ただけで、お絹はすべてを理解した。

「いいえ、不用ではありません。私は直《じ》き起きられます。」

「店の方でも機械が足りなくって弱ってるんですし、御不用なものを飾っておいても仕方がありませんからね。」

「だから、不用じゃあないって言ってるじゃありませんか。貴方《あなた》がたは、私が月賦のお金を払う事が出来ないとでも思ってるんですか。」

然し、男はそれには答えなかった。

「とにかく、一応お預りして帰りますから。」

「不可《いけ》ません！」

お絹は蒲団を跳ねのけて起き上った。もう足も痛くはなかった。

「私はちゃんと証書を入れて、規定通りのお金を払って、貴方の店から買取ったのです。私が不可ないって言うのに、如何しても持って行くと言うんですね。」

お絹は憎悪を籠めた眼で男を見詰めた。熱い血がかっと、両頬に集って来るのが感じられた。

「貴君《あなた》は証書の事を仰言《おっしゃ》るが、全額払込を済さないうちは自分の所有にならない、という事を承知の上で、お入れになったのではありませんか。」

男は落付いていた。痩《や》せた頬には薄笑いが浮いていた。何もかも男の言う通りであった。ミシン台は自分のものではない！　もう、お絹には何にも言う事がなかった。で、低い声で、お持ちになっても構わない、と言った。近いうちに、起きさえしたら、一度貴方の店へ行《ゆ》く、と言った。男は、そうですか、とも言わなかった。

「おい。」

とそれまで、二人の言争いを障子の蔭で聴いていたもう一人の若い男に、眼で指図をした。そして、二人でミシン台を抱えて階段を降りて行った。

「あれが同じ人間なのか？」

お絹は自分の心に問うていた。ミシンを運んで来た男と、それを取上げて行った男とは、同じ人間であった。彼はただ、自分の商売に忠実であっただけであった。転って行《ゆ》く金貨を追掛けて来ただけであった。

お絹は泣かないようにするために、瞳を大きく見開いて天井を見た。湯のような涙が、頬を流れた。

「明日《あす》からは……」

其処《そこ》へ、真暗《まっくら》な扉《と》が、ずしん！　と音を立てて落ちて来た。お絹は悲壮な心を抱いて、まともに、その扉《と》にぶつかって行《ゆ》こう、と固く決心した。

「明日《あした》は如何《どう》しても起きる！」

気弱な信心者が、おみくじに逆った決心をする時のような、自信のない声で、お絹は幾度となく自分で言ってみた。未《ま》だ足が痛いからであった。然《しか》し、もう八日寝ていた。ちっとも働かないでいた。あと、二日とは暮せないだろう。この思いが駑馬《どば》に鞭打つような冷酷さで、お絹の床摺《とこず》れの出来た痩せた尻を打った。鞭打たれた駑馬には、蹄《ひづめ》の先に釘がささったくらいで、痛いなどと言うのは贅沢《ぜいたく》な沙汰であった。お絹は足の傷の事を思う訳には行かなかった。それに、終日、ミシン台の脚輪が畳の上に喰い込んでいた跡を、寝ていながら見ていなければならなかった。その跡には、ミシン屋の親爺《おやじ》のせせら笑いが残っていた。

「如何したい？　のらくら娘。」

その日が明けて、明日が来た。幸いな事には足の痛みは充分、我慢が出来た。お絹は朝日と共に起上った。ちょっと、左足を引摺って窓際へ寄り、雨戸を繰った。窓幅だけの空気が、小川のように無音のせせらぎを立てて、流れ込んだ。お絹は思わず大きな息を吸い込んだ。そして、光りの中に白い腕を晒《さら》しながら、寝衣《ねまき》を着替えた。垢染《あかじ》みた肌着から、プンと臭気が立った。お絹はちょっとおどけた手附きで、肌着を摑《つか》み上げながら、

「なんて臭い……」

そして眼の中で独り笑いをした。が、声を立てない間に笑いが消えた。踵《かかと》からずうーんと微《かす》かな音を立てて、疼痛が上って来たから。

「畜生！　畜生！」

お絹は野良猫を逐《お》うような声を挙げて、痛む足を邪険に叩きつけながら、畳を踏《ふ》んでいた。

「おや、如何《どう》したのさ。」

階下《した》の女房のおえいが、お絹の独り芝居を呆れて見ていた。おえいは、お絹が八日もなんにもせずに寝ていた事を怒っていた。二階の間代《まだい》を蹈み倒されやしないか、と絶えず疑っていた。「足がちょっと痛むくらいで……」と、馬鹿にしていた。おえいは無病息災で、蹴飛《けと》ばされてもびくともしないように出来上っていたから、外《ほか》の者も皆そうだ、と思っていた。「自分達の若い時分には……」と、おえいは、意気地のない亭主を督励して身体を粉にして稼いだ、という毎時《いつも》の自慢話しを、寝ているお絹にもう一度聴かせ

て遣《や》りたい、と思っていた。お絹が始めて足が痛い、と言って、気狂い犬のようになって喚いた時の事を、おえいは腹立たしく思い出していた。あれはきっと、狂言に違いない、と思った。自分はお人好しだから、欺《だま》されたのだ、と思いたがっていた。

今、お絹宛ての郵便を持って、二階へ上ってみると、お絹はひとりで騒いでいた。

「案の条！」おえいは後《うしろ》の壁に向ってちょうど牒《しめ》し合せた仲間にでもするような具合に、狡猾なめくばせをした。――この娘は、人のいない時は、何時《いつ》でもこんな事を遣っていたのだ！

「余り長いこと寝ていちゃあ、退屈だあね。」

おえいはぺろっと舌でも出したい気で、こう言った。

お絹はおえいが上って来た事を知らなかった。その心中の独り判断はなおさら解らなかった。

「今日《きょう》から起きてみたいと思ってね、少しあ痛いようだけども、仕方がないわ。」

その手は喰わない――おえいは心の中で用心していた。朝っぱらから馬鹿にせられて堪《たま》るものか、と思っていた。未《ま》だ、痛いのか、などと聴いて遣るのが業腹《ごうはら》だったので、郵便をお絹に渡して、さっさと下りて行った。

その郵便は弟の英二から来たのであった。一年に三度ぐらいしか手紙を書いた事のない英二は、それで、綴方《つづりかた》とお習字の仕上げを根限《こんかぎ》り遣っていた。

お絹は先《ま》ず、封筒の馬鹿丁寧な字を見て、微笑した。その手紙には何時も、お世辞がちっともないのであった。電報をもう少し、長くしたようなものであった。一《ひと》くさりの単語から色々な意味を汲みとらなければならなかった。一字一句を様々に延長して考えなければならなかった。この仕事はお絹に、人知れぬ喜びを齎《もたら》してくれた。が、今朝《けさ》の手紙には、「裏の藪に筍《たけのこ》がたくさん生えた。」とも「お父さんは大変丈夫だ、」とも書いてはなかった。ほんの一行読んだきりで、お絹は顔の色を変えた。その手紙には、田舎者らしい信頼と、無骨な卒直さで、

「私は明日《あす》の夜行で立つから、停車場まで迎えに来てくれ。」

と書いてあった。——誰がお前に来いなどと——それはお絹が書いて遣ったのであった。

お絹はたった二週間前の事を忘れていた。寝ている間中、彼女は自分の事だけしか考えていなかった。もしくは、自分の道に立塞《たちふさ》がろうとする厚かましい人間に対して、反抗する事ばかりしか考えていなかった。然し、英二はもう、汽車に乗って、林檎《りんご》の白い花を窓に見ながら東京に向っているであろう。

お絹はミシン屋の甘言《かんげん》にうまうまと引掛って、安っぽい感激で有頂天になっていた自

分を呪った。そんな夢はとうの昔に、消えてなくなっていた。

「又この上に、丸裸のままで食いたがってばかりいる人間が、一人増えるのか！」

お絹は溜息《ためいき》を吐《つ》いた。

が、汽車は脱線もしないで進行していた。

お絹は顔を洗いに下りた序《ついで》に、おえいに話し掛けた。

「国から弟が来るって言って来たんだけども、全く困ってしまうのよ。」

「今は駄目だと言って遣れば好《い》いじゃあないか。」

たった一人の相談相手は、そんな事は考えるまでもない、という顔付で、にべもなく言って退けた。お絹は情けない顔をして、夕方は上野へ着くはずだ、と言った。

「無鉄砲な事を遣るもんだねえ。」

おえいはこう、仰山《ぎょうさん》な言方《いいかた》をして、馬鹿正直な田舎者と、虫の好い姉娘とを一緒に非難した。

「一体、如何《どう》するってんだろう？」

と、おえいは、相手に聴えないような低い声で呟《つぶや》いた。そして、早速、ナップルの時計会社へでも、世話をして遣らなければなるまい、と、ひそかな親切心で思い廻らしていた。

午後、汽車が着く二時間も前に、お絹は駅へ出掛けようとした。屋根裏の二階で、色々な事を考えているのが、息苦しくて仕方がなかったから、駅で、うようよする人混みを見ていたら気が紛れるだろう、と思ったのであった。

「一体、幾時《いくじ》の汽車なんだね?」

おえいが、へっついの上の壁に貼り付けた煤《すす》けた時間表を見ながら、声を掛けたが、お絹は聴えぬ振りをしていた。赤坊《あかんぼう》が一緒に出たがって泣いていた。「なんて、うるさい見《こ》だろう。」お絹は頭の中がごちゃごちゃになっていたので、べそっ掻きに構っていられなかった。足の痛みは体だけが感じていて、頭の中までは上って来なかった。少し引摺り加減に歩いていながら、お絹はそれを知らなかった。馬鹿のようになって、眼ばかり見張って真直《まっす》ぐに歩いていた。乗合自動車、電車、自転車が蚊の鳴くような微かな唸りを立てて、かすめていた。それらはまるで、別の世界で唸っていた。頭の中では「如何したら宜《よ》かろう?」という何時までも答えの出ない循環小数が、どうどう廻りを遣っていた。

停車場では、様々な自働人形がうようよしていた。赤切符で二等待合室に収っているハイカラ令嬢や、俺のネクタイは如何だい? と体中で皆《みんな》に聴いている若い男や、芸者を連れて旅行する事を人々に知らせたがっている禿茶瓶《はげちゃびん》や、その他、他人の思わくばかりで動いている人間の集りであった。が、お絹はちっとも腹が立たなかった。それらは皆《みな》、別の世界に住んでいた。なんにもお絹の気を惹くものは無かった。汽車が来た！　光ったレールの上に、機関車の頭部が現われた瞬間に、お絹の臍《へそ》の上から胸の方へ、固い棒のようなものがぐっとこみ上げて来た。肉身に対する本能的な愛情が、泉のように湧いた。つい一瞬間前まで、「如何して厄介払《やっかい》いをしたものだろう。」という事ばかり考えていた事が恥しかった。そんな冷酷な考えを持ったのが自分だという事は、情けない事であった。英二！　英二！　お絹の眼の前に、茶縞の筒袖を着て、新しい、玩具《おもちゃ》のようにしゃちこ張った帽子を冠《かぶ》って、畝道《あぜみち》を学校へ行《ゆ》く、英二の子供姿の幻がかすめて通った。次の瞬間には、その幻が「中学生」に出世していた。それは紺サージのちっとも継《つぎ》の当らない洋服を着て、光った編上げを穿《うが》っていた。そして「今日のおやつは何かしら？」という事以外には苦労のない、ほがらかな顔をしていなければならなかった。それが英二に対するお絹の偶像であった。その偶像とお絹とは、ちょっと小綺麗な二階を借りて、楽しい巣を営むはずであった。——これらの想像は、ほんの一瞬間にお絹の頭の中を過ぎたのであった。然《しか》し、汽車の頭が駅に這入《はい》るすぐ手前のカーブに差掛ってから、蒸気が切れた、とでもいう風にぐずぐずしていた。お絹はこんなのろまな汽車を見た事がなかった。が、到頭《とうとう》、けたたましい最後の叫声《さけびごえ》を挙げて止まった。お絹は焼けつくような瞳《め》で英二を探した。見知らない無数の首が、窓から出ていた。彼女にはなんの係りもない様な叫声が、喧《やかま》しく呼びかわしていた。せわしない喜悲劇が騒然と幕を上げていた。やがて人々は、豆を煎《い》るような音を立てて階段を上って行った。

英二はいないのか！　いた。それはなんという情けない様子であったろうか。お絹はもう少しで声を挙げるところであった。二人が別れて九年経《た》っている事を忘れていた。英二はもう玩具《がんぐ》ではない。村祭りには褌《ふんどし》をかいて山車《だし》を担《かつ》ぐ立派な若い衆《しゅ》であった。

「荷物は？」

「自分で持って来た。」

英二はちょっと笑おうとした。厚い唇から馬鹿げて白い歯が出ていた。茶色の瞳が疑深《うたがいぶか》く光っていた。それは、人に怖《おび》えた山猿の表情であった。お絹は、何か親しい言葉を掛けて遣りたいと思いながら、何にも言う事が出来なかった。「さぞ疲れたでしょう？」と言う代りに、お絹は沈黙《だま》って信玄袋《しんげんぶくろ》の緒に手を掛けた。英二はそれを振払って、自分で提《さ》げて歩き出した。

彼は横肥《よこぶと》りの上に脊《せ》が低かった。おまけに大人びた袂付《たもとつき》の着物を着ていた。袋の重味で肩がシーソーのように揺れた。まるで、奴凧《やっこだこ》が踊っているようであった。おどけた腰には、水色縮緬《ちりめん》の二尺幅の帯がみせつけがましく捲《ま》きつけてあって、垂れが尻の横っちょでぶらんぶらんしていた。

ちょうど、郵便車から行嚢《こうのう》を引摺《ひきず》り出していた駅夫と、押車に腰を下していた赤帽とが、変なめくばせをした。そして、ちょっと間を置いて、悪意のある大笑いを浴せ掛けた。英二は、朴訥《ぼくとつ》な恥しがりから、すばしこく感じていたが、振り返るのが恐ろしかった。が、あとから、お絹が続いていた。お絹は、他人を嘲笑して楽しんでいる彼等の下《げ》素《す》根性を憎んだ。その上に、自分の弟が的《まと》になっていた。お絹は英二の側に寄って、かばうような身構えをし、敵意のある眼で白眼《にら》み返した。その時には、向うの仲間は四、五人になっていた。貧乏娘の下手な挑戦は、ぼろを着たかがしが弓を引いているようであった。彼等は面白がって凱歌を挙げていた。お絹はその声を弟に聴かせたくなかった。何かまるで別の話しを、国の様子をでも話し合おうとした。が、水色縮緬の帯と奴凧の袖とが、お絹の瞳から離れなかった。

「もっと違った帯は持っていないの？」

そう、聴いてみたくて堪《たま》らなかった。「男手一つに育てられた。」と笑わせたくないという、老父の愛情が、その帯を腰に捲かせた事を、お絹はちっとも知らなかったから。

二人は、逐《お》い立てられるように、駅から出た。宿まで歩く間中、ちっとも口を利《き》かなかった。二人とも駅での出来事を気に病んでいた。その上に英二は、田舎訛《なま》りを笑われやしないか、と心配していたし、お絹は、弟の品定めを遣っている事を、気附かれやしないかと恐れていた。然《しか》し、それでも宜《よ》かった。二人は、お互《たがい》同士の心の底に湛《たた》えている湖のような愛情を信じていたから、それで満足していた。

英二は、姉の生活について充分な知識を持っていなかったから、勝手な想像をしていた。「ミシン台の備え附《つけ》てある二階」を見たがっていた。彼は紬車《つむぎぐるま》と手織機《ておりばた》の間で育って来たから、「機械」の力を誇張して考えていた。姉は異人の住む様な家にいるのかもしれない、と思っていた。が、其処《そこ》は午後になるとちっとも陽がささない薄暗い部屋であった。押入を少し大きくしたようなものであった。英二は、こんな狭い部屋を見た事がなかった。「東京」という処はこんなものかと怪しんでいた。

お絹は英二が考えそうな事を、ひそかに感じていた。胸が塞がるような思いを、舐《な》めなければならなかった。ミシンを漂《さら》って行《ゆ》かれた事を、如何して話したものか、と心を痛めていた。英二はそれとは言い出し兼ねて、何か落し物でもしたような顔付で、部屋中を見廻していた。お絹にはそれが能《よ》く解っていた。

「当分仕事が閑《ひま》だから、他処《よそ》へ借して遣った。」

そう言えばなんの雑作もなかったが、着いたばかりの弟に、生活の不安を感じさせるのは忍びない事であった。いずれはぶちまけてしまうのだ、と思いながら、その決心をしかねていた。そして、その機会を次々に延していた。

「お這入り、狭いけど当分我慢するんですよ。」

と、お絹は袋を持ったなりで敷居の処《ところ》に立っている英二に言った。そして、これくらいの処に二人くらいで住んでいるのは、未《ま》だ好い方なので、未だ未だ酷《ひど》いのは六畳一間に三家族ぐらいが、うじゃうじゃしてる処さえある。住宅が不足で皆が困っているのだ、と話した。そう話しながら、どういう気でそんな事を言ったのか、解らなかった。

直《じ》きに、途中で誂《あつら》えておいた洋食が来た。暗い階段を上り詰めた処で、おえいが首だけ見せて慄《ふる》える手で皿をさし出していた。あくどいヘットと胡椒《こしょう》の臭《におい》が、脳天に浸み渡った。おえいはずいぶん長い間、こんな御馳走にあり付かなかったし、お絹は晩のために昼を倹約していたから、二人は一緒に、ぐっっと咽喉《のど》を鳴らした。お絹はもう少しでおえいに

「一緒に食べませんか。」

と言う処であった。然《しか》し、英二が恥しがって思うように食べないだろう、という思いが、やっとお絹を引留めた。お絹は急いで、おえいの手に洋食の代を握らせた。それっきりでもう、彼女のレース編の巾着《きんちゃく》の中には、一厘《りん》もなかった。「明日」の事をお絹は

よく知っていたが、「明日」は今ではない。明日のために、可愛《かわ》いい弟に一皿の御馳走を断念しなければならないほどなら、お絹は死んでしまった方がましであった。

が、お絹の心尽しも無駄に終った。その上に獣脂のあくどい臭気が、英二は四つ足を食うのは畜生だ、という田舎風儀に馴染《なじ》んでいた。その上に獣脂のあくどい臭気が、彼をもう少しで吐き出しそうにした。彼はいろりに懸けた芋汁を恋しがりながら、空腹を忍んでいた。

「食べないの。」

「ううん、汽車に乗っとったから、咽喉《のど》が塞《ふさが》っとるようで、食べられん。」

「でも少うし食べてごらん。」

「ううん。」

お絹は悲しい瞳《ひとみ》で、弟を見据えていた。彼の厚い唇を、無理に引きあけてでも食べさせて遣《や》りたかった。——なんて、ひねこびれた子供なんだろう。

英二はそれを感じていた。彼は姉に可厭《いや》な思いをさせるのが悲しかった。で、もっと落付いてから、夜中にでもきっと食べる。それに、今はちっとも腹が減っていない、と恐る恐る言っていた。可哀《かわい》そうに彼は、真夜半《まよなか》にひとりで起きて、あの一皿の肉片を如何《どう》始末をしたものか、と思い悩んでいた。そして、とうとう一杯の白湯《さゆ》を呑んだ切りで、辛棒しなければならなかった。

二人は枕を並べて寝た。お絹は、考えなければならない事がたくさん残っていた。それは、すべて明日までに片附けなければならなかった。彼女は身動きもしないで、考えに耽《ふけ》っていた。

お絹は今まで、自分のためにばかり生活していた。ただ、生活しさえすれば宜《よ》かった。然《しか》し、今は対象があった。しかもそれは、御念の入った偶像であった。お絹は英二に、食べさせるだけでなしに、「官製はがき」のように通用する教育を施したがっていた。彼女はひそかに自分の無教育(彼女はそう信じていた)を恥じていたから、「官営の教育」を屢々《しばしば》買被っていた。その免許状で購《あがな》う事の出来そうな様々な幸福を信じていた。彼女の胸の底には未《ま》だ、権勢に対する無意識の憧憬《しょうけい》が根を張っていた。愛する弟をそうした絢爛《けんらん》と輝く幸福の国へ送り届けて遣りたかった。そのためには、自分の生活を棒に振っても、ちっとも後悔しまい！　と容易《たやす》く決心する事が出来た。この決心は、お絹に甘酸っぱい、犠牲者の歓《よろこ》びを感じさせた。この心持を享楽するだけで、彼女は充分に幸福であった。「愛する者のためにする生活」は浄《きよ》い。この前提で積み上げた踏台の上に立っておれば、彼女はどんな事でも、不正不善をさえも、疚《やま》しさに迫められる事なしに、仕《し》遂《と》げられそうな気がしていた。犠牲の仮面を真向《まっこ》うに振翳《ふりかざ》して行《ゆ》けば、行く手の野山が、ひとりでに拓けて行く事を夢見ていた。彼女の心の中《うち》だけの遊戯は際限もなく渦を捲いていた。次にはただ、何を職業として選ぶか、を決めさえすれば宜《よ》かった。

お絹は、何処《どこ》かの大きな銀行や郵便局で、「お嬢様の御道楽《おどうらく》」という風な手附きで仕事をし、「三日目毎《ごと》に変った装《な》りをする、」というだけの理想を持っている顔付で、電車に乗って通勤している女事務員になる事は如何かと、考えてみた。彼女は学問はしていなかった。が、意地と押しとで其処ら辺りの女共を出し抜くくらいの自信を持っていた。然し、「月給日」という日まで、二人の腹を締め付けておく事が出来なかった。泣きっ面をして、「月給日」を見上げながら、脹満病《ちょうまんや》みのような水っ腹を抱えて、塩を嘗《な》めるだけの我慢が出来たら、……彼女は女事務員になるはずであった。米の飯を食って、生きている人間が二人いた。しかも一人は、月謝を出して、「教育」を受けねばならなかった。

お絹は蜂に刺されたような顔をして、頭を横に振った。

「矢っ張《やっぱ》り、あれに決めよう、」

お絹の頭の中で、「月収八十円」という紙札が、ぶらんぶらん揺れていた。それは或る、一流のレストランの女給募集の広告文の文句であった。彼女は、未だ手に渡りもしない、その「月収八十円」の遣《つか》いみちの事ばかりを考えていたから、その他の事は思い附く暇がなかった。

「英ちゃん寝た?」

「未だ、」

「私も未だなのよ。」

薄い蒲団の襟の中で、いが栗頭がちょっと動き、茶色の笑った瞳が、お絹の方へ向いていた。その瞳のために、お絹は、「月収八十円」の決心が無駄でない事を感じていた。で、彼女ははしゃいだ気持ちになり、明日《あす》からの二人の生活について饒舌《しゃべ》り初めた。――お絹は非常なお饒舌《しゃべ》り好きであった。ただ、不断は余り苦しい事ばかりで饒舌《しゃべ》る事を忘れていただけの事であった。――

英二は、秋に受ける中学校の編入試験の準備のために、早速明日からでも英語速成学校へ通っても好《い》い事、暮し向きの事はちっとも心配がない事、それどころか、もう少し経《た》てば父さんに何か送って上げたりする事も出来る事、などを話して聴かせ、英二ももう、学生になるのだから、洋服を着なければみっともない事、編上げの靴も買って上げる事、――だから、水色縮緬《ちりめん》の兵児帯《へこおび》は止めた方が好い、ともう少しで言うところであった。――そんな愚にも附かぬ事を饒舌《しゃべ》って嬉しがっていた。そして、最後に、軽い気恥しさと疲労のために口を噤《つぐ》むまで、お絹は、何処からそういう「かて」を得て来るか、という事を明かさないように用心していた。彼女は、弟から無言の譴責《けんせき》を受ける事を、ひそかに恐れていた。

然《しか》し、英二は、姉が偉い人間である事を屢々《しばしば》父親から聴かされていた。彼は素朴な驚嘆と、単純な感謝とをもって、この長談議を聴き終りさえすればよかった。

やがて、二人の上に、静かな夜《よ》が落ちて来た。

朝。

ざるの底に馬鈴薯《じゃがいも》が六つ残っていた。萎《しな》びて黄色い芽を吹いていた。お絹は流しの側でそれを見ていた。たった、それだけの材料で二人の朝食《あさめし》を調理しなければならなかったので、愛する弟のために、自分は一っかけも食べないでいようと、決心していた。

「七輪」の底で粉火が花火を挙げ、土鍋の中で湯がたぎり、芋が踊っていた。かぐわしい澱粉《でんぷん》の匂《におい》が、湯気と一緒にお絹の鼻先きを撫《な》でていた。それほど、お絹は土鍋の中を覗き込み、ちょうど、湯気から立上る芋の気を吸い込んで、おなかの足しにしようとしているようであった。

英二は昨夜の姉の話しを信じていたから、せっかく、自分ひとりのために差出された、塩うで芋を遠慮するのは失礼だ、と思っていた。馬が、枯草を噛むような気忙《きぜわ》しさで、むしゃむしゃ食べていた。

「姉さんはもう、済んだのか?」

と聴く事も忘れていた。お絹はそれでも、彼が遠慮するかも知れない、という心配から、彼が食べ終るまで階下《した》にいよう、とした。そして、階段の下り口まで行《ゆ》きながら、また何か用事ありげに引返して来た。お絹は芋の側を離れたくなかった。せめて、英二が甘味《うま》そうに食べている処でも見ていたかった。お絹は気附かれないように用心しながら、如何にも仕事が忙《せわ》しい、という風に、彼の側に坐り、着物の綻びを縫っていた。

――残すか、残さないか、――お絹はそんな事を考えるのが恥しかったから、見ないでいるために、じっと辛棒していた。が、どうかしたはずみに、英二の大きな口から、薯のかけらがこぼれ落ちた。お絹の眼が、心よりも早く、畳の上に落ちた薯を逐《お》いかけて、ちらと盗み見ていた。――拾って食べるか、食べないか。食べないでいておくれ。あとで私が、――

然し、英二は、田舎者は不作法だ、と笑われたくなかったから、一つ一つ、どんな小さいかけらでも、拾っては食べていた。お絹はがっかりして、口の中の唾液を呑み込みながら、狼狽《あわ》てて、手仕事の方へ眼を移した。

英二が食べ終った時、丼《どんぶり》の中には何にも無かった。お絹は、ひき吊ったような笑顔を

つくり、悲しい声で、

「甘味《おいし》かった？」

「ああ、甘味《うま》かった。」

彼女は溜息《ためいき》を吐《つ》いた。そして、未だぬくもりの冷めない丼を、胸に抱えて下りて行った。


昼少し過ぎ、お絹は家《うち》を出た。昨夜の決心を実行するためであった。彼女は幾度も、電信柱や荷車にぶつかりそうになったり、肴屋《さかなや》の鉢巻きに罵《のの》しられたりした。頭の中は、「それは正しい事か。」という思いで一杯になっていたから。

カフェ、ローラの白煉瓦《しろれんが》の建物が、学生街《まち》の角で薄埃りを冠《かぶ》って、昼寝をしていた。影の薄い昼電燈が、軒先でとぼけていた。大理石の門柱には、十三になったばかりのボーイが二人、金ボタンの制服姿で、お互に戯談口《じょうだんぐち》を叩き合っていた。二人とも、閑《ひま》で退屈であったから、何か悪戯《いたずら》の種を探したがって、栗鼠《りす》のような眼をむいていた。ちょうど、好《い》い按梅《あんばい》にお絹が、入口のどあを押しているところであった。二人は、狡猾《こうかつ》なめくばせをして、急に大真面目《おおまじめ》な顔で、

「いらっしゃあーい」

と、怒鳴った。お絹はぎょっとした。彼女は未だ、こんな立派な建物の中へ這入《はい》った事がなかったので、吃驚《びっくり》していた。「すぐそのままで学習院へ御通学になっても差支えない、」ような可愛い坊ちゃん達からこんな掛声で歓迎せられる覚えがなかった。で、大急ぎで、二人へ向いて、真赤《まっか》になりながら頭を丁寧に下げた。二人の悪戯者は、何方《どちら》がお芝居が上手か、という風に、同時にお絹の腰付を、すぐその後で真似《まね》ていた。彼等は、退屈な時にお客のあら探しを遣るのに慣れていたから、お絹が、少し左足を引いて歩く事を、見逃さなかった。

「うふ……」

彼等は二本の指を唇に当てて、堪《たま》らないという風な細眼をして、忍《しの》び笑《わらい》をしていた。不思議な事にはその顔が、二十過ぎた放蕩息子の表情になっていた。……

お絹は勝手が解らなかったから、さんざ、きょろきょろ見廻し、最後に料理場の皿を出し入れする処《ところ》から首を出して、ナイフを磨いていた男に、馬鹿丁寧な言葉遣いでたのんでいた。新聞の広告を見たこと、どんな事でも辛棒するつもりでいる事、などを話していた。ナイフ磨きは少し鈍な男であったから、眼をぱちぱちさせて、沈黙《だま》っていた。が、奥で、代りのもっと沢山の声が、返辞をしてくれた。

「女ボーイになりたいってんだろう?」

「そんな話なら此処《ここ》じゃ駄目だい。」

「お爺《と》っさんにゃあ、ナイフ磨きの事だけしきゃあ解らねえや。」

「事務所へ行った、行った。」

それらは、広い料理場の隅から起っていた。其処《そこ》では、コックが五人、コスメチックで頭だけを光らせ、大俎《おおまないた》の上に尻を載せて、「昨夜《ゆうべ》の女が、どんなに愛嬌者《あいきょうもの》だったか、」という事について、自惚《のろ》け合っていた。

お絹は赫《あか》くなって首を引込め、其処を去ろうとした。

「へえ、大した心掛けだ。日に五人はあんな風な女が来やあがる！」

一人の濁声《だみごえ》が、その後から浴せかけて来た。

――へえ、大した心掛けだ。――

お絹はもう少しで、この窒息しそうな洋館から出てしまうところであった。が、一歩外へ出ると、生活が大きな口を開いて待っていた。彼女は、ほんの少しばかりでも、パンのかけらを摑まない内は出る事が出来ない事を、よく知っていた。……

支配人が逢うだろう、と言うので、お絹は暗い室の隅で、ながい間待っていた。薄絹の衝立《ついたて》が二枚、バーへの通路と距てていて、狭い三角形をなしていた。その中のソファに腰を下して、じっと息を呑んでいた。

深い静けさの中に何処《どこ》からともなく、巷の雑音が響いて来た。それに混って、燻《いぶ》し焼きの肉、蒸し魚、さまざまなかぐわしい香料、それらの匂が、煙のように漂っていた。お絹は、余り腹が減り過ぎていたから、その煙の中に浸って仮睡をするほど、ぼんやりしていた。立上る元気がないほど、ぐったりしていた。

やがて、ことことと靴の音が近づいて来るようであった。お絹は、ばね仕掛けのように飛び上り、直立不動の姿勢を取って、その音に耳を澄していた。が、彼はすぐ来なかった。エプロンを掛けた若い女が、金切声で何か呼び掛けながら、彼を逐って来た。

「駄目だってんだよ。」

「可厭《いや》あよう、後生だから返して頂戴よう。」

「もう一枚もらってお出でよ。そうすりゃあ、なお、可愛がってくれらあね。」

「いやあよう、返して頂戴よう。」

「好い加減に諦めた方が宜《よ》かろうぜ、ほら、これで我慢するんだ!」

それは如何わしい昼芝居であった。男は、やにわに女の首っ玉を締めつけ、耳朶《みみたぶ》に口を附けた。同時に、女はさかり猫のような悲鳴を上げ、大きな尻を振って身悶えしていた。

お絹は恥しさに顔を赫らめた。まるで、自分ひとりが、恥しい事でもしたように、彼等の眼から如何《どう》して逃れたものか、という心配で、後《うしろ》の壁にぺったりと、身を寄せていた。が、ちっとも心配する必要はなかった。衝立の蔭からは明るい方がすっかり透《す》いて見えても、向うからはまるで見えなかったから、またたとえ、見えたにしても、彼等はそんな事には慣れていて、恥しいという感情を持ち合せていなかったし、出鱈目《でたらめ》の照れ隠しを遣《や》るくらいは、朝飯前であったから……

が、到頭《とうとう》、支配人は這入《はい》って来た。激しい息遣いが未《ま》だ静まらないでいた。顔だけ、平常《ふだん》の職業的なにこやかさに戻っていて、非常に落着いていた。

「私が支配人の岡田。」

お絹は、本能的な恐れのために慄《ふる》えていた。自分で自分をかばうような身構えをして、突立っていた。然《しか》し、岡田は一分間前の出来事を忘れていたから、不愛想な世間なれない娘を怪訝な眼で見ていた。そして、低いおしつけるような声で、

「お掛けなさい！」

と、お絹の席を顎で示していた。

お絹は、同じ人間が、たった五分の間にでも、色々な芸当が遣れるものだ、という事を知らなかった。自分の眼を疑っていた。で、臆病な心を鞭打ちながら、「何しに来た

のか、」を、また、彼女がどんな辛棒でも為《す》る覚悟でいる事を、吃《ども》りがちに話し初めた。

其処《そこ》は、二人が向い合って腰を下すのには、だいぶ狭かった。話す間中、膝頭が擂《す》れ合っていたお絹は、自分の体が慄えているのを、気附かれるのが恥しかったから、出来るだけ身をよじらせて、膝頭が喰違いになるようにしていた。然し、すぐ、彼の膝頭が逐《お》い掛けて来て、ぴったりと押し附けてしまうのであった。そのたびに、腐った肉のぬくもりが、お絹の体中を締めつけ、息も出来ないようにした。お絹は、この厚かましい無礼者の膝を、もう少しで跳ね返すところであったが、頼む事があった。これが、堪忍《かんにん》というものであった。お絹は怖《おび》えた眼で彼を見た。脂切《あぶらぎ》った顔が、嘯《うそぶ》くような口付をして、しきりに葉巻きを吹かしていた。

「俺が、こんな貧乏娘の事を、夢にでも気にしていると思うのかい？」

横柄な鷲鼻《わしっぱな》が、そう訊いているようであった。お絹は再び、臆病に囚《とらわ》れた。……何という恥しい事か、この男は、私の膝に触った事を、木片に触ったほどにも気にしてはいない……

岡田は、至極涼しい顔をして、迷惑そうな皺《しわ》を刻んで言った。

「初めて来た時は、誰でもそんな風に言うもんだよ。然し、慣れて来ると女って奴は、ずいぶん図々《ずうずう》しいもんだ。」

お絹はそんなぞんざいな口の利《き》き方を、未だ聴いた事がなかった。自分に言った事か如何か、と岡田を見た。

「それに、一人だけ欲しいと思って広告を出したのに、余り希望者が多くて弱ってる。」

お絹は、自分も彼を弱らせる希望者のひとりだと思っていたから、悲しい失望のために、眼をおとしてしまった。

岡田は、先刻《さっき》から懶《ものう》い眼でお絹を見ていた。然し、彼は立派な支配人で、自分の職業に忠実であったから、給仕女を選ぶには、鋭い眼を持っていた。お絹の様子に、先刻からかなり心を惹かされていた。殺されると知りながら、勇敢に反抗し続けている俘虜の小娘のような、可笑《おか》しみを面白がっていた。

「あれで、ちょっと客種《きゃくだね》を変えるかな?」

彼は懶い眼で見続けていた。羅《うすもの》を透して午後の白い光線が、蜘蛛《くも》の糸のような繊細さをなして流れ込み、その光の中に、お絹の薄い耳朶と、赫い捲毛《まきげ》の垂れ掛った横顔が晒《さら》されていた。

彼は、お絹を使う事に決めていた。が、それをすぐ、お絹に知らせて遣るほどの親切心に、欠けていたから、人を小馬鹿にした様子で、口笛を吹き、靴の先で、床の上に足拍子をとっていた。

お絹は、彼のその様子を見るのが、辛かった。もう、彼は、自分には用事がない。早く出て行ってしまうのを、もどかしがって待っている。……お絹は力なく立上るところであった。が、――宿では英二が、空腹のままで、狭い三畳を野良犬のように、往ったり来たりしているだろう。たとえ、おえいでも、お金を遣らないでは食べさせてくれないだろう。――お絹は身慄いした。そして、最後の悲しい努力を試みるために、彼を見上げた。今、可哀想な弟と自分が、どんなに困っているのかを哀訴しようとした。

彼女は今まで、あらゆる苦痛を堪えて生活して来た。国許《くにもと》では、老いた父親が、「火の用心」の拍子木を叩きながら、二人の成功を待っていた。彼女はつい近頃まで、ミシンを遣っていた。死ぬほど辛い仕事であったが、彼女はそれを辛棒していた。弟を呼び寄せる楽しみのために、であった。彼女は怪我《けが》をした。冷酷なミシン屋が、ミシンを取上げて行った。弟が来た。彼女は学校へ出して遣りたかった。然し、今夜の食べるものもない。それを弟に悟られるくらいなら、死んでしまった方がましだ。それに、父親も六十三になっている、何時《いつ》死んでしまうか解らない。彼女は、たった一度でも父親に甘味《うま》いものを送って遣りたい。……

お絹は、自分で自分の声に感動していた。涙が頬を流れた。なんという惨めな目にばかり、逢事《あうこと》か。最早《もはや》、彼女には、反抗の意気はみじんも残っていなかった。土下座をして額を泥で汚しても口惜《くや》しくなかった。若《も》しそれで、聴き届けられるものなら、彼女はどれだけそれを欲したろう。

お絹は、涙に濡れた瞳で、彼を見上げた。然し、――彼はちっとも聴いてはいなかった。父親が、六十三になっていようが、彼にはちっとも関係がなかった。彼は、ただ、ぼんやりしてお絹の顔を見ていただけであった。頭の中では、今夜、劇場で逢う約束をした女の、可愛《かわ》いい味噌っ歯の事を考えていた。それが済むと、昨夜の寝不足を補うために、ずっと深く腰を下して、仮睡《うたたね》を始めようとしていた。

ちょうどその時、お絹の言葉が切れていた。岡田は小さい欠伸《あくび》を続け様にしながら、それをちっとも隠そうとしなかった。

「それで……」

お絹はもう、言う事が無かった。彼女は、がっかりして、起上《おきあが》る勇気もなかった。

「それで何だね、君は体は丈夫だろうね、これで、遣ってみると、はたで見るように楽じゃあないよ。朝から晩までずいぶん激しく体を使うから、ひ弱い女じゃあ一堪《ひとたま》りもないからね。」

彼は、お絹の萎《しお》れた様子に、少しばかり気を惹かれていた。それに、気紛れが手伝っていたから優しい調子で口を利いていた。お絹はその調子に欺かれていた。彼女は、自分がどんなに頑健であるか、彼に見せたかったので、袖をまくって、日に焦《や》けた腕を見せようとした。

「どれ！」

急に彼の眼が、卑しい願望で輝いて来た。それは電光石火の早業であった。お絹のか細い腕が彼の両手の中にはがいじめにされ、乳房が鷲摑《わしづか》みにされた。お絹は魂切《たまぎ》るような叫声《さけびごえ》を挙げて、彼の腕に嚙みついた。

「騒ぐんじゃあないよ。」

彼は、呼吸《いき》をはずませながら、静かに手をほどいていた。そして薄笑《うすわら》いを浮べて、

「ただちょっと、お医者様の真似《まね》をしただけの事じゃあないか。」

彼は、お絹の金切声に辟易《へきえき》しながら、面白がっていた。彼はこんな猿のような娘を、見た事がなかった。

「今に摺《す》れっ枯らして来ると、ちょうど好《い》い加減になる。」

そう思って、笑っていた。が、お絹は、恥しさに気が遠くなっていて、何事も分別する力を失っていた。

「もうお暇《いとま》いたします。」

お絹は立ち上った。

彼はちっとも留めなかった。「貧乏娘の痩《や》せ我慢」が、どれだけ続くか、彼は能《よ》く知っていた。また明日、否《い》や、今日のうちに遣って来るだろう……

彼は、お絹をもう少しからかって遣りたかったから、彼女のみすぼらしい黒繻子《くろじゅす》の洋傘《こうもり》をわざわざどあまで持って出て、自分でさし掛けて遣った。

「おや、こいつは不可《いけ》ねえ、骨が折れておりますね、」

お絹はもう沢山であった。それを捥《も》ぎとって、街へ馳《か》け出て泣いていた。

「へん、大したお嬢さんだ。もう、お暇いたします、か。」

が、彼はすぐに、この出来事を忘れてしまった。パロアでは、女優の話しをし掛けたままで待っている客がいたし、そろそろ夜の仕度を初めなければならなかったし、気に入りのお光を、もっとちらして遣りたかったし、とにかく、彼は非常に忙《せわ》しかったから……

お絹は、石畳の上に頭をぶっつけて、死んでしまいたかった。矢鱈《やたら》に、何処《どこ》というあてもなく、街々をさまよい歩いた。男や女が歩いていた。皆、平穏無事な顔をしてい、屈辱も激怒もない、不可思議な顔をしていた。お絹は、激しい反抗心のために身を殺しかけていたから、火を放って塵埃《じんあい》とともに、それらの人間を永久に焼き払ってしまいたかった。

幾時間、幾里くらい、何処を歩いたか、彼女は知らなかった。やがて、激しい疲労が来た。彼女の憤怒が、静かな悲哀に変って行った。英二が、どんなに待っているだろう。お絹は眼を挙げて、遠い空を見た。

「もっと大きな屈辱が来るだろう。」

お絹は再び、首をうなだれて歩き初めた。疲労についで、堪えがたい飢《うえ》が遣って来た、体中のすべての感覚を蔽《おお》ってただ、「喰いたい！」というだけが、のさばり返っている。という風な飢であった。お絹は、その飢に向って腹立しげに叫んでいた。

「そんなに喰いたけれゃあ、臓腑でも喰って我慢するが好い！」

が、それはほんの一瞬間であった。次の瞬間には、飢は何処かへ姿を隠して、ただ、なんとも言えないかったるさだけが、感じられた。腹の底に脱脂綿でも詰め込んだような、変な気持であった。風船玉のような腰付で、他愛もなく歩いていた。その間は、五分くらい続いていた。が、直《じ》きに前のよりも激しい飢が戻って来た。こうして、疲れと飢がちゃんぽんになっていながら、だんだんに疲労だけの間が短くなり、最後には、ただ飢だけが、体中を虐《さいな》んでいた。それはちょうど、陣痛が迫って来る時に似ていた。お絹は飢に身を任せて、倒れそうになっていた。

ちょうど場末の殺風景な露店の多い通りを歩いていた。赤い提灯を出した、張天井《はりてんじょう》の軒先で、煮売屋《にうりや》の親爺《おやじ》が、真鍮鍋《しんちゅうなべ》のおでんをつっ突いていた。煮〆《にし》めた醤油の匂《におい》が、お絹の脳天に、丸太ん棒の一撃を食わすような激しさで、浸み渡った。お絹は二、三度、その前を往ったり来たりして、内の様子を見た。親爺の汚い料理前掛と、竹箸《たけばし》を握った手とが見えるだけで、顔は暖簾《のれん》の蔭に隠れていた。その奥では、職工、車夫、人足《にんそく》のたぐいが群をなして、呑んでいたが、彼等は濁酒《どぶろく》の舌触りを享《たの》しみ、雑談に気をとられていた。誰もお絹を怪しむものがなかった。お絹は、鼻腔を開いて、夢遊病者のような腰付で、往ったり来たりしていた。飢餓《うえ》が、気の狂うほどのじれったさを伴って、じりじりとお絹の体を廻っていた。それに身を任せて、お絹は享しんでいた。それは、ヒステリー女が、逞《たくま》しい男の腕《うで》っ節《ぶし》で、叩きのめされながら、その痛さに嬉し涙をこぼしているのと同じであった。それは誰にも知られない、快い享楽であった。彼女は夢中になって、お百度詣りのように往ったり来たりしていた。が、ほんの少しばかり、理性が残っていた。店の前は工場《こうば》帰りの男や女で、かなりな人通りであった。お絹は恥しさで赧《あか》くなった。――何という真似をしていたのだろう。晩までこうしていたら、腹でも膨れるというのか――と言えば、宿でも英二が同じように、おえいの家の台所の蔭で、鼻を蠢《うごめ》かしながら、往ったり来たりしているだろう。

お絹は急に、急ぎ足で歩き出した。その時再び、ローラの支配人に逢う事を、ひそかに決心していた。もう、恥も外聞もない、ただ、自分の飢と英二の飢とに、支配せられていた。

「とにかく、余り我を張るのは不可《いけ》ないね。何しろお客相手の商売だから、我慢をするのが一番大事だ。」

お絹はまた、例の隅っこで、まるで見当違いのお説教を聴かねばならなかった。その上に、先刻《さっき》の彼女の粗忽《そこつ》を(彼女はまるで反対を信じていたが)恥しい思いをして、彼に詫びなければならなかった。弱者と強者との道徳はあべこべになっていた。ただ、それはうわべだけで、心の中では何を考えていても好かったから、お絹は伏眼になって上草履《うわぞうり》の赤い鼻緒を見詰めながら、彼に対して敵愾心《てきがいしん》を燃やしていた。

やがて、彼に案内せられて化粧室へ行った。これから、お仲間になるべき女給仕達に引合されるためであった。其処《そこ》では十五人余りの女給仕が、電線に列《なら》んで止っている燕のように、長い腰掛にずらっと列んで、囀《さえず》っていた。あと二人だけは、鏡に向って、直《じ》きに初められる夜食の、客のために浮身を窶《やつ》していた。まだ黛《まゆずみ》を塗らない前の夕顔のようにぺろっとした顔と、恥しげもなく、黒い肌を抜いだままの白首《しらくび》とが、同時にお絹の方へ振返った。

岡田は、お絹の前で支配人の貫目《かんめ》を保つために、鹿爪《しかつめ》らしい様子を装って女達に君臨しようと滑稽《こっけい》な努力をしていた。然《しか》し、女達はこの色好みの支配人を、てんで馬鹿にしていたから、彼の訓示に耳を傾けてはいなかった。

「これが、今夜から店へ出るようになった、お前、何て言ったっけな、あ、お絹さんてんだ。皆《みんな》仲よくして、解らない事は親切に教えて上げ給《たま》え。」

語尾は、女どもの喧騒の中に掻き消されてしまった。彼女達は一斉にお絹に眼を向けた。それらの眼からは少しの好意も見出されなかった。ただ、出来るだけ多くの欠点をお絹の様子から拾い出そうとする焦燥で、光っているだけであった。そして、お絹の頭のてっぺんから、足の先まで、端念に調べ上げていた。

真岡《もおか》木綿の洗い晒した浴衣《ゆかた》は、膝頭でぽこっと膨れて、裾《すそ》の方で撚《よ》れて跳ね返っていた。変な紙人形のような格好であった。更紗《さらさ》の帯は、染色がにじんで、どんな模様か歴然《はっきり》していなかったし、結び方も流行を超越していた。足袋《たび》を穿《は》いていない足は、埃を冠って真白《まっしろ》であった。梳《くしけず》らない頭髪はただ束ね上げたというだけで、おまけに、少し側へ寄れば鼻を摘ままないではいられないだろう、と思わせていた。彼女等は、ほんの一瞬間、ただ一瞥《いちべつ》で、これだけを調べ上げていた。そして、安心して、この身のほど知らずの新米を軽蔑する楽しみを味《あじわ》っていた。心の中で、蔭口を利《き》く時の符徴を友達を吃驚《びっくり》させるような巧い綽名《あだな》を案じ出そうとして、めいめいにあせっていた。――「ひやめし草履」これはお絹の上草履が、皆のように上等なフエルトでも畳付《たたみつき》でもなくて、誰かが穿き切らして、下駄箱の底に投げ込んでいたのを借りたので、もう尻が切れて、酷《ひど》くなっていたから――「片びっこ」これは、お絹が左足を引いて、支配人の後から歩いていたのを、ちょうどその方を向いていた女の眼に触れたから――「異人巻」これはお絹の頭髪が、赫《あか》くて、波を打っていて、妙な風に巻き付けてあったから、――こうして、彼《か》の女等《じょ》は心の中で掌を叩いて喜んでいた。

これだけが済んでしまうと、もう彼女等は、お絹に用事がなかったから、また元のように、し掛けたお饒舌《しゃべり》をし続け、塗り掛けた白粉《おしろい》を塗り続けていた。お絹は、冷い凝視の中で固くなっていた。暫《しば》らくして、それから解放せられた時はたった一人であった。彼女は遠慮がちに、その長い腰掛の端に、最後の燕から二尺ほど、ぽつんと離れて腰掛けていた。彼女はそのまま消えてなくなりたかった。初めて、自分のみすぼらしさを知ったのであった。彼女は今まで、ただ、パンの事ばかりしか考えていなかったから、みなりで、こんな惨めな思いをしなければならない世界のある事を、ちっとも知らないでいた。

お絹は、二時間も経《た》たない間に、此等《これら》の女どもが醸している空気が、どんなものであるかを知ってしまった。今から、その空気の中で呼吸しなければならない、そう思っただけで、お絹は怖毛《おじけ》だっていた。

彼女等はお互《たがい》に、嫉視《しっし》反目《はんもく》の中で、激しい戦闘をしていた。嫉妬だけが彼女等の感情であった。それを引抜いてしまえば、気の抜けたビールのように、馬鹿になってしまうであろう、と思われた。彼女等は、すべての客の心を、自分の上だけに惹き寄せたいと、誰もが考えていた。もし、許されるならば、彼女等は、自分ひとりで、すべての客の給仕を引受けようとしていた。そのためには、卓子《テーブル》と卓子《テーブル》との間をマラソン競走のように馳《か》け廻り、息切れがして倒れても構わなかった。自分でない誰かが、客から特に愛せられる、という事は、彼女等にとっては許せない事であった。その客がたとえ、二た眼と見られない目っかちであっても、顔中、ひっつりが出来ていても同じ事であった。もし、自分でない誰かが、特に客から愛せられ、それが、如何《どう》しても防ぎようのない場合には、彼女等は、あらゆる方法で蔭に廻って、その女をいじめて、失われた自分の面目をとり返そうとしていた。自分ひとりではいじめ足りない時は、たった一瞬間前まで、仇同士であった仲間とでも、平気で、攻守同盟を結んで、その女に対抗していた。それは実に、目もあてられない露骨さで現われていた。彼女等は、自分よりも美しい、また様子の好《い》い、仲間がいるという事を、認めなかった。認めても、平気で抹殺していた。

こういう彼女等にとっては、一人でも、新らしい仲間が増える事は禁物であった。ましてそれが、何処《どこ》かに見処《みどころ》のある女であった場合にはなおさらであった。「とても辛棒し切れないで出て行ってしまう、」ようにし向けるのが、新らしい仲間に対する唯一の遇し方であった。大抵の女給志願者がその第一線で負けていた。「とても辛棒し切れない。」と言って兜《かぶと》を脱いでいた。前からいた女達はそれを待っていた。その女が、ちっとも逆らわないで、素直に出て行こうというのは、大変、女どもの気に入った。彼女等は、去って行くものに対しては別人のように親切であった。

「どうぞ、また、時々遊びにいらっしゃいね。」と、言った。

「お気に触る事を言って済まなかったわ。」と言った。到頭《とうとう》、最後に、

「御手紙を頂戴ね、私も屹度《きっと》、お便りを上げてよ。」と、誓った。たった一瞬間前まで、眼の仇にしていた邪魔者の住所などを、知っていようはずのない事を、うっかりしていた。で、大抵の新入りが、この甘い言葉を聴くために、三日と経たない間に、「出てしまおう。」という誘惑に降参していた。

然し、お絹は執拗《しつよう》な意地を持っていた。相手の悪意が露骨であればあるだけ、彼女は頑張っていた。

お絹のこの強情と傲慢とは、瞬《また》く間に店中に知れ渡っていた。女どもは、暗黙の内に、互に結束して、お絹の生意気な考えを粉砕しようとしていた。誰も、彼女の赤い腰紐が

一尺ほど、帯の下からぶら下っているのを、教えてくれる者はなかった。誰も彼女の足袋を穿かない埃の素足を、注意してくれるものはなかった。夕飯を喰べるべき時が来ても、誰も彼女を誘い合して行こうとする者はなかった。お絹は、その敵意を、すぐ感じていた。そして、もう一つ先廻りをして、誰にも教わらないで、何でも遣っていた。彼女は五感の許す限り、女どもが嘲笑の種にしようと謀《たくら》んでいる事を、すべて嗅ぎ出していた。それは驚くべき偉力であった。可哀想なお絹は、そのために、彼女の全精神を犠《いけにえ》に捧げ、すべての精力を空費していた。そして、その事にちっとも気附いてはいなかった。彼女の心は、はち切れそうになり、たった一刺で血が迸《ほとばし》り出るほど、緊張し続けていた。

カフェ、ローラは都下でも二流と下らない店であったから、夜《よ》、九時より遅くまで、あを開いておく事を、恥としていた。（それはただ、表看板であった。恥しくて掲げられない看板であった）客に酒を呑ませたり、女に媚を売らせたりする事は、勘定の中へ入れていなかった。ただ、自慢の料理をお客様に味《あじわ》って頂く、それより外《ほか》に、料理店の思惑があってはならない。支配人は、何時《いつ》もそう広言していた。またその通り、一流の客に一流の料理を喰わせていた。客が立て込むのは食事時だけで、夜更《よふ》けまでのんだくれていたいような者は、もっと下等な所で我慢するが好《い》い！　支配人は、そう言っていた。お蔭で、女給仕達は比較的早く、家へ帰れるのであった。然し、彼女等には、それから後に、薄暗い世界があった。思い思いの方角へ出掛けて行った。

お絹は、朝から晩まで、敵と悪ごすい間諜《かんちょう》の中にいた。店がはねて、一歩、どあの外へ出ると石畳《いしだたみ》の上へ突伏してしまいたい程、ぐったりしていた。宿へ帰って英二と語り合う、という慰めがなかったら、どあの前で、通り掛かる自働車の下敷になって死んでしまうかも知れなかった。お絹は酔っぱらいのような足どりで歩いていた。

お絹は初めての夜、一円なにがしのチップを、客から受取っていた。彼女は巾着《きんちゃく》を持たないでいたから、その紙幣を皺《しわ》くちゃにして、掌の中に握りしめていた。そして、歩きながら考えていた。

これは正しくない仕事か。自分は媚を売ったか。——

その男は吝《しみ》ったれた成上り者であった。彼は、ローラへ度々飯を喰いに行く、と、友達に吹聴していたが、未《ま》だ一度も行った事がなかった。いつも、彼はその事を不安に思っていた。で、彼は来た。彼は、素晴しい御馳走が出て、美しい給仕女が彼をちやほやしてくれるだろうと、期待していた。然し、彼は大食らいで、一人前の料理では喰い足りなかった。

「けちな料理だなあ。」

彼はデザートに出た水菓子を喰べ終りながら、考えていた。その上、給仕女は膨れっ面をしていた。(それはお絹であった)彼は、勘定を支払った上に、こんな可愛げのない女に、ただくれて遣《や》るのが業腹《ごうはら》であったから、如何かして遣らないで済まそうと思っていた。で、彼は、椅子を引いて立ち上った。折あしく、お絹が彼の手附《てつき》を見ていた。(彼は変な処《ところ》に臆病で、気が弱かったから、廻し気でそう思っていた)彼は吝《しみ》ったれだ、と思われるのが、身を切るよりも辛かった。一応懐《ふところ》にしまった蟇口《がまぐち》をまた取出して、五十銭札を引出した。そして、

「チェッ、」

と舌打ちをした。それは、チップを置いたぞ! という合図であった。ちょうど、お絹は他処《よそ》を見ていた。彼はじれったがって、

「オイ、此処《ここ》へ置いたぞ!」

と、卓子《テーブル》の上を指していた。それは、恩恵を施して遣った、とでもいう風な横柄な口の利き方であった。お絹は、

「有難うございます。」

と礼を言った。――彼は、恩恵を施したという意識を持っただけで、充分、五十銭に

価していいる、と考うべきであった。お絹はその恥かしめを受けて礼を言った。

それが媚を売ったのか。

小間物屋の店先では、緋鹿《ひが》の子の娘や、眉の青い四十後家《ごけ》が、しきりにおべっかを遣《つか》っていた。乗合自働車では、あたら盛りの娘が、あられもない洋服姿で、白粉を塗り、助平爺《すけべいじじ》いを嬉しがらせていた。郵便局の窓口、お役所の事務机、何処にも白粉を塗った姫御前《ひめごぜん》が、同僚の男や、上役のお髯の塵を払っていた。

猫を膝に載せたお妾《めかけ》でなくとも、すべての家ですべての女が、男に色を鬻《ひさ》いでいた。彼女等は午後四時が打ち、良人の靴音が門先に聴える前に、白粉を塗り紅をさしていた。丸髷《まるまげ》という貞操の象徴を売って、ダイヤモンドの指輪を購《あがな》おうとしていた。

何処でも、金と白粉のある世界では、女は、媚を売らないでは生きて行かれなかった。媚を売ったか。――それは当り前であった。お絹は生きて行かねばならなかった。

宿の方へ露路《ろじ》を曲る四つ辻で、六十過ぎたお爺さんの巴焼屋《ともえやきや》が、赤い提灯の下で、遅くまで餡《あん》ころの匂をさせていた。お絹は、毎夜、其処《そこ》で英二への土産を買って帰った。

英二は、姉の帰りを待っていた。素麺《そうめん》箱を横倒しにした机の上には、英作文の教科書が開いたままになっていた。彼は未だ子供で、時々、姉の帰りが待ち切れないで、睡《ねむ》くなるのであった。彼は、甘い夢の中に彷徨《さまよ》いながら、教科書の上へ首を投げ出していた。

彼は姉の生活を知らなかったから、自分が、他処《よそ》のお坊っちゃんのようにして、暮していられる事を、大して感謝してはいなかった。あどけない夢を見、涎《よだれ》を流していた。

お絹は、へとへとに疲れていた。階段の下まで辿り着くと、もう上って行くほどの元気もなくなっていた。両手を伸して、階段にしがみ附きながら、ばったんばったん音をさせて、上って行った。英二は、どんな寝呆《ねぼ》けていても、その音だけは聴き逃した事は無かった。バネ仕掛のように飛び上り、狼狽《あわ》てて、口の廻りに袖を当てていた。寝ていた事を姉に知られるのが恥しかったから、立続けに呶鳴《どな》っていた。今日、電車の中で女の児《こ》が泣いていて、酔っぱらいが、「矢釜《やかま》しい！」と呶鳴った事、表邸《おもてやしき》の犬が、空蟬《うつせみ》橋までついて来て、帰らないから石を投げつけて遣った事、など、何の話しもごく下らないものであった。お絹は、彼のてれ隠しを見逃してはいなかった。が、それを咎《とが》める気などはちっとも湧いて来なかった。ただ、英二のその声を聴いているだけで、心が海のようになごやかになって行った。何もかも慰められていた。二人は、蒲団の上に腹這《はらば》いになって巴焼の袋を引寄せながら、暫《しば》く、楽しい無駄口を叩き合っていた。

その時、お絹の顔は、疲れて死んだようになっていた。一時に、三つも年を老《と》ったようになっていた。幸いな事には、五燭《しょく》の電燈は暗かった。英二は長い間、姉の顔色をはっきりと見た事がなかった。彼は、表邸の坊っちゃんよりも幸いな、夢を結んで寝ていた。

朝八時。

美しい奥様やお嬢様が、前後して二十人近く、ローラの表のどあを押して這入《はい》っていた。客の残り物を、摘み食いなどした事がない、という風にすました顔をしていた。彼女等は往来を歩く時、ローラの給仕女だと気附かれる事を恐れていた。昨夜、どあの前まで送り出し、投げキッスまでして別れた男と、途中で逢っても、知らぬ顔をして摺《す》り抜けていた。

「おや！」

その男は振返り、自分の眼が昨夜の夢を見続けているのか、と疑っていた。それほど、彼女等の理想が、お嬢様や奥様になる事にあった。それは、楽で、お洒落《しゃれ》が出来て、男どもにちやほやせられていたから、なお、自動車に乗れて、好きな買物が出来たから……。

が、この偽物《にせもの》のお嬢様や奥様達には、どあを押すと、うんざりするほど、朝の仕事が待ちうけていた。彼女等は、ぶつくさ言いながら、その仕事を横眼で見、先《ま》ず、朝の食堂へ行った。食堂！　そこは豚小屋と言った方がましであった。便所と、貯蔵室とが両方に隣り合せていた。獣肉と魚肉と野菜とが、腐り、蒸れて異臭を放っていた。まるで、嘔吐するために食べているようなものであった。おまけに、飯の中にはラングーン米が混っていい、薄い味噌汁の中では、わかめがめだかのように浮いていた。三度ともそれであった。ただ、残飯でないだけがましなのであった。腹一杯、食べようにも、食べる事が出来ないように出来ていた。彼女等は、あとで、料理場の蔭でコックどもと一緒に、チースやフランスパンをちょん切って食べようと思いながら、好《い》い加減に豚小屋から飛び出していた。

それから、彼女等は、仕事着に襷掛《たすきが》けという、身支度をして、外から窺い知る事の出来ない、激しい労役に就くのであった。幾《いく》百の靴と草履に踏躪《ふみにじ》られた化粧煉瓦《れんが》の床の上に、泥をなめるほど、腹這いになりながら、雑巾掛をし、拭《ふ》いても拭いても果しのない窓硝子《ガラス》の汚点《しみ》に、溜息《ためいき》とともに息をふきかけ、なお、卓子《テーブル》の上の飾付け、皿洗い、食器磨き、それらの仕事は、二十人が総掛りで、三時間ぶっ通しに働いて、やっと片附くのであった。

誰かが、息抜きのつもりで、呟《つぶや》くような低い声で、流行唄を唱《うた》いかけていた。誰も、それに随《つ》いて唱い出そうとする者はなかった。それどころか、女中頭のお浜は、忌々《いまいま》しげな舌打一つでその唄に報いていた。彼女等は、余り仕事が多過ぎたから、気が短くなっていた。唄を唱っている呑気者《のんきもの》に腹が立ったのであった。皆、不機嫌で、不平を訴え、絶えず、愚図愚図《ぐずぐず》こぼしていた。仕事の間中、陰惨な墓場のような静けさが、拡がっていた。時々、皿のかちあう音がした。お浜は、疳癪玉《かんしゃくだま》が破裂したような声で、怒鳴っていた。

「チェッ！　序《つい》でに割っておしまいな！」

誰の瞳も、意地悪く光っていた。（同じ瞳が、夜になると、瓦斯洋燈《ガスランプ》の下で、水々しく笑い掛けるのであった）

こうして、朝の仕事が終った。午食《ひるめし》の客がすっかり去ってしまったあと、また朝と同じ仕事が繰返された。夜《よ》、最後の客を送り出してからも、様々な後片附けが残っていた。それは体《てい》の好い下女奉公であった。貪婪《どんらん》な店主は、僅《わず》かな報酬をも出し渋っていた。それどころか、彼女等が客からチップを貰《もら》うのを、ちらと横眼で見ながら、

「如何《どう》だ！　この店に居《お》れば、そんな好い事があるじゃないか。」

という風な顔付をしていた。自分の店に置いて遣るだけで、充分感謝すべきだ、と考えていた。

女どもは馬鹿ばかりが揃《そろ》っていたから、自分達の終日の労働が、何処《どこ》へ搾り取られるかを、考えてみようともしなかった。一銭でも多く客からチップを貰《もら》おう、と心掛けて

いた。それは、お門違《かどちが》いな考えであったが、店主に都合の好い、長い間のしきたりから、彼女等は夢にも怪しんだ事がなかった。

で、女どもは、客が来るのを待ち受けていた。朝からの激しい労働の腹癒せをするつもりでいた。彼女等の頭はただ、チップの事ばかりで、一杯になっていた。

ぎいーっと、どあが開いた。

麦藁《むぎわら》帽子の廂《ひさし》がちょっと見え、気取った赤靴の爪先がちらと見えた。その瞬間に彼女達は、這入って来る客の全体を、彼女達特有の明敏な直覚で見透していた。

男は、帽子を脱いで汗を拭くより前に、

「俺は今日、これったけしか持っていないんだ！」

と、財布を抛《ほう》り出して見せる方が、ましなくらいであった。

月給日の晩だけに遣って来る男、友達の衣類を質入して来た男、二十五銭のアイスクリームの皿を、何時《いつ》までも嘗《な》めずっている男、彼女等は、こんな男達をしんから軽蔑していた。こんな男どもには、用事がなかった。

卓子《テーブル》の上に、小さい銀盆が出ていた。――この上に、銀貨を一つ、置くか置かないか――女達は、何かしきりにお愛想を言いながら、他処見《よそみ》をしていた。しかも、一時も銀盆から眼を離さないでいた。

こんな有様は、目も当てられないほど、痛《いたま》しいものであった。彼女達は血の出るような真剣さでそれを遣っていた。まったく、うっかりすると生きてはいられなかったから……

が、彼女等は、こんなに金を欲しがっている事を、誰にも悟られたくなかった。「金で苦労した事がない、」という風を見せるのが好きであった。彼女達の一番軽蔑する事は吝《しみ》ったれであった。（倹約をするという事も同じ意味であった）蟻のように、溜め込むという事であった。何でも惜しげなく塵溜《ごみため》の中へ投げ込むような風をしていた。

暑い午後。

「ちょっと、氷が呑みたいわね。」

「私、いちご、」

「私、れもん、」

「チェッ！　ミルクセーキにしないの？」

こういう調子であった。

お光の草履は、未《ま》だ十日しか穿《は》いていなかった。絹天《きぬてん》の緒の裏が少し切れ、踵《かかと》も少しばかり低くなっていた。

「もう、穿かれなくなっちゃったのよ！」

と、お光は鼻緒を摘み上げていた。それをボーイに捨てさせる前に、「未だ穿けば穿かれなくもない、」という事を、一渡《ひとわた》り、知らせ廻っていた。そして、それを捨てさせたあとで二、三日は、ひそかに心の底で、惜しがっていた。

こうして、彼女達は、自分のつくった罠の中で藻掻《もが》いていた。転々と所を更《か》えながら、何時までも足を洗う事が出来ないような、破目に陥って行った。

お絹は、こういう風な女達の様子に、唾《つば》液でも引掛けて遣《や》りたかった。

「こんな処《ところ》に、半年も我慢をするくらいなら、人の物でも盗んで遣るんだ！」

お絹はそう思っていた。で、平気で、古草履《ふるぞうり》を引摺《ひきず》って廊下を歩いていた。女達はその草履を知っていた。自分達の平和な花園を、蹂《ふ》み躪《にじ》って行く異端者の足跡を、しかめっ面《つら》をして見送っていた。それは、女達には我慢のならない事であった。

「冷飯草履《ひやめし》！」

そう怒鳴っただけでは、腹が癒えなかった。もっと酷い、たった一言で、お絹の腹をえぐり返して遣るような、罵詈《ばり》を考え出そうとして、あせっていた。

お絹が唾液を引掛けて遣りたいのは、仲間の馬鹿女だけではなかった。この店へ来る客の殆《ほと》んどすべてを、お絹は心の中で、槍玉《やりだま》に挙げ、小突き廻して腹癒せをしていた。

ほんの少しばかりの客だけが、ただ、食事をするためにだけ、食堂へ這入っていた。あとは、女を張りに来る不良少年、女を馬鹿にして偉がっている道楽者、煙草《タバコ》を吹かす場所を探しに来る穀潰《ごくつぶ》し、自分の心と差向いになるのが恐しさに、女と酒の間で仮睡している臆病者、「俺が、どんなに偉い哲学者か」という事を、辺りの人に吹聴しに来る唐変木《とうへんぼく》、誰も相手にしてくれないので、仕方なくごろつき廻る貧乏華族、此等《これら》の人間が、お客様として奉《たてまつ》られる、「安易さ」を倚《たの》んで、恣《ほしいまま》にのさばっていた。

彼等は、どんな料理を出されても、決して、賞《ほ》めなかった。決ったようにしかめっ面をして、

「もっと甘味《うま》いものを食わせないかなあ。」

と、言っていた。（なんでも、単純に褒《ほ》めるのは、不見識な事だと心得ていた）彼等は、食べる前に、メニューと定価表を穴のあくほど見較べて、出来るだけ安上りなものを自分で選んでおきながらちっともそれを極り悪がってはいなかった。

お絹は、彼等の側でその皿を見ていた。鶏の片足が、ナイフを一刺《ひとさし》入れただけで抛《ほう》り出されていた。彼等はその一皿が、貧しい者の一日分の生活費に相当している事を知らないでいた。もしくは、知っていて自分の結構な身分をみせびらかしていた。

いつか、場末の街で、激しい飢《うえ》に迫められた時の眩暈《げんうん》を思い浮べながら、お絹は、

「飽《あ》く事を知らぬ横着者」の横鬢《よこびん》を、憎悪を以て見詰めていた。その、たるんだ頬の肉は、倦怠《けんたい》と憂鬱《ゆううつ》のために薄い暗色を隈《くま》どっていた。

洋画家だ、という二人連れの若い男が、毎夜のように灯《ひ》ともし頃を待かねて、ローラのバーへ姿を見せていた。二人とも、画《え》を描くよりは口を叩く方が上手であった。口笛、オペラの真似《まね》、歯の浮くような芸術談、我流のダンス、彼等の薄い唇と、痩せた手足がちっともじっとしていなかった。それが、芸術家の特権だ、という風に、横柄な騒々しさで振舞《ふるま》っていた。それで、二人とも、各々自分の身態《みなり》を自慢していた。（一人は、わざと汚い着物を着ているのだ、と思わせたがっていたが、彼の下宿のなげしには、代りの着物はぶら下っていなかったし、一人は、自分の容貌に自信がなかったから、てかてか光る着物で補うつもりでいた。オールバックの長髪の下には四つの時犬に嚙まれた瘡《きず》痕《あと》が、好《い》い塩梅《あんばい》に隠れていた）

彼等は二人とも、お絹を張るつもりで来ていた。彼等は、東京中のレストランの消息に通じている事を、ルネッサンスの芸術を論じるほどに重大な事と心得ていたから、新しい女給仕が、何処《どこ》の店へ出た、という風な噂を、一番早く嗅ぎ出していた。そして、初見世の女を買うような意気込みと好奇心とで通っていた。その女を自分等の仲間以外の者にせしめられるのは、展覧会に、自作の画が落ちたより以上に、不名誉な事だと思っていた。生蕃《せいばん》が、頭蓋骨を生垣にさして祭るのと同じ風習が、彼等の「不良少年道」に於《お》いて行われた。「初めての女をせしめる、」それだけが目的であって、その女を愛するの、恋するの、という事は、未《ま》だ卵の殻が尻にくっ附いているお坊っちゃんの言う事だ、とせせら笑っていた。その血祭にお絹が上げられようとしていた。が、二人は仲がよかったから、同じ女を争う代りに、お互《たがい》に譲り合い、観世撚《かんぜより》で籤引《くじびき》まで遣《や》った。その上で、負けた方は潔く相手の権利を認め、なお、相手のために恋の橋渡しをする事を辞さなかった。それが、彼等の「不良少年道」であった。二人はローラの店の前で、この新派悲劇の役割を決め、

「ラ、ラ、ラララララ」

と踊りながら這入って来たのであった。

彼等は先《ま》ず、一杯ずつのコクテルを註文した。そして、ちょっとグラスに口を附け、決ったように顰《しか》めっ面《つら》をした。

「君、ツーガンのコクテルは素的《すてき》だぜ、」

と言っていた。

お絹は、そんな技巧は聴飽きていた。で、窓から顔を出して街を、灯の美しい遠くの

街を見ていた。

彼等はやがて、この店の料理が評判ほど甘味《うま》くない事、そして女達が無智で、平気で男の玩具《おもちゃ》になっている事。(それが如何《どう》したと言うのか、お絹は二十人の女を代表してむきになっていた)然《しか》し君だけは偉い、君は如何してこんな処へ来ているんだ。……

お絹はもう、そんな技巧も聴飽きていた。ちっとも感動しなかった。ほんの義務的な微笑で報いていた。が、彼等は目的にばかり急であったから、相手の様子を見てはいなかった。お絹が恥しくて聴いていられないほどの仰山《ぎょうさん》な讃辞を浴せ掛け、おだて上げていた。そして、
だが、惜しい事に君の帯は、「色の感じが悪い、」(と、彼等はちょっと気取って言った)君のその帯の色がもっと好かったら、君は未だどんなに美しくなれるか解らない。

……

そんな事は聴かないでも好かった。綺麗な帯が結べるくらいなら、こんな、むしずの走る青二才のお相手はしていないのであった。お絹は冷笑を浮べて聴いていた。

コクテルが底に少し、何時《いつ》までも残っていた。彼等はそれ以上何にも註文しなかった。

やがて、長髪の男が一人で帰って行った。ちょっと、お芝居掛りの間があった。残っていた男が、予定の科白《せりふ》を重々しい口調で遣り初めた。

「今井君はね、先刻《さっき》帰った男さ、あの男は恥しくて君の前にいられないんだ。あの男は君に恋してる。」

不幸な事には、お絹がこの店へ来てから十日も経たないのに、彼女はそんな言葉を吐出すほど聴かされていた。それよりも、「冷飯草履」の鼻緒を讃《ほ》められる方がましであった。――ほかの女なら言うのであった。「御戯談《じょうだん》もんでしょう！」オオ、その下卑《げび》た軽佻《けいちょう》さよ。――お絹はその代りに、たった二つの返辞を知っていた。「ふん」と鼻の先でせせら笑う事であった。石仏《いしぼとけ》のように押しだまってしまう事であった。

然し、このそそっかしい結びの神は、結論を急いでいた。

……あの男は××会社の支配人のたった一人の息子で、非常に両親に愛せられているから、彼の恋は屹度《きっと》、両親の心を動かすに違いない。お絹は一躍して富豪の令夫人になれるかも知れない。(彼は幾度も同じ言葉で方々の女を口説いていたから、口の廻りへ油を引いた工合に、何時《いつ》の間にかペラペラと早口になり、せっかくのお芝居を、駄目にしかけていた)

「一躍だって……」

お絹は呆れてその男の顔を見た。彼女はそんな事を頼んだ覚えが無かった。

「何卒《どうぞ》、そんな事を被仰《おっしゃ》るひまに、結婚媒介所へでも被入《いらっしゃ》るように。」

お絹はぶっきら棒に答えていた。が、その男は、お絹が恥しがっているのだ、と思っていた。初心な女を射当てるには、ひた押しに、図々《ずうずう》しく行《ゆ》くに限る、と自分の心とうなずき合っていた。だから、友達に「一押《お》し、二金《かね》、」と言う色男の信条を教えて遣ろうと考えながら、ローラを出て行った。

お絹は、その男の襞のなくなった綿セルの袴《はかま》が、どあの外へ出てしまうのを見詰めていた。足許《あしもと》に小石でも落ちていたら、その男の踵《かかと》をめがけて、投げつけて遣るところであった。

が、これくらいの事で青筋を立てるのなら、この店にいる間中、耳を蔽《おお》い眼隠しをしている外はないのであった。お絹はただ、小波《さざなみ》が足許へ寄せて来るくらいのつもりで、聴流していれば好いのであった。彼女は、「馬鹿、馬鹿、」と、念仏を唱えるように呟《つぶや》いて、いきり立つ心を静めていた。

化粧室の隅に非番の三、四人がごろごろしていた。何か食べるか、それでなければ饒舌《しゃべ》っていた。往来を歩く時のお嬢様や奥様なども、此処《ここ》では裏店《うらだな》の餓鬼か山の神以上ではなかった。皆、裸になって、それでも未《ま》だ、一皮むいてしまいたいほど暑い、とこぼしていた。赤い腰巻と、真白《まっしろ》く塗った首とが、あやつり人形のように動いていた。その態《ざま》で、「馬鹿男の品評会」を開いていた。

どの男も皆、手の附けられない鼻《び》下長《かちょう》で、おまけに吝《しみ》ったれだ。と話し合っていた。彼等がどんなにうつつを抜かしているか、という事を、顔の赤くなるような露骨さで自慢し合っていた。昨夜、店がはねてからの暗黒の世界を、どう過したか、という事が、皆の自慢の種になっていた。昼間、めくばせをしておいた男が、電信柱の蔭や、安待合《やすまちあい》や、活動小屋の横町で待っていた。そんな馬鹿男を、どんな工合にして咥《くわ》え込んだか、という事を自慢し合っていた。休日には近在の避暑地まで、どんなに面白いホネームーンの真似事を企てたか、という事を自慢し合っていた。

この種の話題を持っていないものは、化粧部屋の隅では幅が利《き》かなかった。まだ新米の女達はわざと眼をみはって、古株のお手柄話しを驚嘆する真似をして、彼女等一流の阿諛《あゆ》便佞《べんねい》を送っていた。どの女の財布の中にも、紙幣型に印刷した春画が挟んであった。裸になった女どもが、新しく蒐集《しゅうしゅう》した誰かの春画を見ようとして、婬卑《いんぴ》な叫喚《きょうかん》と笑声《しょうせい》とで引張り合っている図は、ちょうど、重り合った蛆虫《うじむし》が音のない呻《うな》りを立てて、動いているようであった。

お絹は、この奇怪な雰囲気から押し出されるように、眉を寄せながら出て行った。若《も》しくは、此等《これら》の蛆虫を草履の下に蹂躙《ふみにじ》ってしまいたい衝動で、慄《ふる》えていた。女どもは、お絹の様子を見逃さなかった。

「へん、可厭《いや》に済《すま》してやあがら、」

「生意気な面構えをしやあがって……」

それが、お嬢様方のお絹に対する言い草であった。彼女等は、口で言っただけでは腹が癒えなかったから、床板の上でじたんだを踏んでいた。皆、結束して、お絹一人に対抗していた。

お絹は、こんな女どもに降参するくらいなら、死んだ方がましであった。肩を聳《そびや》かし、白眼の一瞥《いちべつ》を報いていた。

が、皿を拭きながら、ナイフを磨きながら、お絹の胸に氷のような淋しさが、忍び込んで来た。それは、路傍の石ころでも抱きしめたいほどに、もの狂わしい孤独感であった。お絹は、歯を喰いしばり、我と我身を殺していた。

毎夜、今井という男だけが、バーに来ていた。執拗にお絹の給仕を求めながら、恋知り顔にうつむき、コーヒーのコップに口をあてていた。それが済むと、ローラの前の電柱の蔭で、お絹の帰りを張っていた。

だが、この種の客は余りに多くい過ぎた。しかも彼はお絹にとって唯一の相手になろう、という野心を抱いていた。

然《しか》し、お絹は、新派悲劇のような恋をしているひまがなかった。彼女は、パンを得なければならなかった。おまけに、彼の執拗なお芝居掛りにうんざりしていた。しまいには、彼のなすままに任して、ひそかに彼を軽蔑する享《たの》しみを味《あじわ》っていた。

今井も、お絹の態度に業を煮やしていた。勝手の違った模索をするのに飽きて来た。で、或る日、昼寝の時間を割いて、また少しばかり脚色を施してみた。

彼は、悲劇的な恋を夢見ていた。そのために、二人の恋を邪魔する厳格な母親が是非必要であった。彼は今日、昔堅気《かたぎ》なその母親から、女を思い切る事を迫られたはずにしておいた。そして、出来るだけお絹の感情に媚びるために、悲痛な科白《せりふ》を用意しておいた。彼は、お絹がそのためにどんなに悲しむだろう、と想像して自惚《うぬぼ》れていた。

例に依って、電柱の蔭に立ちながら、悲痛な顔附を装っていた。それは成功した。お絹が真面目《まじめ》に、

「如何《どう》して？」

と聴かずにいられないほどであった。彼は顔を上げた。彼は、お絹がそう聴くのを待っていた。

「如何したら好《い》いのか解らないんだ。」

彼は、ぶちこわしにならない程度のうるみ声で遣りはじめた。お絹は泣いてるようであった。否《いや》忍び笑いをしているのかも知れなかった。ちょうど暗い邸町《やしきまち》にさしかかっていた。ただ、お絹のはっきり響くような声が、説明してくれた。

「何卒《どうぞ》、お母様の被仰《おっしゃ》るようになさいな、私は少し遠いのを我慢して、向うの通りから曲って帰ります。もう、明日《あす》から、彼処《あすこ》に立たないで下さい。」

こうして二人は別れてしまった。

翌日。

今井はまた来ていた。が、もう彼は、お絹に用事がなかった。最早《もは》や、彼女によく思われようとは努めなかったから、ありのままな自分をさらけ出していた。(もっと早くから、彼がそうしていたなら、彼は、もっと愉快な男であったろうに、と、お絹は真面目に彼のために考えていた)非番のお光と、無駄口を叩いて、わざと大声でふざけていた。

お絹はその夜、ひとりで街を歩いていた。ふと、摺違《すれちが》った自動車の中に、今井とお光の顔が列《なら》んでいたのを見た。お絹はちょっと振返った。彼女は、自分の思い違いかも知れない、と思っていた。針の先でつついたほどの黒い斑点《はんてん》が、ちらと頭の中をかすめて行った。やがてそれは、自動車の影とともに、巷の雑音の中に吸い込まれて行った。

「ああ可厭《いや》だ！」

お絹は、そう呟いて頭を左右に振った。すべての者に対する嫌悪が、海嘯《つなみ》のように押寄せて来た。ひそかに、ローラを出てしまう事を決心していた。

その時のお絹の心には、最早や、犠牲者の彩色を施した虚栄心が、跡方《あとかた》もなく消えていた。英二と二人で、菰《こも》にくるまったまま、往来に転がっている方がました、と思い詰めていた。それでなければ――

高利貸しの妾《めかけ》になって、一夜の内に男を締め殺し、首に捲《ま》いていた財布の紐をひき千切って、遠いアルゼンチンへでも逃げ出すのだ！


午後三時！　パロアとバアとを通して、一人の客もなく、大理石の卓子《テーブル》が墓のように列んでいた。

お絹はたった一人、過労と睡眠不足とで、軽い眩暈《めまい》を感じながら、椅子の上に腕を組んでいた。ほんの十分間、奈落の底へ引込まれるような不安な仮睡《うたたね》に落ちて行った。

……錯覚が渦を巻いていた。

お絹の周囲の卓子《テーブル》に、幾百という頭が列《なら》んで、何事か声高にしゃべり、肉片を突きさし、パンを千切っていた。

真白《まっしろ》に塗った芸者の首、眼尻の下った親爺《おやじ》の赭《あか》ら顔、腕輪を捲いたラシャメン、覚えたての単語を操る中学生、出来損ねのゼムの看板のような女優、にきびを気に病む色男、新ダイヤ型の貴婦人、鼈甲《べっこう》縁を掛けた運転手、それらの無数の首が、うようよと動き、わあーん、わあーん、と呻りを挙げていた。その首の間を、お光の婬卑《いんび》な金歯と、おはまのそばかすにまみれた鼻とがへらへらと笑いながら泳いでいた。なんという騒々しい事か。

と、中央の卓子《テーブル》の下から、があーん！という爆音とともに火を吹き上げ、めらめらと燃え上った。おお、阿鼻叫喚《あびきょうかん》、逃げる！逃げる！貴婦人の緋縮緬《ひぢりめん》の腰巻よ！吝《しみ》ったれの抱え込んだ革の鞄よ！

夢の中で、お絹は気狂いのように、手を叩いていた。

「焼けっちまえ！　黒焦げになって死んでしまえ！」


（一九二二、七、五）

三千代の嫁入

一

三千代の父は、広島の県病院に四月くらいいて、また、家へ帰って来た。近所の人たちは肺病だと言った。そう思われるのも無理がないほど、痩《や》せて蒼《あお》くなって、前よりももっと気短かになった。

或る日、三千代に、ボーロを三斤《きん》買って来いと言った。そして、それを持って吉村へ遊びに行って来いと言った。

吉村というのは、三千代の亡くなった母の姉の家であったが、三千代の母が亡くなってからは、つきあいをしていなかった。三千代は、朧気《おぼろげ》ながら、それが父の意志からだということを感じていたから、だしぬけに、今から吉村へ遊びに行って来いと言われると、気味が悪かった。病気のせいで、父は人の気を洗い立て過ぎるのだ。――父に知れないように偶《たま》には遊びに行くだろう。或《あるい》は、行きたい行きたいと思っているだろう。今日こそ、俺が行かして遣《や》る。さあ、行って来い。――そう言っているような気がした。

けれども、三千代は昔からの習慣通り、自分の考えをのべる事なしに、父の言葉に従った。

吉村の家は、同じ町にあった。三千代は、これまで一度も行ったことはなかったけれども、誰から聴くともなく、それが吉村の家だという事を知っていた。

――この家には、どんな人達がいるのであろう？――三千代は、そのお邸《やしき》風な門を見上げた。三千代の父は、娘を厳格に教育するというよりも、偏頗《へんぱ》な自分の好みから、どこへも外へ出した事がなかった。三千代も、ずっと子供のころには外へ出たいと思ったが、その中《うち》に、外へは出られないものと思うようになり、次第に外を忘れるようになった。そして、見知らぬ人や家に対して、微《かす》かな敵意を抱くようになった。――三千代は、その家の中に住んでいる人達が、皆好きでないような気がした。

賑やかな話し声がして、兄弟らしい二人の中学生が玄関へ降りた。三千代の立っているのを見たが、そのまま、彼等の話しを続けながら、おもてへ出て行った。

暫《しばら》くして、伯母が出て来た。三千代だと解ると、非常に喜んで、離れの方へ連れて行った。

「今日は誰もいない。子供達は、今運動会へ行った。」

と言った。

そして、幾度となく台所の方へ立って、うまい煮物や菓子を御馳走してくれた。三千代は、誰も伯母のする事を制《おさ》えるものがないようなのを不思議に思った。この家では、何時《いつ》でも、無駄話や間食をして好《い》いのだ。子供たちは、好きなところへ遊びに行って好いのだ。——だがそれは何か間違った事のように考えられた。

「三千代は、早く母親に死に別れて、可哀そうなものだ。」

と、伯母は繰り返して言った。けれども、三千代は、死んだ母の事を何にも知ってはいなかった。もし、今生きていて何処《どこ》かにいるものとしても、逢いたいとは思わなかった。その母が、死なないで、ずっと自分の家にいたとしても、三千代が今よりももっと仕合せになれようとは考えられなかった。三千代は、伯母の言葉をくうに聞き流しながら、それでも何か、その言葉から響いて来る愛情を感じた。三千代は、何となくこの伯母が好きになった。

それは、ずっと子供の時であった。三千代は、学校から帰るみちで、自分を待ちうけていて、或る時は赤い綿ネルのシャツを、或る時は紙に包んだいが餅をくれた女の事を、思い出した。

「うちへ帰っても、誰にも話しては不可《いけ》ない。このいが餅は帰るみちで皆喰べておしまい。」

そう言った女が、この伯母であった事を今、何という事なく感じた。けれども、三千代は、沈黙《だま》っていた。

伯母は、今度、二人で三千代の母の墓へ参ろうと言った。そして、

「いつか、伯母が一人で、参いた時、墓には草がぼうぼう生えていた。誰も、手入れをするものがないと見える。」

と言った。

三千代は、その言葉で、伯母が三千代の継母を憎んでいるのを感じて、淋しい気がした。

やがて、兄弟たちが帰って来た。もう、運動会が済んだのであろうか。――三千代は吃驚《びっくり》して立ち上った。ここに、そんな長い間いたという事は恐しかった。如何《どう》して父のところに帰ろう!

三千代は、日が落ちて、うす暗くなりかけた窓の障子を悲しそうに見た。

伯母は、兄弟の、兄の方に向いて言った。

「三千代のうちまで、送っておあげ。三千代のお父さんは八釜《やかま》しい人だから、こんなに遅くなって娘ひとりで帰ると叱られる。」

三千代はふと、この伯母がよく人をばかす狐のような気がした。

二

三千代は、従兄《いとこ》の陽一に送られて、裏道を通って家へ帰った。小川に沿った小道の傍《そば》の稲は、重く穂を垂れて、歩くたびにざわざわ鳴った。

みちみち、陽一の親しそうに話しかけるのに対して、三千代は言葉少なに答えた。三千代は、この従兄に気が許せなかった。自分とはまるで違った境遇のうちに、何の屈托《くったく》もなく育った彼を恐れ且《か》つ憎んだ。そして、陽一が三千代の学校の美しい友達の事をよく知っていて、気軽に、その噂などをすると、三千代は、自分が軽《かろ》んじられからかわれているのではないかという気がした。

縁側に立ってこっちを見ている父の姿が、裏木戸の竹垣の間から見えた。三千代たちが近づくと、父は縁側を下りてこっちを向いて歩いて来た。そして、木戸のところまで来て、先《ま》ず三千代の顔をじっと見、陽一の顔を見た。

「這入《はい》れ！」

と言った。

三千代がさきに這入り、陽一がへんなつくり笑いをしながら続いて這入ろうとすると、父は、ぴしり！　と音をたてて陽一の鼻さきへ木戸を締めた。

三千代はその音を聴いて、思わず眼を閉じた。と、いきなり父はうしろから三千代の肩を突いた。病気の父の、へんに指さきにばかり集った力を感じて、三千代は、そのまま、藪の草の中へのめった。

ちょっとの間、三千代は動かなかった。恐しい事を思い出したのだ。――それはずっと子供のときであった。今も父の居間になっている時計の間の、いろりに燗壜《かんびん》をかけて父は酒を呑んでいた。如何した事か三千代のほかには誰もいなかった。三千代は、父の側にかしこまって、酒を注《つ》いでいた。と、父が、――三千代は、父のそんな顔を見た事がなかった。――醜い笑顔をつくって三千代の顔を覗きながらそう言った。

「今日は何でも買って遣るぞ！　三千代の欲しいものは何でも好い、何でも好いから言ってみろ！」

三千代は、少しずつあとすさりをしながら、沈黙《だま》っていた。父の様子を信じる事が出来なかったのだ。

すると、父は、前よりももっと顔を寄せ笑顔をつくって、何でも買って遣るぞ、を繰り返した。ふと三千代は、これは何かの洒落《しゃれ》かも知れないと思った。そんな言葉は知らなかったけれども、なんとなくそんな気がした。自分も父と一緒になって遊ぼう、と思ったのだ。と、ほんのぽっちり、父に戯《ざ》れてみても好いのかも知れないという気がした。

三千代は、嬉しげに笑った。そして、ふと思い附いたままに、

「三千代はリボンが欲しい、赤いリボンが欲しい。」

と言った。

——が、三千代は間違っていた。父は面《めん》を冠《かぶ》り替えた。両手を拡げて、今にも飛びかかって来るけはいを示しながら、

「何だと、リボンが欲しいと、たわけめ！　よくものめのめ吐かしたな！」

と言いながら、あたりを見廻した。おぶい紐を探しているのだ。

三千代は声をあげて泣いた。おぶい紐は父のすぐ後の柱にかけてある。——

三千代は縛り上げられた。手を二本、足を二本一緒に縛って、ちょうど、兎を吊るすように、天井から倒《さか》さに吊るされた。

三千代の小さい首は両肩に挟まれて、半分下に垂れた。涙は耳の中へ、筋を作って流れた。——やがて、三千代は死んだようになった。すぐ下で、父はひとり酒を呑んでいた。

——父は、何でも欲しいものを買って遣ると言ったとき、自分は何にも欲しいものはない、と即座に答えるように三千代を躾けたかったのであろうか。或《あるい》はただ、酒の上のいたずらであったのかも知れない。しかし三千代は、長い間にそう思うようになった。

父には、そういう残虐性があるのだ。父は、自分のつくった係蹄《わな》にかかって、弱いものが藻掻《もが》いているのを、これでもか、これでもか、と上からおっ冠せてみたいのだ。——そう思うのは間違っているだろうか。

だが、三千代は、そういう父を怨んではいなかった。長い間に幾度か同じ事があって、ぼんやりと、そう感じているだけだった。

そうだ、今日のもそうだったのだ。——三千代は草の上から這い上った。泣きはしないのに、涙が三千代の、土で汚れた口の中へ流れ込んだ。

さきへ立って行く父の、ひょろ長い肩さきが、呼吸をするたびに慄《ふる》えた。見ると父は、下駄を穿《は》いていなかった。

三千代は、井戸端へ走って、父のために水を汲んだ。

三

その夜、父は三千代を呼んで、次のように言った。

「お前は、暮れ方になってあんな若い男と連れ立って、人通りのない裏道を歩いた。お前は、誰も見るものはないと思ったのか。俺はお前を、少しも疵《きず》のない娘に育てたいと思ったが、もう駄目になった。吉村のうちへは、今日明日の中《うち》に人を遣って話をつけさせるから、お前は、今日一緒に戻って来たあの男のところへ嫁に行け！」

三千代は、少しも弁解しなかった。父は初めから、そういう事を目論《もくろ》んでいたのかも知れないという考えが三千代の頭を掠《かす》めたが、彼女のたとえようのない悲しさは、ほかのすべて考えを消してしまった。彼女は嫁に行かなくてはならないのだ。こんなに、自分の家を愛し父を愛しているのに、――三千代は、父の部屋を引き下って、この思いがけぬ災《わざわい》をひとり嘆き悲しんだ。

三千代はまだ十五であった。嫁に行くということはよく解らなかった。学校よりほかのところへ行った事のない三千代は、男と女の事もよく知らなかった。少し前のころ、近くのお邸の娘のお松さまが子供を生んだという事を、父が軽蔑をこめて話したとき、三千代は自分が或る時、学校へ行く道で出会《でくわ》した事のある同いとしくらいの美しい少年を、父や母や弟たちに対するのとは違った心で思い出す事があるのを指さされたような気がして、酷《ひど》く惧《おそ》れた。自分も、もう少しでお松さまのように、子供が生れるところだったと思った。ひそかに誰かを思うとき、ひとりでに子供が生れる。そして、それは非常に不名誉な事だというとりとめもない考えが、大人の想像する事の出来ない神秘さで三千代を惧れさせた。

それほど子供であった三千代は、今、父から、嫁に行けと言われるのは罰として余り酷いという気がした。吉村へ行って思わず遅くなり、その上、父の期待に背いて男と連れ立って帰ったという事の罰なら藪の草の中でもっと足蹴《あしげ》にされて片輪になってもその方がよかった。貴様は汚くなった。だからもっと汚くなれ。そう言われるのは堪《こら》え難かった。——お父さん三千代は違います。——と、父の前では何にも言う事の出来なかった三千代はひとりになって、自分のあたまの中の父に言った。

四

或る夕方、町役場の代書をしている上田という老人が来て三千代は吉村へ連れて行かれる事になった。

この老人は、三千代の父が信用組合から金を借り入れるときや、地所の売買をするたびにその書類を書くことを頼んでいてのちには、父が道楽に飼っている小鳥を分けて遣《や》ったりしてその話に折々来る事があったし、吉村の末の子を養子にしている関係もあったから、この縁談には一番適当な人だった。それに、前にも言ったように、まるで他人でないのに、不自然に縁を絶っていた両家の間の懸け橋になるには、この老人のような、事を好まない静かな人が宜《よ》かった。こちらからも顔出しをせず、向うからも誰も来ないで、ともかくも話が運んだのも、そのためと言って宜かった。

行くまえに、三千代は父に呼ばれた。三千代が父の部屋に這入って行ったとき、父は蒲団の上に坐って、自分の手のうらをじっと見ていた。町の医者が来るたびに、手のうらを見ては血の色が宜いとか悪いとか言うのを三千代は知っていたから、今、よその家に行くときに、父のそんな様子を見るのは何となく辛かった。

「お父さん、行って参ります。」

と言うと、父は、沈黙《だま》って顔を挙げた。そして、暫《しばら》く沈黙っていたが、やがて、いつもの感激のない鈍い声で、

「行って来い。」

と一言言って、すぐ行くように顎で部屋の外を指した。

三千代は、父から、何か、行く上は再びこの家へ帰って来るなと言う風ないましめを聞く事と思っていたので、それが少し調子外れな気がした。然《しか》し、何にも言わなかった父の気持はよく解ったような気がした。そして、自分が吉村の家にいる間に、父がふいに死ぬのではあるまいかという惧れを抱いたのであった。

三人の弟と母とは、玄関の、箒《ほうき》の吊《つる》してある大きな柱の蔭に立って、三千代の家を出るのを見送っていた。弟たちは、皆、顎を引いて白眼《にら》むようななんとも言えない眼をして見ていた。子供たちは、生れおちるとから暗い家に育って、姉にさよならを言う習慣

さえ持っていなかったのだ。

母の顔は、箒の竹柄のために二つに分れて見えたが、母は前へ出る事が出来ないのだ。三千代は、その眼を感じた。もう、その眼にもお別れなのだ。——この若い母は、三千代が三つのときから来ていたが、三千代に対する愛情、憎しみも夫に隠さなければならなかったので、長い間の習慣からそうした事を口にする事はなかった。三千代が父に打たれている時も、それを止める事が出来ないで、もの蔭から、三千代堪忍《かんにん》おしよ堪忍おしよ、と嘆願するようなとても形容する事の出来ない眼をして見るのが常であった。——その眼なのだ。三千代は、振り返って、軽く頭を下げた。母が、三千代の吉村へ行くのを仕合せに思ってはいないのを感じて、そ、の、母を愛した。

暗い夜であった。お下げに、瓦斯《ガス》紡績の羽織を着て、ひとりぼっちで連れられて行く花嫁を、誰も見るものはなかった。上田老人も何とも言いはしなかった。

町の中ほどに一つの長い橋があった。その上まで来て、老人の提《さ》げている提灯の灯が、橋の下の暗い水にうつってゆらゆら揺れながら渡って行くのを、三千代は不思議なところで見た。ふと思い出したのは、子供のとき父の酒を買いに夜更《よふ》けに暗い藪のそばを通ったときの事であった。そこは狸が出ると言うので、三千代は何か念じるように眼を閉じて歩いた。自分は父の言いつけで行くのだ。もしこの恐しさが破れていよいよ最後だという時があったら、父という存在が自分を捨てはしないだろうという、微《かす》かな意識があった。三千代は、その意識に導かれて眼を閉じて通り過ぎた。——

今日、三千代は、この橋を渡って、どこかへ父のお使いに行くような気がした。吉村へ行くのは不安であったが、自分は父の言いつけで行くのだ。もし、この不安が破れて何か起ったとしても、父が自分を助けてくれるだろうという小さいたのみがあった。

寒い晩であったが雨戸を外してあかあかと洋燈をつけた吉村の離れが、遠くから見えた。出迎えに出た伯母は、

「当分の間、話しだけという事にして、この家に馴染むまでは娘のつもりでいても好い。今夜はうちわだけで、ほんのしるしの酒を酌むのだから。」

という意味の事を言った。

座敷には膳が列《なら》べてあって、人々は坐って待っていた。三千代は言われたところへ坐って、言われた通りに盃《さかずき》をとったその時、誰かがふふと笑った。

酒が廻って少し席が乱れたとき、上田の妻というのが立って踊った。その女の、歯を黒く染めた顔が面《めん》のように見え、踊りにつれて足をあげると、皺《しわ》になった足袋《たび》を穿《は》いているその足が、何か汚いものに思えた。もう一人、四十くらいの女が三味線《しゃみせん》を弾いた。

三千代は、その踊りや三味線が自分のために催されたのだとは思わなかった。三味線

を弾いた女は酷く酒に酔って、三千代と陽一とを列《なら》べて何か猥雑な事を言った。三千代は、意味は解らないがその調子を感じた。そして腹を立てた。さっき笑った女はこの女だと思った。

その女は、三千代の亡くなった母の一番妹だという事をあとで知って、三千代は暗い気がした。母の生れた家が、何か淫卑《いんび》な家のような気がして、そんな姉妹を持つ母までうとましかった。

その夜、三千代は伯母のそばへ寝た。

五

あくる朝、眼を醒ますと、台所の方で何か音がしている。伯母は？　伯母は側に寝ていた。雨戸の節穴は仄《ほの》かに明るいけれども、まだ夜は明けていない事が解った。三千代は、起きて好いか如何《どう》か、暫く蒲団《ふとん》の中にいた。それから起きて次の部屋の唐《から》紙《かみ》を開けた。

そこには誰もいなかった。三千代はその部屋を初めて見た。厠へ行こうと思ったが、その部屋を通って行くのか如何か解らなかった。三千代はちょっと立っていた。と、何か、呼鈴の鳴るような微かな音がした。子供らしい好奇心から、三千代はもう

立ち位置

『広辞苑』に「停止位置」という項目はない。「停止」と「位置」の項目をそれぞれ引けば容易に意味の分かる言葉だから、というのがその理由。一方、「第七版」では「立ち位置」という項目を新しく立てた。これは、立つ場所という意味のほかに、人間関係や社会の中でのその人の立場や序列という比喩的な意味が生まれ、「立つ」と「位置」からだけでは分かりにくいため。

一つ唐紙を明けた。すると、そこの雨戸の明いたところから、横手にこの家の表門が半分見えその閉《とざ》されたままの門に自転車を立てかけて一人の男がマッチを摺っているのが見えた。ゆうべのままの露が、一粒ずつ朝の光りを吸っているとでもいうような、仄明るさであったが、妙にはっきり見えた。

やがて、自転車に赤い灯が点ぜられた。男はその自転車のハンドルを潜り戸の方へ向けるとき、三千代の方を見た。そして、お前がいるのはさっきから気づいているというような落付いた笑顔を向けて、

「もう起きたのか、」

と言った。

三千代は、その男が、昨夜式のときいた男である事がわかった。彼女は誰からも紹介せられなかった。それだのに、今この男が伯父である事を感じた。昨夜、式のときこの男と上田老人と二人きりだった。妙な式だった。女ばかりがいて、男は二人きりだった。――けれどもこの家に伯父がいるという事を少しも考えていなかった自分を、可笑《おか》しいとは思わなかった。

自転車を押して、伯父は出て行った。潜り戸の間から二重廻しの袖が見え、そして消えた。三千代は、障子を締めた。伯父はこんなに早く何処《どこ》に行くのであろう。――

けれども、三千代は誰にも訊こうとは思わなかった。父の家にいたとき、何も訊かないようにする事を強いられた。今は、それが習慣になっていた。

寝部屋へ戻ると、伯母が眼を開けたように見えた。そして

「陽一か、」

と言った。

「いいえ、」

「ああ、三千代か、まだ起きるのは早い。もう一遍ここへお這入《はい》り、」

伯母は、掛け蒲団を少し持ち上げた。そしてその序《ついで》のように首を上げて三千代の向うを見た。小さい炬燵《こたつ》を距《へだ》てて、そこには寝床《ねどこ》が敷いたままになっていた。伯母はひとり言のように、

「陽一の奴、とうとう戻らなんだ。ゆんべくらいうちに居っても宜《よ》かろうに、」

と言った。

三千代は、その言葉が自分に関係があるように思った。何となく肩が寒かった。寝て、すぐそばに見る伯母の顔は、義歯を外していたのでそのせいか優しい優しいお婆さんのように見えた。三千代は、夢の中で、これは夢なのだ、眼が覚めたら、こんな事は何もなかったという事が分るのだ。と、夢の中の自分にはっきり言う事が出来た。

その気持を今思い出した。けれども、このことはその気持とはまるで違った。吉村へ来て、今伯母と寝ているという事は夢ではないのだ。――

伯母は静かな声で話し出した。

「ずっと昔、三千代のお母さんが生きていたころ、伯母は陽一を連れて、よく三千代の家へ遊びに行った。或るとき、裏の縁側で陽一におしっこをさせていると、そこへ三千代のお父さんが来た。そして、陽一のおちんちんを指のさきで揶揄《からか》いながら、陽一は大きくなったらうちのお婿じゃと言った。そのときから、三千代のお父さんは勿論《もちろん》伯母は、陽一と三千代が大きくなったら、二人を夫婦にする事に決めていた。伯母はそれから、三千代の今のお母さんが来たから、悪いと思ったから三千代の家へ行かなくなったが、あの時のきめは忘れはしなかった。それで、ときどき三千代を見たいと思って、学校がひける時分にいが餅やの五作かたの腰かけにかけて待っていた。――今、三千代が伯母のうちへ来たのを知ったなら墓の下にいる三千代のお母さんはどんなに喜ぶか知れぬ。」

伯母の眼に或る感動が現れた。それは、三千代の胸に響くように見えた。が、三千代の眼に浮んで来たのは「墓の下にいる母」の幻像ではなくて、縁側にしゃがんで、おしっこをしている子供をあやしている父の姿であった。それは非常に珍しかった。

——では、父が自分を吉村へ寄越したのは、陽一と一緒に歩いたという罰ではないのだ。それだから、父は、先《ま》ず吉村へ遊びに来させたのだ。父の病気が治らないという事を、誰となく信じている今、父は、死ぬまえに三千代を片附けておきたいと思ったのだ。そうだ、父は、心にあって、それを言葉に現せないばかりか、憎悪をもって遣るようにさえ見せる。そんな性質なのだ。——だが、ほんとうにそうだろうか、それにしても伯母の話しは余りお伽噺《とぎばな》しのようではないか。矢《や》っ張《ぱ》り罰なのだ。自分は、この家に来たく思ってはいなかったのだから、——

六

朝飯のとき、陽一もその弟の晃もいた。それから上田の妻と一緒にそこの養子に行っているという末息子の芳雄も来ていて、賑やかだった。

三人の大きな子供たちは、母を囲んで友達に言うような冗談を言い、何かせがんでいた。中でも、芳雄は、上田の妻のところへ行って、

「よう、お母さん、」

と言って何か甘え、また伯母のところへ戻って、同じように甘えた。大きな食卓の上にはは昨夜のお膳のお下りが列《なら》べてあったが、芳雄が甘えるたびに、二人のお母さんは自

分の箸に御馳走を摘んで芳雄の皿へ入れて遣った。皆、そのたびに笑った。

伯母は、この子はおとん坊(末子)でいつまでも甘えて不可《いけ》ない、と言った。そして、上田の妻の方へ向いて、

「去年おうちへ行くまで、わしと寝てわしの乳首をねぶっていたのだからのう、」

芳雄はいいいいと言うように顎を突き出した。

この、団欒《だんらん》は三千代には初めての経験であった。三千代は皆が笑うとき自分の頬が遅ればせに笑い、自分の声だけが作り笑いのように響くのを感じた。三千代の幼い弟でも、こんな風に甘えまた甘やかされる事はなかった。そうだ、三千代は自分の心のどこかで世界中の子供が、自分と同じような冷たさの中で育つ事を要求しているのだ。——三千代は自分が僻《ひが》んでいるのが悲しかった。それだのに、自分の笑い声は自分を卑屈にするように思われた。

陽一と晃とは何か彼等だけの話しをしている事があった。三千代の耳に、陽一の声がへんにはっきり聴えた。

伯母は、仕様のない人達だ、という風に二人を見た。そして、誰にともなく、

「この人たちは、昨夜も帰って来なかったのですよ。」

と言った。

上田の妻は、おやおや、と言うように大きな眼をして見せた。

三千代は、伯母のその調子が、表面何気なく装って心ではそんな子供たちを非難しているとは思えなかった。反《かえ》って、伯母のその言葉の中に軽い賞讃の感じを汲んだ。その空気は三千代を圧倒した。三千代は孤独を感じた。陽一と晃とが話しあっている事柄は何か解らなかったが、三千代は、それが解るという風に、ときどき彼等の方へ笑顔を向けた。それは、三千代の悲しいお世辞であり、抗議であった。

三千代は、自分の許嫁《いいなずけ》をほんとうの意味では愛していなかった。彼の方が三つ年上なだけであったが、二人の成長の仕方がしっくりしていなかった。三千代の眼には、彼が大人に見えた。大人、——子供の知らない世界を持っている人に見え過ぎた。三千代は自分の運命を信じそれに頼るために、この許嫁を愛していると思っているだけであった。

二人は昨夜から、まだ一度も口をきかなかった。陽一は三千代との関係を可笑《おか》しがり迷惑がっている風に見えた。こないだ、父の家まで送ってくれたときの、気紛れらしい親しさも見せなかった。彼は三千代の眼を見ないために、故意に眼を外《そ》らす事があった。三千代は陽一が自分に対する前のような感じのほかに、少しも自分を好いてはいない事を知った。だがそれは、はっきりしたかたちをとって悲しみになりはしなかった。三千代は父の事母の事、弟たちの事、それからこの新らしい家の事でこころが一杯だった。

朝飯が済むと、陽一たちは揃《そろ》って学校へ出掛けた。三千代も少し遅れて出た。

この家から行く途中は、三千代に初めての道であった。この国の古い名所になっているぎざぎざのある長い眼鏡《めがね》橋を渡り切って、左右に分れている道に来たとき、三千代はふいに左の方へ曲る道の川ぶちの柳の木のところで、雨の降っていないのにすげ笠をした人が釣りをしているのを見たような気がした。が、よく見ると、そこには誰もいなかった。ああ、あれは昨日だった。三千代は反対の道へ曲りながらそう思った。昨日は三千代はその柳の下を通って学校へ来たのだった。そこには、よく同じ人が釣りをしていたのだから。――

が、この間違いは三千代を涙ぐましくさせた。三千代は自分を不幸に思った。そして、その感じが不思議に三千代を慰めた。

七

午後学校から帰って裏口へ廻ると、晃が座敷に踏み台を置いてそれに乗って、棚の上で何か探しものをしているのが見えた。

足音を聴いて三千代の方を振り返ったその頰が、五厘《りん》だまを頰ばったくらいぽこんと膨れて、手にも一杯つかんでいた。菓子をとっている、――三千代はまごました。そしてすぐに、好《い》いのよと言うような、自分もいたずら仲間に這入《はい》ったような笑い顔をして見せようと思った。

が、そのとき、晃はその大きな眼に敵意をこめて三千代を見た。三千代は狼狽《あわ》てて眼を反《そ》らした。そして、そんな笑い方をしようとした自分を誰れにも気附かれないように、すぽっと締めたいような気がした。晃とはまだ知り合いにもなっていない。そして、晃は自分を好いていない。——

三千代はこの前、伯母から晃の話を聴いた。晃は生れたとき死ぬと思われるほど弱くて、ほかの子供が歩くころになって坐るだけがやっとだった。からだが細く、へんに頭だけ大きく、そのために、坐っていても自分で自分の頭の重さに参っているように「斯《こ》う、」と伯母はその格好をして、——少し前こごみに頭を据えて、一つところを見ていた。泣きもしない代り、むっとして片言も口を利《き》かなかった。——その、へんに大きな頭を前こごみに据えた格好が、三千代の眼に浮んだ。それは、ちょっと滑稽《こっけい》な然《しか》し人をけおすような格好だった。色の蒼白《あおじろ》い、大きな眼をした今の晃にもどこかその感じがあった。——

だが、今晃の眼に現れたのは、自分の悪いことを見つかったというより、もう一つ積極的な敵意だと思えた。三千代はその敵意が解らなかった。ただそれだけの事だのに、三千代は、縁側を上って晃の立っている踏み台のうしろを通るとき何か自分の中の臓腑が抜かれて行くような苦痛を感じた。それは、今朝感じた孤独とは違う。三千代はへんに淋しかった。

そこから、伯母に逢うために離れへ行こうとすると、障子が明いていて、行李《こうり》から着物か何か出している伯母が見えた。初め、何気なくその方へ行こうとして、伯母の手にある着物が自分のだと解ると、三千代はどきっとして立ち留った。

伯母は耳が遠かった。そして、三千代の立っている側はうす暗いのに、離れの障子一杯に日が射していたから、伯母の方からは三千代が見えなかった。三千代はちょっと、行こうか如何《どう》しようかと迷った。

三千代はそのとき、今の晃の眼を思い出した。ふいに、伯母もそれと同じ眼をするような気がした。三千代はそっと引き返した。だが、何故伯母は自分の行李を開けて見ているのだろう。――

三千代は、その行李の中が恥しかった。袂《たもと》のついた瓦斯《ガス》の羽織が一枚あるぎりで、あとは筒袖の着古しの袷《あわせ》が二、三枚と洗濯した足袋《たび》、ネルの腰巻などが入っていた。三千代はずっと子供のときから、父の偏執な教育のために、必要以上に酷《ひど》いなりをさせられた。冬になってもわざと足袋を穿《は》かせず、履物は藁草履《わらぞうり》に決っていた。学校へ行く途中、町の人達は三千代を見た。そして、眼がおや声に出して、可哀そうがった。三千代は、その人達の様子から憐愍《れんびん》と一緒に軽蔑を感じた。が、長い間の習慣から三千代はその屈辱に馴れた。そんなとき、自分だけは違うのだと思った。何が違うのか解らずにただそう思った。――が、今感じた恥はそれとはまるで違った。三千代は、廊下を行ったり来たりした。そして思い切って離れの方へ歩き出した。

と、伯母がはっきりこっちを見た。その様子には少しも狼狽《ろうばい》したところはなかった。伯母の膝には、はぎ合せで拵《こしら》えた襦袢《じゅばん》の袖が拡げられていた。

「三千代、三千代はこの行李の中にあるだけしか着物を持っていないのか。」

と訊いた。言葉よりもおだやかな調子だった。

伯母は自分に内証で自分の行李を探したのではないのだ。三千代はそう感じた。伯母のその調子が嬉しかった。

「袂の長い、緋縮緬《ひぢりめん》の下着やら、白綸子《しろりんず》の重ねやらななこの紋附羽織などはなかったのか、」

伯母は重ねて訊いた。

伯母は何の事を言うのだろう、――三千代は大きく頭を振った。

「それでは、お前のうちの簞笥《たんす》の中にはあるだろう、」

三千代は、そんなものは見た事がない、と言った。

「そんなはずはない、お前の死んだお母さんは、このうちを親元にしてお嫁に行ったのだ。伯母が支度を手伝って遣《や》った。そのとき、確かにその品物があった。お前のお母さんは、死ぬとき、あの着物をみなお前に遣ってくれと言った。お前のうちにないはずがない。若《も》しないなら、それはあのおていさんが着破ってしもうたのじゃ、」

と昂奮して言った。おていさんというのは三千代の今の母の名であった。伯母は、お前のお母さんと言わずに、声に力を入れておていさんと言った。

三千代は、そんな着物は少しも欲しくなかった。もし、伯母の言う事がほんとうで自分のうちにそんな着物があったとしても、そして、今はそれがなくなっているとしても、それは決して今の母のせいではない。父が放蕩のたしにしたのだ。——然し三千代は、それを伯母に言いたくなかった。

昂奮している伯母の前にじっと坐っていると、三千代は、ふいに、その着物を自分はちゃんと知っていたような気がした。そして、その赤い白い美しい着物を、或る日自分は何か鋭利な刃物でひき裂いたような気がした。それだのに、自分は嘘を言っている。

——ふと、三千代はある事を思い浮んだのだ。

酒に酔って気狂いのようになった父が、何か大声に叫びながら、美しい女の着物を引《ひ》き摺《ず》り出して、ピリピリ力まかせに引き裂いているのだ。母は箪笥の前に泣きくずれて、それを止めようともしない。——ああ、あれだ、あのとき父がひき裂いたのだ。父は放蕩のたしにしたのではなかった。騒ぎが静まって、父は不思議な酒の作用に依って、子供のようにひーいと声をあげて泣いている。母は、きれぎれになった着物を掻き合せている、——三千代は、その母が死んだ自分の母か今の母か分らずに、朧気《おぼろげ》な記憶を辿った。それは静かな恐しい空気だった。——

八

伯母は今しがた用足しに行き、子供たちは雑嚢《ざつのう》を座敷へ放り出して、どこかへ遊びに行った。三千代はひとり、部屋の中を歩いた。

家は広く綺麗で気持ちが宜《よ》かった。三千代は好奇心をもって部屋から部屋へ歩いた。唐紙をそうと開ける。——今まで見た事もない誰か、自分の好きな誰かと隠れん坊をしているような、微《かす》かな嬉しさが湧いた。

素足に感じる畳の冷たさ、黒く高い天井、何もかも宜かった。陽一の勉強机が置いてある小さい部屋に這入《はい》ったとき、三千代は、ほう、と言って佇《たたず》んだ。そこには、雑誌や小説本を立てかけた書架があった。三千代は、それを片附けるようにして一冊ずつ手に取って見た。

三千代のこころは楽しかった。何という家だろう。この家には何でもある。そして、誰が見ても喰べても好いように、ついそこに放りぱなしにしてある。けれども、この家の人は誰も読みたがりもしないし喰べたがりもしないように思える。――面白い事がたくさんあるような家、それでどことなくきまりの附いていない家、――三千代は、晃が踏み台に上って菓子を取っていた棚を思い出した。あそこには何時《いつ》でも菓子がある。そして、あの人は好きなときそれを取っても好かったのだ。

三千代が、仏壇のある暗い部屋を通りかかったとき、その暗い中で、金ぴかの半びらきになったおずしが、ゆらゆらとはためいた。そんな筈《はず》がないと思いながら、へんな気味悪さを伴わない、単純に、そばへ寄って見たい気だけした。――三千代にはそんな感じに親しみがあった。動かないものが動き見えないものが見え、聴えないものが聴える。その感じは、ずっと孤独の中にいた三千代にとって慰めであった。――

仏壇は立派なものだった。

金網の打敷、真鍮《しんちゅう》の仏具、金の造り花、三千代は飽かず眺めた。よその仏さま、大きな小さいたくさんの位牌、どこにいるか分らないこの家の祖先。

一しんに見ている間に、三千代は一番奥の黒い顔をした眼の大きな仏像が、父によく似ている、と思った。が、ここに片手を上向けにして坐っている父は、少しも三千代を叱ってはいない。

「お父さん、お菓子を一つ下さい。」

三千代は父の顔を見て言った。三千代には、その仏像が少し笑ったように見えた。

三千代は、お供えの白い饅頭を一つつまんで口へ入れた。そして、指さきについた白い粉を父の顔を見ながら、自分の着物へなすって拭《ふ》いた。

明るい気持だった。三千代は縁側に出て、父の家でずっと子供のとき、誰もいない隙《すき》にしたように、縁側の柱に両手でつかまってぐいと、うしろ側にからだを反《そ》らして空を見た。ちょっとあたまがぐらぐらした。白い動かない雲の間をたった二羽だけ渡って行く烏が、倒《さか》さに、逼《せま》って行くように見えた。

からす、からす、

三千代は、心の中で節をつけた。と、そこは父の家の縁側からと同じに見えた。自分の眉毛のぼんやり向うに、向う堤の高い石垣が見え、肴売《さかなう》りの女達が堤を越えて帰って行くのが見える。三千代の空想は、女達の足に随《つ》いて、見知らない村へ行く。その村には、三千代の知らないおばあさんがひとりで三千代を待っている。——

ほんとうに、顔をうしろ外に反らして見ると、空は土のように土は空のように見えた。

三千代は、頭の上に続いた青い葱畑《ねぎばたけ》を見た。そして誰か白い手拭《てぬぐい》を冠《かぶ》った人が、その葱畑の中に倒さにつゝ下ったように立っているのを見た。三千代は赧《あか》くなって、急いで縁側へ戻った。

こっちへ向いて笑っていたのは前の百姓やの小母《おば》さんだった。

九

夕飯が済んで皆が雑談していると、おもてで鈴《りん》の音がした三千代はすぐに、伯父が帰って来たと思った。

自転車を物置の方へ曳いて行くけはいがした。三千代は、こんなとき玄関へ行くのか行かないのかと皆の方を見たが、誰も起《た》ちそうにはなかった。三千代も起たなかった。

そこへ、

「やれ、やれ、」

と言いながら伯父が這入って来た。

「戸棚の中にたこの煮たのが這入っています。」

と伯母が言った。「それからお酒は、燗壜《かんびん》のだけで今夜は我慢して下さい。つい、買っておくのを忘れた。」

伯父は、よしよしと言うような顔をして伯母の方を見た。その序《つい》でに、ちらりと三千代の顔を見た。そして、四角い弁当包みをそこへ置くと、子供がするように肩を一方にゆすって着ていた二重廻しを脱いだ。

すると、思いがけない着物を着た伯父が現れた。金ボタンのついた洋服の、伯父の体どおりに背中が膨らみ足が曲り、ちょうど、伯父のとしほどに古びたのを気安げに着ていた。伯父は看守なのだ。三千代は、同じ服を着ていた人を見知っていた。この町の二里くらいはずれに、その少年監獄があった。――

伯母は縫物を持って奥の居間へ立って行き、子供たちもマントを冠っておもてへ出た。三千代は誰からも言葉をかけられず、ぼんやりと皆の起って行くのを見て、自分ひとり起ちそびれた。

台所の次の板の間で、伯父はひとりで夕飯を喰べていた。燗壜を五徳にかける音、食器の触れ合う音、酒を啜《すす》る音がへんなひろがりをもって、三千代のところまで聞えた。三千代は、伯父が酒を呑んでしまったらここへ来るだろうと思い、何となくそれを待つような気になった。

三千代は、長い間ものごころづいてずっと、誰とも口を利《き》かなかったような気がした。父の家の空気は、誰とも交渉なく生きる事を強いた。父のいないとき、たまに、若い母と小さい弟たちと庭へ莚《むしろ》を敷いて、ちんころが転がり合うように体を摺《す》りつけて遊ぶ事があったが、いつ父が現れるか、その心配のために皆声を出しはしなかった。一番幼い弟まで、口よりは眼《ま》がおでものを言う事を知っていた。父と口を利き、父から口を利かれるその二つの場合の、へんな公正？　さをもった声だけが、ときどき家の中をつつ抜けて聞えた。——

　今、三千代は、その強いられた沈黙からひとりでに解放されるような気が、ふいにした。このうちのせいか、そうではなかった。三千代は柔《やわら》いだ気持で、いま台所から聞えて来るもの音と話を初めた。

——伯父さんはお酒が好きなの、——

——ああ、好きだよ。——

——伯父さんは毎朝あんなに暗いうちからお出かけになるの、——

——このごろは夜の明けるのが遅いのだよ——

——伯父さんも、懲役人(囚人のこと)を綱でひっぱってお歩きになる事があるの、——

　その返事は、はっきりしなかった。

　やがて、伯父の起ってこっちへ来るけはいがした。三千代は火鉢のそばの座蒲団を直した。

しかし、伯父はそこには坐らないで、部屋の隅の広い板の台の前に座った。三千代は、伯父が自分に対してはにかんでいるような気がした。自分も伯父と同じ大人ででもあるような、この考が三千代には少しも可笑《おか》しくなかった。それほど伯父の坐り方が何か気を兼ねたようなそわそわした風に見えた。

伯父は顔を挙げて何か探すように天井を見た。そして、三千代の方へ向いて、

「ランプをこの上へ吊《つる》したいが、」

と言った。

三千代はすぐ起って、自分の前にあったランプを持って行った。伯父の額が酒のせいで抜け上って赧く見えた。

台の上のかぶせをとると、中はミシンだった。伯父は馴れた手付きでちょっと手車を廻して見た。はにかんで、こんな隅に坐ったのではなかったのだ。

伯父は起って、さっき脱ぎ棄てた二重廻しを持って来た。そして、その裾《すそ》を針の下にあてがって、ギチギチ縫い初めた。

三千代は軽い驚きを持って伯父を見た。伯父もそれを感じたようであった。彼のおどけた丸顔に笑いが浮かんだ。如何《どう》だい、伯父さんが遣ると可笑しいかい、と言うように。

だが伯父の様子がその仕事に似つかわしくなり、その巧みさに疑いがなくなればなくなるほど三千代は不思議な気がして来た。そして、今しがたの続きのように、心の中で話しかけた。

——伯父さん、そのミシンはどこから持っていらしったのですか。——

その話しが聞えたように、伯父は手を止めて言った。

「これは布哇《ハワイ》から持って戻ったのじゃ、三千代は、こんな機械を見た事があるか。」

二重廻しの裏はすっかり綴《つず》れた。伯父は、ちょっとランプのところへ拡げて出来栄えを見た。糸で吊した古い眼鏡が伯父の低い鼻の上で少し動いた。

三千代は不思議な感動をもってその平和な顔を見た。そして、

「学校で見ました。学校には二台あります。」

と答えた。

ふと、赤いシャツの記憶が蘇った。伯母がくれたあのシャツは、この伯父が縫ったのだと言う気がした。

伯父は機械にかぶせをして、煙草《タバコ》を煙管《キセル》に詰めながら布哇《ハワイ》の話しをした。若いとき、伯母と一緒に銭儲けに渡って、伯父はこのミシンと一緒に明るい提《さ》げランプを買って来たのだ。そして、たくさんの金を持って帰った。田を買い畑を買った。裏に家作も建て

た。

「だが、今はすっかりなくなってしまった。伯母は余り、子供に学問をさせ過ぎる。」伯父は嘆くように言った。そして、東京の名高い女学校へ行っているという長女の話しをした。

十

その夜から、陽一の寝床《ねどこ》は三千代たちの部屋になかった。三千代は同じ家にいながら、陽一を余り見たことがなかった。それは、不自然なように見えて三千代には自然な関係だった。陽一の事は三千代の考えの一部分を占めるだけであったから。

人から愛された事のない三千代は、愛されない欲望のために何かするという考えを持っていなかった。誰とも通りすがりのままの交渉で辛いとは思わず、また、それより深入りしようとは考えなかった。この家へ来て幾日か経《た》っても、伯母を初め陽一、晃などに対するよそよそしい感情が少しも辛くなかった。三千代には、不断に、或る程度のよそよそしさを欲しがるようなところがあり、その空気の中にばかり親しみが持てたと言って宜《よ》かった。

ただ一つ、伯父に対する感情だけ、三千代に新しい経験であった。この感情は、それからの長い間三千代の心を温めた。――

或る夕方、三千代は伯母と一緒に風呂場へ入った。

伯母が裸になって流し場へ下りて行ったとき、三千代は伯母と一緒に入ったことを悔いた。伯母の体は白く肥《ふと》って、若い女のように美しかった。

「お這入《はい》り、」

と伯母が言った。

三千代には何か予感があった。そう言う伯母の声を、三千代の可厭《いや》な事を強いているように聞いた。

「お這入り、」

と伯母がまた言った。

三千代は着物を脱いだ。豆ランプの光りと湯気の中から伯母の首から上が、晒《さら》し首のような冷たさを運んでこっちを見ているのが三千代に分った。三千代は痩せて色が黒かった。

簀《す》の子の上を伯母の方へ近づいて行くとき三千代は父の事を思い出した。

「かまきり！」

と父が叫んだ。

かまきりというのは、痩せて色の黒い三千代の綽名《あだな》であった。父は怒りを含んでその綽名を呼んだ。三千代は父の怒りの中に微妙な愛情を汲んだ。そうだ、かまきりでも宜かったのだ。それだのに、今は、そのかまきりが恥しく腹立しかった。

三千代は痩せた腕を伸して、石鹸《せっけん》をこすりながら、死んだ母もこの伯母と同じように白く肥っていたのだろう。そして、自分が痩せて黒いのは父の遺伝なのだと考えた。

伯母は三千代の後へ廻って背中を流してくれた。そして、肩から首をこするとき、うと言うような不明瞭な声を挙げて、

「この耳のうしろのこけ(垢)はどうじゃ！」

と無遠慮な調子で言った。そして、力まかせにごしごしとこすった。

三千代は、そこがぴりぴりと痛むのをじっと我慢した。痛い、と言うのは伯母の意地悪るな気持を自分が気附いたように思われそうで、それが可厭《いや》だった。

暫《しば》くして伯母はまた、ううと言うような不明瞭な声を挙げた。そして、三千代の肩のところで何か透《す》かして見るような格好をして、

「この頭の中のこけは如何《どう》じゃ。まるで、瘡《かさ》ぶたのようになっているぞ！」

と言った。

三千代は、じっとして伯母のその声を堪《こら》えた。心の中で、伯母はまだ何か言うぞ！という気がした。三千代がそう思うとすぐ、三千代の動かない姿に唆《け》しかけられたように、伯母はまた同じ調子で続けた。

「母親のないものは哀れなものじゃ。誰も首や頭の中のこけをとってくれるものがないと見える。」

三千代はその声を聴きながら、それを、自分が言わせたという気がした。伯母は、三千代を憐れんでいるのではなく、三千代の今の母を憎んでいるのだ。そういう考えが言いようのない明瞭さで三千代の心を衝いた。

三千代は、伯母の方へ痩せた背中を向けながら、伯母の、母に対する憎《に》くみをそのまま伯母の心へはね返した。

三千代はながい間、憎悪のあとに来る淋しさに責められた。そして、さっきのような自分を憎んだ。自分は、邪魔になる混り物のようにこの家の中にいるのだと思った。

体を拭いて着物を着ようとしたとき、伯母は向うむきのまま、

「もう出るのか、」

と言った。

伯母はしゃがんで義歯を洗っているところだった。唇が優しくすぼんで、まるで違っ

た人のような笑顔が、鏡の中から三千代を見た。

十一

その夜、伯父は帰って来なかった。

夕方になると決まって帰って来る伯父なのに、夜更《よふ》けに帰って来ない伯父を、誰も気にせず、忘れているように見えた。三千代もその中に包まれた。そして、伯父の事を忘れていた。

皆、電報で起された。

縁側に出て見ると、昼のような月夜だった。犬を連れて電報配達夫が、前の葱畑に続いた白い小さい路《みち》を帰って行くのがいつまでも見えた。犬は少しも啼《な》かなかった。

伯母は、ひる間伯母が機嫌の好《い》いときに上げるお経文のように、節をつけて長い電文を読んだ。——伯父は囚人を護送する途中、福山駅で怪我《けが》をした。そして、今駅前の病院にいるから誰《だ》れか来い、とあった。

伯母は大きな声で晃を呼んだ。

離れの二階の窓から灯が動いて、台ランプを持った晃が出て来た。

「晃、お父さんが怪我をした、陽一をすぐ呼んで来い、陽一は五作かたにいるぞ！」

った。

「解っている、」

晃は無愛想に答えた。そして、大きな下駄を穿《は》いて、電報配達夫と同じ道を走って行った。

五作かたにいる？　そして、伯母も晃もその事を知っている。――その瞬間、三千代のあたまを五作かたの美しい娘の姿が掠《かす》めた。然《しか》し、想像は伸びなかった。伯父の安否が、すぐ三千代の心を占めた。

囚人が伯父の首へ鎖を巻きつけている有様が思い浮んだ。伯父は昼のような月光の鉄道線路に横《よこた》わり、囚人は青い着物のまま葱畑の中に潜った。汽車は幾度か行きすぎた。――だが、伯父は病院に這入っているのだ。そして、誰かが、三千代が来るのを待っているのだ。――

晃が、陽一と一緒に戻って来た。三千代は陽一の顔を見なかった。

ちょうど、十二時二十六分の上りがあった。皆、陽一をせき立てて支度をさせた。伯母は、駅まで行く自転車を借りるために隣りの家へ行った。

皆の騒ぎ方が伯父の存在を不似合にはっきりさせた。陽一が出て行って、ちょっとひっそりしたとき、三千代はそれを思って伯父のため微《かす》かな喜びを感じた。

陽一とすれ違いに、監獄から使いが来た。伯父の怪我は大した事はなかった。囚人が疾走中の汽車から逃げ出そうとしたので、続いて飛び下りようとしたとき、ちょっと足を挫《くじ》いたのだと言った。そして、この使いに来た口の大きな便利屋の男は、帰りがけに、囚人がうまく逃げたという事をつけ加えるのを忘れなかった。伯母の眉がちょっと動いた。

三千代はあとで、囚人に逃げられたのは役の落度になるという事を聴かされた。

「間抜けなはなしじゃ、」

と伯母は本気で言った。そして、雨戸を立てて寝た。三千代は長い間眠れなかった。

翌日、福山から陽一の出した手紙が伯母の許《もと》へ届いた。伯母は、

「陽一の奴、おかげで場所(繁華な土地)へ行けて、好い気になって遊んでいる事だろう。」

と言った。

伯父の容態がごく軽いのだろうと三千代は考えた。

十二

明日は旧の十月二十日で、二十日恵比須というえびす祭の日なので、晃は夕方から店飾りや山車《だし》を見に行き、伯母は上田の妻を誘って祭の買い物に出掛けた。

三千代は、伯母の姿が門の外へ消えるのを待って、離れの二畳へ引き返した。すると、昼間掃除をしたその部屋へ来たとき眼を付けて置いた陽一の日記帳が、その時は本箱の上にあって、今は机の雑誌の下にあった。晃が隠したのだろうか、それとも何か直すとき何気なくそこへ置いたのだろうか。

然し、三千代は余りそれを気にとめなかった。何よりも好奇心があった。自分でただの好奇心だと思っていた心が、それを早く読みたかった。

陽一は福山へ行くとき、それを隠さなかった。隠すひまがなかった。或いは、その事に考えつかなかったほど、それを重く考えていなかった。だから見ても好いという気がした。

読んで行くうち、自分の思いがけない気持がそれに書いてある文字によって、引《ひ》き摺《ず》り出されて行くのを感じた。書いてある事は少しも意外ではなく、一字一句三千代の想像の通りであるのに、それに依って引き摺り出される自分の気持は堪えられない辛さであった。三千代は、そんな気持が自分自身に気付かれずに隠れていた事を悲しんだ。

三千代は自分の自覚しているよりも、陽一に嫉妬している自分を感じた。三千代の心は、許嫁《いいなずけ》という意味も恐らく夫婦という事柄をも充分に知り、それについて夢を持っていた。三千代は、このごろ自分が、陽一の外から帰って来る足音を待っていたり、それから学校へ行く途中帰る途中に、いずれも同じ服装をした中学生の中から、陽一の靴音だけを聴き分けようとしたり、そして、或る女学生雑誌の呼びものになっている或る女の恋愛小説の会話をそのまま、自分と陽一とが交わす時の事を想像したりしていた自分自身を、今、はっとして感じ、憐れな見せもののように自分で指さし眺めた。

この日記に書いてある事はなんという事だ。自分の理性はこれを読まない前から知っていて、心はそれを知る事を避けた。そして、その反対を信じたかった。この日記を見て、こんな辛い気持が引き出される自分を惧《おそ》れていたのだ。

自分はここへ来てから一度でも醜い自分の顔や貧しい肩付きを考えた事があっただろうか。自分は鏡を見るさえ可厭《いや》がっていたのに、その可厭がっている事を忘れたがり、やがてすっかり忘れてしまったのであろうか。

あの、小学校の卒業式のとき、一番仲の宜《よ》かった友達と二人で一番前の列の毛布の前に坐り、それも気取って七分《ぶ》ほど向い合わせになって手を握り合っているあの写真を自分は忘れたのか。色が真っ黒で眼が落ち込んでいるために、おでこの額が酷く光ってなおでこに見える。そして、自分の斜め七分に向いた方へ真向《まっこう》に日がさしていたのだ。自分はあの写真から友達と離れた。

その友達は自分よりずっと美しく、級の中でも一番美しかった。そのために自分はその友達を好いていたのだ。その友達は斜め七分に蔭に向いて、その陰影の深い顔をもっと余情のある好い感じに写して、三千代の醜さを際立たせた。そしてその友達と離れたのちは、自分より美しい友達を持つことのない自分ではないか。

自分はそんなことをすっかり忘れていはしなかった。この間、伯母と風呂に入ったときあんなに腹が立ったのは、自分が醜くかったからだ。それを伯母が、如何《どう》して気付かないでいるという事があろう。

伯母は、自分がずっと子供のときの、今よりももっと痩せて顔色が悪かったときの自分を知っているのに、そんな自分を如何して、たった一つのお伽噺《ときばなし》のような昔の約束に依って陽一の嫁にする気になったのであろうか。

伯母は醜い自分をからかったのであろうか。自分は、なんにも知らない父を恨まず、伯母だけを恨む。そして、あの風呂場で感じた憎しみが今もっとはっきりしたかたちをとって、伯母へ向うのを感じる。

伯母はからかったのではなく、陽一の気紛れな遊びを、せめて三千代が同じ家にいるという事のために、少しでも制《おさ》えようとしたのであろう。もしそうとすれば、何と愚かな智恵のない話だ。その証拠に、伯母は三日くらいで自分の企《くわだ》てた試みに倦《う》んでしまい、今では晃や陽一と一緒になって、陽一が夜泊りの相手の娘の家まで知っている。

そんなとき、自分はこの家のどこに坐っていたら宜いのか。今は伯父もいない。自分にはもう十日も前から、この家のどこにも坐っているところはなかったのだ。

自分は自分の邪魔なことを少しも知らなかった。今自分が感じたことを、前から知っているものがあったら、その者の眼から自分はどんなに見えた事であろう。陽一はこの日記の中で自分が邪魔な事をはっきり言っている。勿論《もちろん》十幾日かの間口を利く事を避けた事が、この日記の通りのことを何よりも明かに示していたのだ。そして、晃も伯母も三千代、もう行っても好いころじゃないのか、と言わないいだけだったのだ。

三千代は恥と悲しみのために頁《ページ》をめくる手が慄えた。然《しか》し涙は三千代の傷《きず》ついた心を慰めた。三千代は残忍な気持で、次の頁により多い恥と悲しみとを見出すことを待った。

長い間、三千代は孤独と恥の中に自分の生れた暗い家を思った。

やがて、玄関の開く音がした。三千代は日記を雑誌の下に隠し、台ランプを提げて廊下へ出た。

伯母は、

「寒む………」

と言いながら、後向きになって格子の鍵穴に釘をさした。

晃は？　五作かたか？　――

三千代は伯母が持って帰ったえびす大黒の菓子の笹に吊《つる》したのを、沈黙《だま》ってミシン台の板の割目に立てた。

十三

祭の日になった。

三千代は朝起きたとき、その日が新の十一月二十八日で自分の誕生日に当っているという事を何という事なく思い出した。そして、指を折り曲げて、自分がこの家へ来た日から十八日になる事を数えた。

そうした事は三千代の心を何となく軽くした。誕生日、十八日、三千代は、何かきりを附けたような気がした。

朝から、上田の妻が手伝いに来た。近在の親類縁者が来ると言うので、皆忙しそうだった。実際、ひる過ぎになると子供を連れた女客が四組五組集って来た。その中には男はいなかった。

もっと後から来るのかも知れなかったが、三千代は何となく、自分がこの家へ来た夜の宴会の事を思い出した。そして今夜も黒く染めた歯を出して笑う上田の妻が立って踊るだろうと思った。三千代はその宴会にいたくない気がした。皆、同じに歯を染めていた(三千代にはそんな気がした。)女達が三千代を大きな声で笑いそうな気がした。明らさまに笑うのではなく何かに事よせて三千代の気附かない事で笑いそうな気がした。

夕方近くなって座敷に膳が列《なら》んだとき、三千代は女客の出這入《ではい》りに紛れて、ひとり町の方へ出た。大変な人出だった。

屋根の上はまだ日が残っているのに、祭の提灯と店のランプのために町は早く夜が来た。光りは空に届かず、人々の頭の上に重なり合った。

三千代は狭い通りの真中《まんなか》へ押されて行った。何にも見えなかった。頭ばかりになった人の海が、もう二寸もう三寸と首を伸すたびに波を打つのが、三千代の頭の上で感じられた。

男の着物のにおいと、見せもののアセチレンガスのにおいが、押されるたびに鼻を掠《かす》めた。

ときどき人人の肩と首の間にすきが出来てすぐふさがったそのすきは掛け小屋の中の演芸を見せる揚げ幕のようにちょっとの間、三千代の眼に店飾りの芝居人形や菓子で作って夥《おびただ》しい玩具《おもちゃ》の山を見せつけがましく覗かせた。さきを赤く染めたくじを引いている子供。父親らしいのの肩車にのっている子供、何かせがんで買って貰っている子供、それらの子供たちは皆わがままを言い泣きじゃくり、駄駄っ子を売りものにしている憎まれっ子のように、誰かからあやされ宥《なだ》められながら、店飾りに一番近い青竹のてすりにすがって見ているのだ。

三千代は、幾度か胸を突かれた。人々の高くさし上げているえびす大黒の笹が、ときどき手を緩めて三千代の顔を横撫《よこな》でにして、またついと高く上った。三千代はそれを防ぐために頭を前に出し力を入れて歩いた。太鼓、かにの音に似た無数の下駄の音、わめき声、雑音、三千代は直《じ》き頭が疲れた。

首を仰向けると、空には青い昼が残っていた。――では、この群集の中にいないのは、あの自分の生れた暗い家の中の子供たちだけだろうか。自分はここにいて、この喧騒が、自分の生れて初めて見た際の夜が、あの吉村の膳を列《なら》べた座敷の中から続いて来ているような気がする。――

自分の坐るところは父の家。そして、その家から眼に見えない血脈に依って送られる憎悪、不幸、冷酷は自分を包んで離さず、もう一度そこへ戻る事だけが、自分を救うことを感じさせる。そういう漠然とした感じが、へんな神秘と一緒になって三千代の心を衝いた。

三千代は、祭の灯に背いて眼鏡橋を渡り、渡り終って橋の袂《たもと》の岐路に来たとき、躊躇《ちゅうちょ》なく左へ道をとった。

そして、或る事を期待して、柳の木の下を見た。そこには笠を着た釣りの人がいて、三千代がその方へ曲ったとき、合図に答えるようにちょっとしゃがんだ。そして、道具を片附けびくの魚を提げて三千代と同じ道を歩いた。

三千代はその男を知っていた。祭の夜は川魚がひどく好い値で売れるのだから。——

三千代は遠くから、父の家の窓の明りがないのを見た。父は寝ているのだろうか。

（一九二五、一、一三）

ランプ明るく

土間の敷居のところで、若い母はランプの掃除をしているらしくうずくまって、お婆さんのようだ。

母は立った。カチ、カチとほやが鳴った。五分芯《ぶしん》の灯がぼうとともり、朧気《おぼろげ》な障子の桟に大きな形が浮いた。

三千代は裏木戸まで来かかって、父の家に何事もなかった事を感じた。母は庭を廻って父の部屋へランプを持って行った。

この家の明りが遅いのはきまった事だのに、遠くから見ると灯のないのは不吉な感じがした。自分の眼が町の祭の明るさに欺《あざむ》かれていたのだろうか。三千代は、椽側《えんがわ》から父の居間へ上った。

父は寝ていた。呼んでも蒲団《ふとん》が動かなかった。三千代の見知らない紅葉の模様のある新しい蒲団を着ているのと、蒲団から少しも父の顔が見えないのとで、勝手違いな感じがした。

「お父さん、」

と、また呼んだ。

蒲団の肩が少し動いた。三千代は何か待ちうける気で身構えをした。

そのとき、父は蒲団から顔を出した。三千代を見ると、一言も言わずにまた蒲団の中へ顔を隠した。その顔には、三千代の予期した激情がなく、今まで父に見た事のない平和な無感動があった。

「お父さん、三千代は吉村から戻りました。もう、行かないでも好《い》いですか、」

父は何とも言わなかった。

ままごとのような嫁入りではあったけれども、行って十八日しか経《た》たないのに、誰にも断らずに戻って来たのだ。父は三千代が戻って来ると知っていたように、椽側から上って来た三千代を見て、つい、お使いから戻って来たときの三千代にするように、沈黙《だま》って、三千代を見た。ああ、あの顔だ、「戻って来たのか、」という顔だ。

三千代は、父の様子から或る感動をうけた。そして、父が自分を待ち、自分の戻るのを知っているのだと信じた。

台所へ行くと、母と小さい子供たちとが、音も立てず暗いランプの下の低い食台で、夕飯を喰べていた。

三千代が箒《ほうき》の掛けてある柱のところまで来たとき、けはいを感じて母が、それから子供たちが顔を上げた。

「お母《かか》！」

「如何《どう》おしたのか、いつお戻りたのか、」

吉村のランプに比べて、何という暗い事であろう。ほやに箒めのようなよこすじがはいっている。そして、そのほやが欠けていて、そこから風がはいり、じじと鳴る。吉村のも、吉村のだけでなく町のどこの店にともっていたランプでも、ほやは掃除がよく届いて、透《す》きとおって明るかった。

いま、ほやのよこすじを見ていると、三千代の眼が曇った。

父は、三千代がずっと子供のときから、また、病気になってからはなおさら、母が、家を綺麗にとり片附け、ランプのほやを透きとおるように拭《ふ》き、などするを叱った。

「吟味《ぎんみ》るな！」

と叫んだ。

人前を繕《つくろ》うな、という意味だった。その言葉を三千代は幾度聞いたろう。父の声は怒りに慄え、母の顔は惧《おそ》れと疑いで曇った。父が間違っている、三千代はそう思った。ランプのほやを透きとおらせるのが、如何して吟味る事なのであろう。

だが、母は父の云う通りにした。ランプは煤《すす》のために黒くなり光が遮られるまで放ってあって、それから初めて、母は土間のところにしゃがんで、丸めた新聞紙をほやの中に入れ、くるっ、くるっ、と二度くらい指を廻す。と、黒い煤の上に白いよこすじが現われ、灯をつけると、よこすじの間から光りが洩れるのだ。

母はそのランプを父の居間へ持って行った。父はじろりと見た。母の顔は、いつもランプを綺麗になり過ぎたか如何か案じているようだった。

いま、吉村のうちから戻って、台所のランプのよこすじを見ると三千代の心は落付いた。そのよこすじは父と母との争いを示さず、自分のうちの懐しさを思わせたのだ。

「如何してお戻りたのか」

と母は訊いた。

三千代は、そう訊かれたとき、この母に訴える事が一杯にあると思っていたのに、その思っていた事はすべて母に話す事の出来ない事ばかりなのに気附いた。

三千代は、泣くとも笑うとも附かない一種の表情をした。答えたくないとき、すねたときにする、母にだけ解る表情を。

「誰かにそう言うてお戻りたか」

母は心配そうに、また訊いた。三千代は、伯母に断って来たのだと嘘を吐《つ》いた。

「今夜はお祭りで……」

と、母は障子のしまっている高窓を見上げた。と、子供たちもそれについて同じ事をした。

母も子供たちもお祭りなのを知っている。障子のしまっている窓からそのお祭を見たがっている。――三千代は、祭りというのに、鮨も煮《に》〆《し》めも載っていない食台を見たとき、自分が母や子供たちの見えないところで、まるで、違った生活をしている間、この家では、前と少しも変らない生活が続いたのだという事を感じた。

すると、小さい子供たちのものを言わない唇は、三千代がこの家のそとで生活した事を咎《とが》めるように見え、置き去りにされたものの恨みを含んでいるように見えた。

三千代はそのとき、自分の許嫁《いいなずけ》に対するふみにじられた愛情を思い浮べ、この子供たちや母に対して、償いのない不実を行ったような気がした。

二

飯が済んで、子供たちが寝静まったとき、母は、三千代のいない間に起《た》った父についての異様な出来事を話した。

父が仏さまになった、(その通りな言葉で母は言った。)と言うのであった。

仏さま？　仏さまというのは、これまでの残忍酷薄な父を鬼と言うほどでなくともそれに近い感じで呼び、今、ふいに、あたかも奇蹟のように信仰をはじめたという父を仏さまと言うのであろうか。

三千代は、仏さまという言葉を聞いた瞬間に、何か不吉な感じが自分のあたまを掠《かす》めたのを感じた。そのために、痛ましげな母の表情の中に、いつか、ま近《ぢ》かに父の死を予想しているような暗示を受けたのであった。

町外れに、貧しい大師堂があって、西国八十八ヶ所を真似《まね》、近在を遍路する人々のために、かいかたのだけの供えがしてあった。堂守りは四十くらいの肥《ふと》った女で、良人《おっと》らしい男はなく、十くらいになる男の子と二人で暮していた。誰も身の上を知るものはなかった。加持、祈禱《きとう》、占いをし、誰云うとなく巫子のような扱いを受けるようになり、何か、人間の女でない印象を人々に与えた。そして、貧しかった大師堂は新しく立派になり、その繁栄につれて堂の側《かたわ》らに列《なら》び建てられた女の家も拡がった。

三千代は、その肥った女が自分のうちの垣根にそうて毎日通るのを見て、よく知っていた。光った絹の被布を着て提袋《てさげぶくろ》を提げ、この田舎ではあまり見かけない真っ白な足袋《たび》を穿《は》いて、頬には作り笑いの影が消えない。

三千代はその女が可厭《いや》だった。不確かな、言いようのない不信を感じさせるのであった。今、父が、この可厭な女の手から額に仏のお水を頂いたり、お禱《いの》りをきいたりするのかと思うと、そう決心した父の気持が遠く近く伸び縮みして感じられるのであった。

父の病気が余り長かったのだ。

然《しか》し、あの会体の知れない堂守りの女を信じる父、それは三千代の想像に浮んで来なかった。それは父ではなかった。父の魂は長い病気に疲れ、自分の体をぬけてどこかへ行ったのだ。そして、魂のない父の体が、あの肥った女の手からお水を頂く。――三千代には堪《こら》え難い光景だった。

そうだ、父が先刻三千代を見たあの眼は、「戻ったか、」と言う眼ではなく、魂のぬけた、お水を頂いたばかりの父の眼だったのだ。或いはまた、仰臥《ぎょうが》して死を見詰めながら、今までの生活に或る計算をしている虚《うつ》ろな眼であったのかも知れないのだ。

そう思った瞬間に、母が同じ事を言った。

「今さき、お父さんが、お母や子供たちを枕元へ呼んで、――」

父が皆を呼び、これまでの父を許してくれるようにと、言ったと言うのであった。母は、言いかけて眼を閉じた。と閉じた眼から涙がぽろぽろ流れた。

三千代は、すぐ眼を伏せた。そして、可哀そうな可哀そうなお父さん、と心の中で呼んだ。

翌《あく》る朝、上田老人が吉村の使いになって来た。

三千代は、台所の扉の蔭に隠れて、そこから老人の半分見える寒そうな肩を見た。と、上田の妻の、黒く染めた歯を出して笑う顔が浮んで消えた。笑う、笑う、三千代は、その上田の妻の顔に並んで三つも四つも同じ顔を見た。自分をしいたげる、その気持だけが三千代を楽にさせた。

老人はすぐ帰った。門さきで、老人との立ち話しを済ませて来た母に、三千代は自分の気持を隠さず、

「如何《どう》だったのですか、」

と、自分から訊いた。

吉村では、昨夜三千代の姿が見えなくなったとき、伯母が、三千代は自分のうちへ往《い》んだのだろう、と、すぐその事を言い当てたという事を聞いて、三千代は胸を衝かれた。伯母は、三千代がそうする事を待ち、自分の待つ気持ちが三千代を支配したのを感じたのだ。今、上田老人を使いによこしたのは、ただほんの礼儀のためと、自分の想像を確かめるためとに過ぎない。——

何にも知らない母は三千代のために腹を立てて、世辞にももう一度戻る気はないか訊

いてみるものだ、というような事を言った。

三千代は打ちのめされた気持の中に、何か罰せられる自分を感じた。その感じは、三千代に、自分をどこからか弾《はじ》き戻された人間として感じさせた。

そういう考えはどこまでもついて行った。今まで、この暗い家の中だけにしか生活していなかったころの自分と比べて、何という違いであろう。そうだ、弾き戻された人間、不用な人間！

或る時、三千代は、小鳥の餌を買いに、或る老婆ひとりの商い屋へ使いに行った。すると、その老婆は、餌を計って新聞の包に入れ、それを三千代の手に渡すとき、いつもは決して見せなかったうす笑いを浮べて三千代の顔を見た。

三千代は、片足土間の敷居をうしろ向きに跨《また》いで、袋を取るとすぐそこから離れる用意をした。そのとき、老婆が言った。

「三千代さま、（さま、と呼ぶのは三千代を尊敬してではない。三千代の父の暴れものなのが町の通りものになって、人々は災難よけのつもりで三千代のうちの者の聴くところでだけ、そう呼ぶのだという事を三千代は知っていた。）あんたは、お嫁入りなされたそうな、の、」

そして、この話し好きな老婆は、三千代が丸髷《まるまげ》を結ってお婿と並んで行くところを見たものがある、という話しをした。

三千代はぼうと赧《あか》くなった。生れてから、こんな汚い、(汚いというより外《ほか》の言い方はなかった。三千代は、ぼんやり男と女との事を感じていた。弾き出された不用な人間に、丸髷、お婿という言葉は少しの夢も運んでは来ないのだ。ただ、恥しめる役にだけ立つ)、お世辞が自分のために言われる、そんなときの自分を想像した事はなかった。

だが――この老婆は三千代をからかうために言ったのではなかった。噂のたねに乏しい町の女たちが気紛れに考え出したであろう話しを伝えただけだったが、三千代にはそう思えなかった。

小鳥の餌は袋からこぼれた。三千代は誰にも打ち明けられない気持を抱いてうちへ帰った。

その時から、三千代は町中の人が皆、自分のことを笑っているような気がした。学校へ行くのも、何となく気がひけた。

三

直《じ》きに噂は沈み、三千代の嫁入りから戻った事を誰も言わなくなった。吉村からも、何とも言って来なかった。

三千代は静まった感じの中をそうっと歩いた。それは、埃のようなものがそれ自身の重みで土の上に静まっているが、何か掻き立てるものがあるとすぐ舞い上る、そんな風な感じであった。――だが、三千代が感じているほど、町の人たちは、その事を面白がりはしなかった。噂は片もなく消えた。三千代の胸に十八日だけの記憶をとどめて、――

夜が明ける日が暮れる、その事も父の指一つで如何《どう》かなるのかと思われたほど、この家の中での父は、父の存在一つが光って、あとのものは文字通り父に使われる家具、そういうかたちだったのに、今は、その父が仏さまになったのだ。

毎朝、医者の代りに肥った堂守りの女が父の枕もとに呼ばれた。

「お寒うございます、お寒うございます。」

と、その女は優しい笑顔を作って母や子供たちにまで挨拶した。だが、門さきから玄関を通り、一室二室過ぎ、父の枕もとへ行くまでその女の真っ白い足袋を穿いた足は、誰にも聞えない声で、

「お通り、お通り！　お通り！」

と言っているように見えた。三千代にはその声が聞えた。

その女が坐ると、肥《こ》えふとったその肩が、父の瘦せた肩をおおい、女の張りのある読経の声は、ものを言わない父を呪っているように聞えた。

今、父の着ている紅葉の模様のある新しい蒲団は、その女が買わせたのだという事を母が話した。その蒲団の蔭から父の白い頭が見えた。長い読経の間、父の白い頭はうなだれて、いつどこから生れたのか或る力に支えられて、じっと動かずにいる父を見ていると、三千代は、その堂守りの女を理由もなく自分ひとり、狐か魔法遣いのように思っている事が、その女の祈っている仏から罰をうけるであろうと思う瞬間があった。だが、その感じは、醒めた瞬間に欺かれた感じを深くするのに役立った。女は帰るとき、母のさし出す紙包みを黒い提げ袋に入れて、

「有難うございます。有難うございます。」

と繰り返した。

父は終日、口を利《き》かなかった。誰に対しても要求を持たなくなり、病気の苦痛も訴えなかった。顔は、日に当らない筍《たけのこ》のように黄色く、蒲団の上へ起き上る元気もなくなった。

何という情けない仏さまであろう。

三千代は、父がもう一度あの堂守りの女を裏切ってくれる事をどんなに希《ねが》ったか知れ

なかった。もう一度鬼になってくれる事さえ希った。

夜、眠っていて三千代は幾度も眼が醒めた。父が呼んでいるのだ。——もとは、夜になると母と三千代を替る替る呼んで肩を撫《な》で足を擦《さす》らせた。一時間、二時間、三千代は、父が肩を撫で足を擦らせる事が、堪え難い苦痛のためばかりでなく、病気で眠れない自分の道連れになる事を強いている、そういう感じを受けることがあった。

誰か足を擦っている間、父は眠っている風を装い、少し手を緩めると、すぐ眼をみひらいて、

「おい、」

と、はっきりした声で言った。

その声は尖って意地悪く聴えた。寝《ね》せはしないぞ、と言っている風に聴えた。三千代はそのとき、父が早く死ぬことを希った。そして、この強いられた病苦の道伴れから逃れる事を希った。——然《しか》し今は父は誰も呼ばない。呼ばないのに母も三千代も、父から呼ばれたような感じで眼を醒ますのだ。

首をあげて父の方を見ると、父はそれを気附いたように、そのときまで大きく見開いて天井を見詰めていたであろう眼を、気附かれないようにそうっと閉じる。そのとき、三千代は父の病苦をそのまま、自分のものとして感じるような、言いようのない心苦し

さにおそわれた。

そして、父の発病から二年の間のながさを思った。——初め、町の医者は胃癌だと言ったのであった。父はすぐ、死を観念したように見えた。

或る日、広島から小鳥を買いに来た商人の話しで広島の県病院にいるという名高い博士に見てもらう気になり、そこに入院した。

そこでは、十二指腸虫だと言った。父は、もう一度生きる望みを持って、看病に三千代を呼んだ。

幾日おきかに、食塩注射を行った。父は、注射のために樽のように膨らんだ足を、両手で押えてじっと眼を閉じた。痛みを堪えようとする父の眼から、涙がぼろぼろ滾《たぎ》れる。だが、百日の上になっても父はよくなりそうにも見えなかった。博士は、病院へ来たのが少し遅過ぎたと言った。もう少し早く来たら雑作なく治ったろうにと言った。そのとき、父は大きな声で何か言い抗《あらが》った。

次の日の回診のとき、博士は父の寝台の下を指して、あれはあなたが食べたのか、と言った。

父は、ちょっとそこへ眼を遣って、嘲笑するようにまた挑むように相手を見た。

「如何も、貴方は気が立っていて不可《いか》ん、」

と博士が言った。

寝台の下には、博士からとめられていた不消化物の喰べ荒された膳があった。三千代は使いに出ていて、父がいつ如何してそれを調えたのか知らなかった。

その日、父は荷物を纏《まと》めてうちへ帰ったのであった。——

三千代はその父を思い出した。曲りくねって自分に戻って来る、愚かな復讐のためにだけ費されたようにみえる父の意地っ張りも、今はその体とともに病みさらぼい、かたもなく消えた。

三千代は、父が一日も早く快くなるように祈りながら、心の中では、決して再び治る事はないであろうと信じた。

こうして、父が仏さまになったことのために、皆は少しも仕合せにならず、この暗いランプの灯った家は、なおさら不幸の中へ沈んだ。

四

或る寒い朝であった。

ちょうど父の病室と壁一重の背中あわせに、小鳥の飼場が、日に向いて並べてあった。

母は、その前の地べたに莚《むしろ》を敷き、小さい子供達を坐らせて、自分は小鳥の春の巣ごもりに備えるために、シャッポのようなかたちの巣を藁《わら》で綴《つづ》っていた。

裸になった葡萄棚《ぶどうだな》の影は莚の上に落ち、小鳥は止まずに鳴いた。

若い母の作った巣はほぼろの中に積まれ、三千代はそれを十枚ずつ数えて、縄で縛った。

そのとき、家のおもての方で、鈍い、獣の呻《うな》るような声が聞えた。

そのころは、ちょっとしたもの音でもすぐ、父ではないかという心配に欺《だま》される事が多かった。二人は確めるように顔を見合せた。

この町には、夫婦でもの貰いに歩いている気のふれた乞食がいた。三千代はすぐその乞食の事を思い浮べた。この寒さで、うちの前の板戸のところに行き倒れて呻っているかも知れないと思った。

「行って見るか、」

母は相談するように言って、立ち上った。三千代も続いた。

二人は台所の土間を通って、土間つづきに玄関へ出て板戸の外を見たが、そこには何にもいなかった。

安心して、ひょいと体を引こうとすると、引いた足もとから二間とは離れない玄関の踏み台に、父がぺったりと尻を据えて坐っているのだった。ひょいとそれを見た瞬間、二人はぎょっとした。父が、そこにいようとは思いがけない事だった。だが父の様子は落ついていた。何か、下駄をさぐる拍子に足を辷《すべ》らしたという風に見えた。

三千代はすぐ、何でもなかったのだと思った。父は病気にならない前にもリュウマチで足が利かない事があったから、よく、これと同じことがあった。三千代は何の不思議もなく、父はどこかへ出掛けるつもりなのだろうという事を信じた。そして、父を助けるためにその方へ寄ろうとした。（あとで三千代は、そのときの自分が如何してそう思ったのか信じられなかった。父は、もう死ぬのを待つばかりなのに、その父が玄関まで自分の力だけで出て来る、それは考えも及ばない事なのだ。）明るい外光に馴らされた三千代の眼には、父の表情が少しも見えなかった。

「危い！」

と母が叫んだ。

三千代は、その声に弾かれて体をひいた。父の手に何か光るものがあった。それは、台所の水がめの上にさしてあった出刃《でば》なのだ。父はおどすように、その手を大きく振って、何か呟《つぶや》いた。

三千代の心を、何か寒いものが走った。父は気が違ったのだ！――だが、この父を気違いにして扱うのは恐しかった。今、気違いにして扱えば父はほんとうの気違いになる、そういう考《かんがえ》が稲妻のように三千代のあたまを貫いた。

三千代は泣くような笑顔を作って、父の方へ近附こうとした。

「あなた、危いのですよ。それは危いのですよ。」

母は遠くに立って、子供をあやすように言った。

父の表情は、今気違いになる自分を感じてそれを惧れ、誰《だ》れかの手に逃れようとしている風に見えた。が、三千代が近附こうとすると、その表情は消え、今に気違いになるぞとでも言うように、挑むように三千代の顔を見た。そして、厄払いをするように、出刃を持った手を大きく振りながら、少しずつ、いざって前へ出た。

三千代の足は、父の視線に縛られたまま、父が出ると同じように後へひいた。

父は敷居のところまで来た。と、敷居に片手をかけて這うような格好になり、一種凄《せい》惨《さん》な冷《ひや》やかさをこめた顔をして、

「寄ると殺すぞ！」

と言った。

はっきりした声だった。それはずっと病気になる前の、狂暴な父の声だった。

父は、気が違って、もう一度死から蘇ったのだろうか。眼に見えない力に支えられ、

父は腰を立てた。そして、敷居を跨《また》いだ。

父の姿は、往来の日の中に晒《さら》された。

五

馬を曳《ひ》いた馬子や、子供や薪売《まきう》りや、見ている間にぐるりと人だかりがした。

「何、何、」

と言う声がした。

人々の表情は痛ましげな仮面を冠《かぶ》り、直《じ》きに起るであろう何事かを待ちうけていた。この、町中での暴れ者が長い病気のため気がへんになって、往来で庖丁を振り廻している、そういう意地悪るな興味を隠そうともしなかった。

父は、血走った、けれどもどこか虚ろな感じのする、あの、気狂いの眼で見廻した。そして、何か唆《け》しかけて来るものに応じるように、

「殺すぞ!」

と叫んだ。

そうした光景の中に父を見る事は、どんなに悲しく情けないか知れなかった。三千代は見物人の眼から父をかばうようにしゃがみ、

「お父さん、うちの中へ這入《はい》りましょう。お父さん、」

と言った。

三千代は、先刻から知っていたのだ。父の着物の裾《すそ》と土の上に投げ出された木ぎれのような足とに、寝床《ねどこ》の中で洩らしたであろう汚物がねっとりこびり附いているのを。知っていながら、そう認めるのが辛かった。自分が知らぬ顔をすれば人々も気附かないであろうという気がした。

だが、日は真直《まっす》ぐに父の上から落ち、寝間着の裸《はだ》かった胸も腹も、ちょうど醬油の表面に浮ぶ黴《かび》のような皺《しわ》で縮まっているのまで、はっきり見えた。

「お父さん、うちの中へ這入りましょう。お父さん、」

そうしたとき正気の人間がするように、父は、故意に三千代の眼を避けた。ちっとも聞えやしないよ、三千代。貴様は、こんな風になったお父さんが、何もしないで引っ込めると思うかい？　――と、そうへんに落付いた声で言っているように見えた。

では、何をしに往来へ出て来たのだろうか。自分の命を断つためではない、誰かを殺すためにか。

三千代ははっとして眼を挙げた。往来の向い側に木賃宿をしている家があった。その二階の格子《こうし》窓の中から、宿の親爺《おやじ》の顔が見えた。笑っているのか憐れんでいるのか、格子窓の中は暗くてこちらからは見えなかった。

父は、あの親爺を殺すつもりなのか。だが、それは余り昔の事ではないか。五年、六年、或《あるい》はもっと前か知れなかった。二人は自分自分の持ち馬を町の祭の競馬場へ送って、その勝敗から、もの凄い口論をした事があった。そのときから、三間の国道を挟んで二つの家は表の戸を閉ざし、口を利かなくなった。それから長い間経《た》った。今は、昔お互《たがい》の家が争いをしたという事も忘れがちになったほど、両家の敵意を含んだ沈点は習慣になっていた。――だが、父はあの親爺を殺す気ではない。

そのとき、格子窓がまえよりもう少し大きく開いて、中から若い泊り客が往来の方へ顔を出して、下に立っていた誰かに何か言って笑った――つい、今、親爺だと思ったのは、あの若い男だったのだろうか、そうではない、親爺がさきへ見て、

「面白いからちょっと覗いてごらんなさい。前の肺病野郎が気が可笑《おか》しくなったようです。」

と、そう言いながら、客と入れ替ったのであろうか――

三千代は、眼の前にはっきり父を見ていながら、ほんの一瞬間、自分の気持がよそへ逃げたのを感じた。だが、父はほんとうに気狂いになったのだろうか。

そこへ、誰かの知らせを受けて堂守りの女が遣《や》って来た。

「旦那さん、そんなところに坐っていては不可《いけ》ません。さあ、お起《た》ちませい。起てますか、起てますか。」

女は落付いてそう言いながら、父の肩に手を掛けた。そして、うしろに立っておろおろしている母を、へんに固い声で呼んだ。

「ご寮人さん、ちょっとお手を貸して、」

その声には、いつも使い馴れている人間を呼ぶような馴々しい響きがあった。母はすなおに、

「はい、」

と答えた。

誰がこの女を呼びに行ったろう。三千代がぼんやりそう考えたときに、父は顔をあげた。そして、女の手のある肩の方へ、ゆっくり首を廻した。

女狐！　よく、今まで欺《あざむ》いたな、

——三千代、父の代りにそう言っている自分を感じた。すると、父の乾き上った瞳は、同じ事を言うようにじろりと女の顔を見上げた。

お大師さまは、もう駄目さ、——三千代は、父の代りにそう言う言葉を探した。と、父の薄い唇が、少し歪んで笑うように見えた。三千代はそれを待っていた。父が、この

肥った女を裏切る、それを待っていたのだ。

だが、父は笑ったのではなかった。歪んだ唇はそのまま、べそを掻き、過ちを見付けられた子供のように大人しくなった。

父の手から刃物は落ちた。そして、父の体は担ぎ上げられた。やがて、張りのある読経の声が、騒ぎが静まり、何事も起らなかった事を知らせるように、往来まで聴えて来た。

六

あのときも、父の病室と壁一重のところに居ったのだったのに、三千代たちのところへはこ、と、と言うもの音も聞えては来なかった。井戸端で水を汲み、台所で煮物をしている間に、父は何を思い附くか知れない。そういう心配から三千代と母とは父が疲れて寝静まった隙《すき》を見て、病室の唐紙《からかみ》の枠を、（その唐紙は昔風に、細桟の障子がはめてあって、長い間はり替える事もなかったので、細い骨が裸になっていた。）細紐で固く縛って置いた。

父はすぐ、それを気附いた。

「己れ！　唐紙を縛ったな！　この四畳半へ戸主を監禁したな！」

と、きれぎれに怒鳴る声が、三千代たちのところまで聴えて来た。もう立ち上る気力もなく、蒲団の上に腹這いになって、落ち凹んでなお大きく見える眼を見開き、僅《わず》かにその声にある限りの威嚇《いかく》をこめて叫んでいる父の姿は、見るよりもはっきり頭に浮んだ。父は気がへんになったのだ。だから、今父の側へ行って如何《どう》慰めようもないのだ。そう思って、じっとそれを聞き流すには、長い時間がかかった。

三千代はその声を聴くと、手に持っているものを落した。実際、父を監禁した自分を感じ、言いようのない罪の感じさえうけた。

戸主を監禁したな！　父は気違いにならない前、好んでそういう言葉を弄した。今、気が違っても、戸主という言葉に自分を盛る事を忘れない。戸主、何という悲しいこけおどしであろう。

三千代は、父の部屋が静まっている隙に、その前を通らなくては行けない廁《かわや》へ起って行った。そのとき、見まいと思いながらちらとその方を見た。

唐紙の枠を縛った紐が、縛ったときより三寸くらい伸びて、だらりと畳の上に下っている。はめ障子の紙はぼろぼろになって、ひ弱な骨だけれども父にはそれをひしぐ力はないのか、一本も折れてはいない、そして素通しに紅葉の模様のある新しい蒲団の裾が見える。ついこの間、誰も呼ばないで寝ていた頃の父と少しも違わないようだった。

三千代は長い間かかって用を足しながら、父の事を考えた。父はほんとうに気違いになったのであろうか。誰がそう思い初めたのであろう。――自分か、いや、母がそう話した。父の姉にあたる老婆が一人、長い間裸のまま座敷牢に繋《つな》がれて、夜になると自分ひとりの口三味線《くちじゃみせん》で唄《うた》を唱うのがいる。今も生きている。多分父の血筋の中にそんなものがあるのだろう。そう話した。だが、自分は今までそんな老婆の話しをきいた事はなかったのに。――

行くときには静かに寝ていたと思った父が、帰りしなには障子の桟に顔を押しつけて、部屋の外を見ていることがあった。三千代は、父が自分の帰りを見張っていて、ふいに跳《おど》りかかって来るのではあるまいかという恐怖に駆られた。障子が縛ってある事、父は病みほうけて起つことも出来ない事、そういう事実は少しも三千代の恐怖を緩めはしなかった。三千代はそのとき、自分が父を押し込めたような感じを抱き、父もそう信じているような気がした。

けれども、父は跳びかかっては来なかった。何時《いつ》ものように怒鳴りもしなかった。初めて見る珍しいところのように、住み荒した自分の家を見廻していた。彼の眼は、自分の娘を見ても少しも変らなかった。

父のその様子は、もう幾月もそういう境遇に馴れているように見えた。三千代は何となくほっと息を吐《つ》き、微《かす》かに自分のこころが緩むのを感じた。実際、父がこんなになってから、長い日が経ったような気がした。

すると、その障子の桟の中にいるのが自分で、その外に立って平気でそれを見過ごして行くのが父のような、もやもやした感じが、三千代のこころを冒した。そうだった。障子の桟の外には珍しいものがたくさんあった。三千代はそこから外へ出る事は出来なかった。この家の表の板戸は、父が外出するときの外《ほか》、開くことはなかった。昼も閉っているその板戸には、丸い、お月さまくらいの穴がえぐってあって、そこから、燕の夫婦が餌をふくんでは這入って来た。うちの玄関の天井に何時の間にか巣喰っていたこの燕を、父は、自分の妻や子供の事よりも気に掛けていたのだろうか。いや、父はどの人間も憎んでいたけれども、人間のようにものを言わない、こんな小さい生き物まで憎みはしなかったのだろう。

雨が降るのかお天気なのか、三千代は表の板戸の丸い穴から伸び上って、そっと往来を見た。穴の中から見るものは、どんなに珍しく面白かったか。

だが、この事はずっと古くから、馴れっこになった事であった。若い母も三千代も、その丸い穴が何のためにあるのか、如何してこの板戸は昼間も閉じてあるのか、誰がそうする事を強いたのか、そんなすべての事は思い出しもしなかった。それは初めからそうであったように、何の不思議も感じさせなかった。――いま、この四畳半の障子の桟から覗いている父の、きょとんとした顔は、三千代にこれだけのことを考えさせた。

するとむかし、父が持っていたすべての権力が単なる威嚇に過ぎなくて、今はその威嚇もこわれた玩具《おもちゃ》のように役に立たなくなり、こんな風に障子の桟から覗いている父は、生れたての赤ん坊のように何の力も持っていない、そういう考えが少しの不自然さもなく三千代のこころに湧いて来た。

それは、信じられないほど滑稽《こっけい》な感じであった。赤ん坊、大きな赤ん坊、そう思いながら裏で仕事をしている母のところへ戻って行こうとするとき、三千代は、自分が父に対して初めて抱いたこの不思議な感じ、――それは軽い復讐の感じに似ていた。――に吃驚《びっくり》した。自分は、父がそんなになった事を喜んでいるのだろうか。――

と思いなしか、裏の葡萄棚《ぶどうだな》の下で、風に吹かれながら洗濯物を乾している若い母の後姿が、そんなになった父、自分たちと何の交渉も持たなくなった父を、少しも悲しんではいないように、生々《いきいき》と、ちょうどこの若い母の持つ若さだけに生々と伸び上っているように見え、その下の地べたに坐っている子供たちまで、唱を唱うように軽く唇を動かしながら小石を数えていた。それは、この暗い家では許されない平和さに感じられた。

だが、――そう思われたのはただ母の後姿だけであった。母は振り返った。

と、強い日のせいか、母の顔はうす暗く、風になぶられた後れ毛が、その顔のまわりをぐるぐる踊った。

「お父さんは静かだったか、」

母は低い声をして訊いた。

七

けれども、三千代の感じは誤ってはいなかった。この家にいる誰も、父の、こわれて役に立たなくなった神経を、ちぐはぐに動かすような事を避けたいと念じながら、ふと、解放せられた囚人のように感じる瞬間があった。
二、三日した或る朝、母は座敷を掃いていた。
母は、父が寝ているようなのを見届けてそれを初めたのに、ふと、箒《ほうき》を持つ手を止めて耳をすました。三千代は、母が自分と同じ事を怖れていると思った。だが、父の部屋はいつまでも静かだった。

母は、表の戸を開けた。日が流れ込んだ。敷台の板には白い埃が浮き、棚に吊した鳥籠からは糸のように繋がった煤《すす》が垂れ、玄関の柱には白い燕の糞が流れていた。もう長い間、この家は牛小屋のように打ち捨ててあったのだから。

母はときどき、ほう、と言いながら眉を顰《ひそ》めた。それが、どことなく楽しそうに見えるであろう自分を咎めているように聞えるのだ。——母は埃を透《す》かしながらそう言った。然《しか》し、思っていたことはすぐ起った。父は寝てはいなかった。母が掃除し終ったころ、父の声がその部屋の中から聴えた。

「吟味《ぎんみ》るなよ、おてい！」

母はすぐ答えた。

「はい、——ほんのちょっと、片附けただけなのです。」

母は土間に下りて板戸を閉ざした。

ちょっとの間、幕を引いたように暗くなった。暗い中に、また父の声がした。

「俺が死んで、それから吟味い！　生きておる中《うち》は吟味るなよ。」

父の声は静かでしっかりしていた。父がまだ、その壊れない神経とともに、絶えない意地悪さを持っていたころ、幾度となく聴き馴れた声だった。そして、その声は拡がって、この家の空気をもう一度一、二ヶ月まえに引き戻すように見えた。

実際、父は気が違ってはいなかった。恐らく、一時的な精神錯乱であったろうとさえ思えないほど、けろりとしていた。若い母も三千代も、然し何となくそれを知っていたのだ。そうして、そうなった時の父に備えるために、一つの態度と言葉とをいつでも用意していたのだ。

だから、母はすぐに答えた。はい、――ほんのちょっと、片附けただけなのです。少しの作ったところもない声だった。そして、疑いのない足取りで、土間へ下り板戸を閉ざした。まるで、一、二ヶ月まえの父と母ではないか！

三千代は、念じるような眼をして唐紙の細紐を見た。どうぞ、父がそれを見ないように。――

幼なかった三千代にはよく解らなかった。吟味るというその言葉を父よりほかの誰も言いはしなかった。四十過ぎになるまで、放蕩な浮浪人のようになって暮したという父が、どこかの遠い国で拾い上げた他愛もない言葉かも知れないのに、今は何という意地悪さを運んで来る事であろう。そして、父の唇から幾度も繰り返されているうちに、今は誰もその意味を感じるようになった。

この言葉を聴くごとに、不可思議な鮮かさで三千代の心に浮んで来るのは、若い母が髪を結って貰っているところだった。今はもう、そんな事は夢にもない。ずっとずっと十年もまえの事だ。三千代の実母が死んで、すぐそのあとへ来たこの母は、そのとき十六だった。四十過ぎの男に十六の妻、そのころの使い男が母のことを、長い間、「お嬢さま、お嬢さま、」と呼んでいた事を、今でも母は、お伽噺《とぎばな》しを話すように話して聴かす事がある。――その若い母が鏡の前に坐っている。白い前垂れをした片眼の小母《おば》さんが、長い髪の束を梳《と》かしながら静かなお愛想を言っている。三千代は少し離れたところに坐って、まじまじと母の白い横顔と美しい髪と障子の桟に日が一杯あたっているのとを見ている。――

然し、これはこの家の中にあった事だろうか。三千代はいつでも自分の記憶を疑う。今でも、学校の行き帰りに、あのときと同じように白い前垂れをした片眼の小母さんが、どこか、よその家へ髪結いに行くのであろう、少し前こごみになって町を歩いているのに逢う事がある。だが、小母さんは三千代を知らない、知っていても笑いもせずについと行き過ぎてしまうのだ。

そうだ、母は決して髪を結って貰いはしなかったのだ。牛の糞のように、自分の手でくるくると丸めていた。着物は、父のを直して着ているので暗いところで後向きになっていると、父か母か分らない。やがて、その着物が母の年歯《としは》をおし曲げ、その顔を着物に合うようにした。母は二十六か八か、そして、その盲縞の着物がどんなに似つかわしい事か。もう、長い間、生れたときから着ている着物のように。――

その間に、父は幾度となく「吟味るなよ、」と言った。それを言うとき、父の声は嘲《あざけ》りを含み顔は意地悪さで歪んだ。そして、その声につれて母の髪は蓬《よもぎ》のように、着物はほころび袖口から裂《き》れた襦袢《じゅばん》が出た。

父はまだ言うのを止めない。——それは、お洒落《しゃれ》をするな、人前を、繕ろうなど言うただそれだけの言葉なのに、三千代は、これ以上意地悪な言葉を聴いた事がない。

三千代は、それから、ずっと長じてこの事を思い出すとき、父がその若い妻に対して嫉妬したのだとは決して思わなかった。嫉妬するかたちを借りて、ただ妻の若さを責め、自分と同じように老いる事を強い、そして、その同じ暴君的な気持ちを押して、妻のこころに起った反応を確かめるために、妻の髪容《かた》ち、なり振りから、後には、ランプのほやを明るくする事、家の掃除をする事、およそ他人の眼に快く映るであろう何事に対しても、吟味るなと言うのであった。

自分はすぐ死ぬ、貴様は自分が死んだあとまだ長い間生きて自分の知らない生活をするだろう、そういう、妻に対して無意識のうちに働く父の畏怖が、三千代の胸を傷《きずつ》けながら浸みた。

今、母の使う箒の音が、父を呼び醒ました。父は気狂いの中を抜けてもう一度蘇った。——三千代はその父を憎み、そして愛した。

一時間ののち、三千代は、呼ばれて父の部屋へ行った。

硬い白髪の頭をそのまま、父は振り向かなかった。枕のそばに一通の手紙があった。

「その郵便を町の局まで行って出して来い。急ぐのだから、たばこ屋の前の郵便うけでは駄目だ。」

と言った。

父は何時《いつ》これを書いたのか、そう言う問いは三千代を乱さなかった。そしてその手紙を町の局の赤いポストに落したとき、たあん、と底に響く音が聞え、ひらりと白い腹を見せて落ちついた封書の面の白さがはっきり見えた。そのとき、三千代のあたまの中で、その白い手紙が糸になって、どこか見えない世界の方へすべり込んで行った。来い、来い、何か来い。——

八

一週間ののち、父の手紙の糸に曳《ひ》かれて、一人の男が三千代の家の客となった。色の白い、細い男であった。紫檀《したん》の茶盆と同じ花台とを父に、赤や紫の緒をすげた麻《あさ》裏草履《うらぞうり》を子供たちに土産に持って来た。

茶盆と花台は二、三日父の枕許《まくらもと》に置かれ、やがて箪笥《たんす》の上の古い鳥籠と一緒に積み上げられ、その上に白い埃が積るまでその男はいた。

穂介という名であった。父は「ホウ！」と呼んだ。男は、部屋から部屋へ歩き、どこか、父の枕元でないところに自分の坐るところを探そうとしているように見えた。

父はその男を眼で追い、絶えず、

「ホウ！」

と呼んだ。

男のところに、二日おきに大阪に残して来たその妻から手紙が来た。彼の妻は一週間とは経《た》たない中《うち》に子供を生むだろうと言う事を彼は低い声で話した。

子供たちは台所で、自分自分の手に麻裏草履を穿《は》かせて畳の上を這《は》い廻った。少しも音がしなかった。

穂介は何を待っているのであろう。——けれども、誰もそれを考えるものはなかった。

或る日、二、三人の仲買が来て、三千代の家に続いた二軒の借家を契約して行った。

穂介が父の代りに仲買に立ち合っている間、父は大きな声を出して何か言った。取引が済んで父の手に金が渡された時、父は、昂奮してその金で顔をおおうた。

「貴様ら、俺が死んでも楽をしょうと思うな！　借家は無くなってしまうぞ、家賃はもう上らぬぞ、」

父の声は、穂介と母の胸を潜って三千代の胸まで貫いた。父の、犬の骨のように細い首が青い蒲団の衿の中で顫《ふる》えた。――父は、自分のおちる地獄を見たのだ。そして、その地獄から這《は》い上ろうとはしないで、生き残るものを自分と一緒に引《ひ》き摺《ず》り込もうとした。

実際その企みのためだけに、父はその命の残りの蠟燭《ろうそく》を使い果すように見えた。落ちくぼんでなお大きく見えるその眼が、動かずに天井を見詰めているとき、床摺《とこず》れの出来た父の背なかは、蒲団の下に隠した金の高さを確かめてでもいるように思えた。

父はうつ伏せになって、きれぎれの葉書を書き、遠い近い忘れられた親類の人々を呼んだ。そして、自分の手で蒲団の下をまさぐり、その金を与えた。

金を貰った人々は、父の病室から縁側へ下り裏木戸を潜った。その木戸が、人々のうしろでぱたりと閉じたとき、人々はその背中で歩き出したように急いで自分自分の家へ帰って行った。

三千代と若い母とは、それらの後向きになって帰って行く人々を見送った。三千代も母も、父のその金を欲しがってはいないこと、父の死んだのち、その日から自分の働きで暮しを押しを立てるようになったとしても、少しも苦しくはないこと、そのことで、生き残る者たちに苦しみを与えようとしている父を、三千代たちがどんなにどんなに悲しく思っているかということを、如何《どう》したら父に知らせる事が出来よう。――

人々は次々に来た。最後に、昔父が遊んだと言う料亭の肥った女将《おかみ》が、同じ遊び友達の馬喰《ばくろ》うを連れて来た。

そうして二百円の金が残ったとき、父は穂介を呼んで、

「貴様に二百円遣《や》るぞ！　これですぐ帰れ、俺が死んだとき、貴様は来る事はいらん！」

と言った。

この男は立ったり坐ったりした。優しい男であったから、帰るとき母にその事を話した。――穂介は父の姉の子で、今は、大阪で麻裏草履の小さい卸し屋をやっているのであった。――子供たちは、穂介の草履を誰も足に穿かなかった。

誰でも、相手が少しも持っていない悪意を容易《たやす》く引き出す事が出来るのだ。父が、貴様ら、俺が死んで楽をしょうと思うな！と叫ぶとき、三千代と若い母とは、自分たちが父の死を待っていたことを――それは夢にもない感じだったのに、――感じた。そして、その感じはゴム鉄砲のように、もう一度父のこころに跳ね返り、そして、そのこころを打ちのめした。

穂介が帰ったあとで、父は蒲団の上に腹這いになり半紙に売り家の札を書いた。三千

代と若い母とは、その前に坐っていた。これと同じことが何処《どこ》の世界にあろう。父は何の力で、その筆を握り紙を押えている事であろう。――氷のような冷たさが三人を釘づけにした。三千代は、こんな事がもう幾度も幾度もあったという感じをうけた。

父の書いた売り家の札は、みなの住んでいる家に貼られた。おもては昼でも閉ざしてあり、もの音もなかったので、もしこの町の人でなくよそ村の人たちが通ったら、ほんとうにそのままの売り家と思った事であろう。――

午後三時ごろ、燕の穴から細い棒になって這入る日ざしが、玄関の障子をすっと撫《な》でて消えた。おお、売り家になったぞ、なったぞ！　三千代は、前の木賃宿の親爺《おやじ》の眼が、その日ざしと一緒にこの穴から覗くのを感じた。その心地を誰が知ろう。

父は大きな声で、三千三百円、三千三百円と言った。俺は、三千三百円を人に遣ってしまうぞ、貴様らには一厘《りん》も残さぬぞと言った。

その夜、父は死んだ。

九

父が死んだとき、母の里から、母の母、死んだ父よりも少し若い祖母がこの家へ来た。祖母は娘の婿を好いていなかったし、父は姑を嫌っていたので、父の生きている間中、祖母はこの家に来た事がなかったのだった。

——おもての板戸が開いた。もう誰かが札を剝がしていた。少しも皺《しわ》のないままに老《とし》った顔、頰の、うすい皮がぴんと張って艶々しているお婆さん、三千代はその祖母を初めて見た。そして、何か、膨らんだもの、のんびりしたもの楽しいものが、その後から運ばれて来るような、そんな人間の一人を、不思議な感じで見た。

父の屍室に、祖母は所在なく坐っていた。そして子供のような眼を上げて、黒いよこすじのあるランプを見上げた。

「まあ、何という暗いランプ、」

そして、自分で立って、そのがっしりした手でほやを外し、縁側にしゃがんでそれを磨いた。

やがて、透《す》きとおるランプの光りが、あかあかと灯れた。ランプは明るく、父は死んだ。

翌朝、お通夜の人々が眠っている間に、三千代はひとり父の枕許へ来た。

高窓は白く、カナリヤの声が聴えるのに、気狂いのような色の灯をしたランプが消えないで、ふと見ると、そのランプの灯が父の永い眠りを邪魔するように、父の硬い白髪は昨日より五分《ごぶ》も伸び、針金のように立っていた。誰にも告げる事が出来なかった。

（一九二五、二、二六）

老女マノン

一

去年の夏の初めから、私は、伊豆の山間にある或る小さな温泉場で暫《しばら》く暮した。前後五ヶ月もいたと思う。

私はじきにその土地に馴れてしまった。そしてじきに、どこの家の池には鯉が何尾泳いでいるかということや、どこの家の乙息子は昨日裏山で鶺鴒《せきれい》の雛《ひな》を何羽巣取りにしたかということや、どこの家の嫁さんは去年双児《ふたご》を生んだばかりでまた妊娠しているらしいということや、そんなことまで知るようになってしまった。だから私は、その村の殆《ほと》んど誰とも馴染《なじみ》になっていたのである。

それらの私の馴染の中へ一番遅く這入《はい》って来たのは「船屋の小母《おば》さん」であった。誰も一種へんな惧《おそ》れと親しみと与《くみ》し易さとを持って「船屋の小母さん」と呼んでいる。船屋という小料理屋の女中頭のようなことをしているということであったが、誰もこの小母さんの年齢を言い当てることだけは出来ない。それはまるで分らない。或るときは三十七くらいに見え或るときは四十六くらいに見え、また或るときは六十二くらいにも見える。幾つに見えるときでも、誰もそれをほんとうにしはしない。そう見えるのはただ自分が騙されているからなのだというような感じしか持たなかった。

或るときのこと私は宿外れの駄菓子屋で何かの買物をしていた。——この駄菓子屋では、石鹼《せっけん》、元結、髪油、絵ハガキ、封筒、そのほかのこまごましたいろいろなもの、ちょうど私のような客の入り用なものを何くれとなく商っていたので、如何《どう》かすると日に一度くらい私はこの店へ出掛けて行く。それは買物のためでもあったが、私はこの店先に立って、そこからはちょうど谷底のように低くなっている温泉宿のある方角から、誰かが、その谷川ぞいの細い細い石ころ道をうねうねと上って来る、その誰かの頭が、ふいに皆の眼の前の道端に現れて、やがて帯になり着物になり、それから一人の人の姿になって、(それはまるで思いがけなく舞台に上った素人芝居の役者のように、大急ぎで、極《きま》り悪そうにして)私の前を通り過ぎて行く、それを見る楽しみのためもあった。——私はそのときも私の眼の前の道端に、ぽっかり鮮《あざや》かなお納戸《なんど》色の洋傘《こうもり》が浮き上って、やがてしなしなと細かい匹田《ひった》絞りの浴衣《ゆかた》を着た女が街道を右へ折れて行き過ぎるのを見たのである。だが、見る間もなく後姿になってしまう。そのほっそりした腰つきと、吾妻《あずま》下駄《げた》をつっかけにした素足の白粉《おしろい》でも刷《は》いたような仄白《ほのじろ》さとが遠くまで眼に続く。あれはきっと、昨日東京から来たという長唄の師匠ででもあるかも知れない、私はそう思ったのであった。それはこんな山間ではなおのこと、人の眼を惹き易い或る人為的な水々しさを感じさせる後姿の一つであったからである。

けれどもじきに私は次のようなことを見た。向うから一台の馬力が遣《や》って来た。その空き車の上に足を投げ出して乗っている工夫らしい二人の男が、ふいに何か大声に呼びかけながら、手にしていた鞭のようなものを振って見せた。ちょっとの間それは誰を相手にしているのか分らなかった。だがすぐに私はいま行き過ぎたその女の立ち留るのを見た。それから、その鮮やかなお納戸色の洋傘を仰山《ぎょうさん》に振りかざしながら、何か私のところまでは分らない言葉を持って男たちに答えているのを聴いた。私はその声を思い出した。それは毎朝のように未《ま》だ朝寝をしている私の部屋の窓のそとを、打ち水でもしているらしい宿の料理番の正どんに揶揄《からか》いながら行き過ぎるその女の声にそっくり似ているのだ。ひょいとあれが、「船屋の小母さん」というその女ではあるまいかと、私がそう思ったとき、女は摺《す》れ違いさまに馬力のあとを追って来ながら、ふいにまともに顔を上げた。――それは私の待ち設《う》けていたものといくらかでも同じであったろうか。――私の眼からは忽《たちま》ちにあの後姿の色っぽい水々しさが消えてしまった。その代りにこれはまたなんという遠い感じのものであろう。年齢は五十を越えていようかと思われるその酷《とし》く老《と》った濃い脂粉《しふん》の顔の中に、熟んだ桑苺の実のような口紅の真赤《まっか》さが、それはあまりに似合わしくないというよりも、見る人の心を寒くさせる。私の眼に一番に来たものはそれであった。

「嘘を言うと承知しないよ。」

「おっかねえこったさ、屹度《きっと》行くったら行かねえでか。」

馬力はそう言いながら私の前をも通り過ぎようとして、その車の上の一人が、女に向けたざれ顔のその朴訥《ぼくとつ》な好色の眼をそのままに、ぎろりと私をも見て通った。私は何となく眼を伏せた。私は私の持つ或る病的な考えから、この男の視線の中に、あ、ここにも同じような女がいる、とでも言っているような感じを見たように思ったのだ。だから私は買物の包を抱えて何となくせかせかと狼狽《あわ》てて谷の方へ下りて行きながら、ふいにこんなことを呟《つぶや》いた。あのお婆さんはお前だよ。お前がもっとお婆さんになったらそっくりあの通りさ。――私はいつもの癖のように自分の心にざれごとを言い始める。すると、どんな曲りくねった醜いものも忽《たちま》ち私には楽しいものに思われる。そして如何やらそのざれごとの中にある幾分かの真実は私を苦しめる代りに私を慰める。これは私の持っているただ一つの魔法である。私はだから言い続ける。――そう言うと、お前はまだ三十二にもなっていないお前の年齢のことを言うつもりかも知れない。だが、三十二と五十一とではその数の差が示しているほどに、青春との距《へだた》りにも差があるとは言えないのだ。お前にもあのお婆さんにも同じように十八の春があった。その日から、一日経《た》ち一日経ち一日経ち、それが積り積ったのにお前もそれからあのお婆さんも、同じように毎朝の化粧鏡に映る自分の顔が昨日と今日とそれからその次に次に無数に続く昨日と今日との間に少しの変りもないものだと信じながら、つい長い月日を暮して来てしまったのだ。ふいに今日から、老衰に這入ったと自覚することは恐しい。それは女にとっては恐しい。たとえいくばくでも色を売る感じなしには、いまのこの世の女らしい存在のすべてが困難なというよりも、生れながらに知らず識らずたとえいくばくでも色を売る感じなしに、女らしい外《ほか》のすべての本能を持つということそれ自身が困難なのだ。だからそれはお前のような惧れ易い傷《きず》つき易い心を持った女にはなおさらに恐しい。お前は恐る恐る鏡に向う。そしてお前の口紅がお前に残された僅《わず》かな若さをしのぐほどに鮮かではあるまいか。お前の白粉がお前の衰えた皮膚には馴染まないほどに色濃くはあるまいか。だが、こんな惧れはお前を反対にけしかける。お前はこの惧れにたてついて、却《かえ》って思い切った粉黛《ふんたい》を施すのだ。お前は若い、お前は若い。お前はそう言っていないではは鏡の前に坐ってはいられない。——そんなお前と、いまあの宿外れで見たお婆さんとどれほどの差があろうぞ、お前がもし五十一まで生きのびていたとしたら、それはそっくりあの通りに違いない。われとわが眼が、己れの老衰を信じない、それは何といううそ寒い、身の毛のよだつようなことであろう。――

私が「船屋の小母さん」を感じたのはこのようにしてであった。私はそれから、この小母さんに少しばかりの注意を集めるようになった。私の耳に聞えるこの小母さんに関するすべての噂話は、何《いず》れもアクどく、そのために傷《いた》ましい。それは私の心を微《かす》かに刺す。だが、何れの噂話に依ってもこの小母さんを正しく知ることは困難であった。それはたくさんの過去を持っている者についていつでも見られる現象であるように、正しくはその人自身にさえも知られてはいないものだからである。

私はそれでも、自分の眼で見た一つか二つのことを書いてみようか。ときどき、この山あいの小さな村にも芝居のかかることがある。それは昨日峠を越えて来て明日はまた峠を越えて行ってしまうそんな類のものであったが、それでも、そのお寺の裏の窪地にあるトタン葺《ぶき》の掛け小屋に充分に人を集める。五銭か八銭かの木戸を払わせ板敷きの莚《むしろ》の上に坐らせるのだ。私はよく、その木戸の丸太で組んだ高いところに赤い毛布を敷き箱火鉢を前にして坐っているずんぐりとした大男の、蔭に隠れてそれとなく嬌笑《きょうしょう》を送りながら出入りの見物に声をかけている小母さんの姿を見かけた。

「おや、もうお帰り？」

などと私たちの後からも声をかけることがあった。暗いカンテラのかげのせいか、そんなときの小母さんは妖女のように若く見える。

「おくさん、あの木戸口にいた大きな男を見ましたか、彼奴があの小母さんの旦那なんですよ。」

「では、あの小母さんは、あれでお妾《めかけ》をしているの、」

「いろんなことを遣っていますよ。お妾も遣るし、あの男の代理になって芝居の請負も遣るし、だから雨降りなんぞで不入りが続くと、小母さんはせっかく稼ぎ溜めたものをすっかり吐き出した上に、借金で身動きのならないこともありますよ」

「まあねえ、仲々《なかなか》仕事もするんですのね、」

私と宿の料理番の正どんとがそんな話をしながらゆっくりと暗い谷の方へ下りて行く後から、ときとしては、もはや芝居ははねたらしく、今晩は、今晩は、と口口《くちぐち》に声をかけながらむせ返る白粉の匂《におい》を残して、夜目にも鮮やかな舞台顔をそのまま頰冠《ほおかぶ》りした三人五人の役者たちと一緒になって、大股に忙しく追いぬけて行く、その闇の中に尻端折《しりばしょ》った役者たちの細い白い幾本かの脛と入り乱れ、小母さんの、同じように瘦《や》せた細い踝《くるぶし》が、大股に忙しく追いぬけて行くのであった。小さな提灯のあかりが蛍火のように田圃《たんぼ》の中へ消えて行く。私はその灯の中に、一つの形になっている小母さんの「生活」を感じるような、或るさわやかさを見たことを覚えている。

直《じ》きに、けれども私は次のようなことを聞いた。小母《おば》さんはもはや船屋にはいない。ほかのもう一軒の万屋という小料理屋の手伝いをしている。或いはそこでお客になってお酒をのんでいる。小母さんは船屋と喧嘩をして出てしまったものらしい。そして、あの肥《ふと》っちょの旦那とも別れてしまったものらしい。——私は直きにまた次のようなことを聞いた。小母さんはひとりで汁粉《しるこ》やを始めた。それは面白い汁粉屋である。おしるこはめったに出来ていない。その代りに、酒と小皿に盛った青菜のしたしものとは何時《いつ》でもある。——或るとき私は二、三人の友達と一緒に、その小母さんの汁粉屋というのへ寄ってみた。それはでこぼこした石ころの多い宿外れの間道に、道に沿わず、斜めにいくらか後向きのような具合にさえなって立っているただの小さな百姓家で、ついこの間まで住む者もなくて軒の浅い雨戸が雨に叩かれて破れたままになっているのを見ていた眼には、その縁側に立てめぐらされた障子のふんと匂のするような新しい障子紙の真白《まっしろ》さが却《かえ》ってさむざむとして見えた。だからもし、その軒からそんな旗が出ていなかったら、(それはちょうど絵にかいてある田舎家の天長節のお祝いの旗ででもあるような、そのはすかいの往還の方へ長くはすかいに竿をさし立てて、たどたどしく田舎しることと書いた薄い寒冷紗《かんれいしゃ》の布を稚《おさな》げに赤い絎《く》け紐《ひも》で幟《のぼり》のようにしてあった。)誰もそれとは気のつかぬことであろう。だからまた、私たちのような客の姿を、あるじである小母さんさえもふいにはほんとうにしないのかも知れない、ちょうど炉端でいぶり立つ釜の下を吹きつけながら、けげんそうにこっちへ向いた。その煙の中からさえ、何というぽっかりと白粉の浮いて見える芝居の殿様の乳人《めのと》のような生真面目《きまじめ》な顔が、忽ち笑いこぼれて仰山に愛想よく私たちの方へ遣って来た。だが、私たちはお汁粉の註文はしなかった。その代り長い間その縁側に腰掛けて、番茶の振舞に預《あずか》りながらたくさんの小母さんの話を聞いた。私たちのつい爪先には、ほんの二葉の出たばかりの青菜が拙《つた》なく一列に蒔《ま》いてあった。掘り返された土の匂いがまだ漂っているようなこの青菜の育つのを待ち、したしものにして客に出すつもりか、或いは己れ一人の朝餉《あさげ》の汁の実に摘むつもりか、私はそんなことを思いながら、却って、小母さんはじきにこの家からいなくなってしまうであろうことを感じた。家の中には何もない。側屋の納屋にも何もない。何とそれは荒寥《こうりょう》としていることであろう。だが小母さんは何も知らぬ気に話している。そして私たちは不思議な話を聴いたのだ。——小母さんは若いころ歌を詠んでいた。女歌人と言われたこともある。そのころの或る一つの夜、こんなことがあったのだが、——そう話している小母さんの顔を見ながら、(もはや私はこの忙《せわ》しなく動いている熟れた桑苺の実のような色鮮かな小母さんの唇を見ても、はじめてそれを見たときほどに驚きはしなかった。私はもう長い間、この小母さんと向い合って暮してでも来たような、或る心易さを感じていたからである。）私は、いつかあの宿外れの街道で私の心を掠《かす》めた感じが、もう一度強く戻って来るのを感じた。小母さんは私だ。私は小母さんだ。それはまるで同じものだ。――いまや私は二人の過去がまるで一つもののように似通っていることを、迷信のように信じ始めた。そうなのだ。だから私はその小母さんの話を、まるで私自身のことででもあるかのように私の言葉で書いて見る。

二

何か、短歌のための小さな集りであったと思う。私は私の女友だち（貴方《あなた》がたは秋月なほ子という女流歌人の名を覚えているであろうか。）と一緒にそこへ出掛けて行ったのであったが、ちょうど支那との戦争のすんだあとで、いま思うとほんとうには出来ないくらい思い切った洋風の、あの和蘭《オランダ》の宣教師でもが掛けそうな思い切り短い、（それはマントと言うよりもほんの肩布に過ぎないと言う方があたっている。）ひどく気取ったマントの流行《はや》ったころで、類に洩れず私もそのときその薄い青羅紗《らしゃ》の短いマントを着ていたので、そのためにひどく気持が囚《とら》われて（それはまるで、自分がすっかりマントばかりになってしまったような）哀れにぎごちない感じで一ぱいになりながら、私はさきに立って、その料亭の階段を上って行った。それから、教えられた部屋の唐紙《からかみ》のそとに立ち留って、そっとマントを脱いだのであったが、それを見た私のきさくな友だちは、いくらかはそんな私の有様を人に見せたいいたずらでもあったろうか、すうっとその唐紙をあけてしまった。ふいに、私は私の方へ振り向いた一団の顔を感じた。その一団の顔の中から、はっと思う間もなく、ただ一つの顔を、それは私の昔の恋人でも情人でもなく、昔私に金をくれたことのある男の中の或る一人の顔を見出した。（――私がそれらの男のことを昔の恋人と言わないのは私の一つの潔癖のためだ。また、私がそれらの金子《きんす》をくれた男に身を任せなかったということは、私の一つの迷信のためだ。私は身を任せさえしなければ金は貰っても売笑婦ではないのだ。そのころの私のような女にとっては、あの男に身を任せたということより、あの男を欺《あざむ》いて金をとったということの方が名誉なのだ。）は、は、この男も歌詠みになったのか。私は私の心に湧いて来る或る息苦しい感じをごまかすために、微かな冷笑をもって呟《つぶや》いた。するとそれを合図のようにその男はそれが癖のひょいと人を小馬鹿にしたような気軽さで頭を振ってみせながら、私の方へ笑いかけた。

「やあ、暫《しばら》く、」

私は殆《ほと》んど反射的に売笑婦のような媚笑をつくってその気軽さに応じたのだ。ほんとうを言うならば、私はこんな男に向いて笑ってはならない。私は私とこの男との過去を一ぺんに清算して、憤りを持たなければならない。それだのに、(私はいつの間にか世の常の人の言う誇《ほこり》というものを失っている。憤るべきもの、嘲笑すべきもの、嘆くべきもの、そのほかのあらゆる激しい感情に対して、何と殆んど習慣的な、如何《どう》かすると職業的にさえ思われるこの媚笑が、われとわが心を裏切って私の口辺に浮ぶのだ。それに、昔の情人同士が、何時何処《いつどこ》で出会うとも、笑って、何事もなかったように話し合えるというようなことは、そんな器用なことはあの洒落者《しゃれもの》のフランス人にだけ任せておくべきことではないか。)私は却ってこの男のへだてのない社交的な笑いから、或る気品をさえ感じた。暫く? 何という暫くであろう。私は指で、その七年を数えた。七年の間に、この男の美しかった顔はいくらか卑俗な落著《らくが》きを示して、その知らぬげにながながと伸した縮れ毛の揉上げのために、どこか歴史の教科書にあるマルチンルーテルの挿絵の顔にも似ていたが、一体にうす暗い老衰のかげが、或る狡猾《こうかつ》な感じとまざり合って、人の心まで安易にさせる。そんな世馴れた表情があった。その顔はちょうど私と坐っているところからまともに見える側柱の立鏡にそのまま映って、まるで私を見守っているようであった。あの男のところからも、私の顔の映っているのがそのまま見えるに違いない。私の顔だ。七年の間に、昔そのためにあの男が僅かな金を払い、僅かな執心を払った青春の美しさはなえしぼんで、いまのか細い精神的生活の貧しくもつなぎとめているものといっては、まるで芝居に出る紙子を着たさむらいの蒼白《あおじろ》い神経的な誇のようなものであった。私は何となく恥に似た感じが私の心を掠めるのを感じた。だが、それはこの男との昔のことについてでは、少しもない。私がこの男を知っていた頃には、働いても働いても、（おお、それはほんとうに私の手と足とをもって私は働いた。）食えなかった。私は私ひとりではなく、誰にも隠れてただ一人の情人を持っていた。誰もそれを、（すべての男はただ己れ一人のことしか考えぬものだ。己れ一人のほかにほかの男のいるということを考えぬものだ。）私の情人とは思わなかった。それは誰の目をも惹かないほどただのあり来りの男に過ぎなかったからだ。だが、そんな男でしかなかったということは、それは一つの仕合せでもあった。誰にも情人のあることを知られてはならぬ。私は私の生れた田舎の町の言葉をもって、「あにさん」と呼んでいた。この「あにさん」のためにも、私は食べものを作らねばならなかった。では、如何して？　如何してほかの方法があろう。私はほかの一人の男から金を貰った。どの男とも街を歩いた。だが、それらの多くの男の中の一人が、或るとき私に訊いたことだ。

「あにさんは、あれでひょいとあんたの許婚《いいなずけ》のような気でいるのではあるまいね、もしそうだとすると、僕は少うし気の毒に思うんだが、」

　また或る一人が私に言ったことだ。

「何で急いであるくの。いまに僕の赤ん坊を生むようになるかも知れないのに、そんなにはにかむことはないじゃあないか、」

は、は、――私は大きな声で怒鳴って遣《や》りたい。するとどんなに吃驚《びっくり》してこれらの男は立ち留まることであろう。私はいま、その「あにさん」とぐるになって、、、、、、をしているところなのさ。――

だが、如何して、生活に困らぬ金を貰うことはよくて、困る金を貰うことは醜いのか。如何して、食えなかったときに貰った金のことばかりを、こんなにも醜く情けなく思い出さなければならないのか。それは、貧を切実に考えるものの貧に対する反撥なのだ。私はよく、こんなことが話されるのを聴いた。男から金を貰ったりする奴は生れながらにそんな奴さ。――では、そんな奴でない女がどこにいようか。もし男に金を貰わなければならないようなことがあったときに、そんな奴の女は、みんな舌を嚙み切って死ぬのであろうか。男に金を貰わなければならないところまで、すべての女を連れて行って遣りたい。それはちょうど、私がそうであったのと同じような順序をもって連れて行って遣りたい。それでも、やっぱり、生れながらにそんな奴でない女というものは舌を嚙み切って死ぬものであろうか。――私は呼吸《いき》苦しいときにいつもするように、せい一ぱいの大きな呼吸をした。それはまるで溜息《ためいき》のようであった。あんまり考え過ぎることを止めよう。考えることを止める？　すると私は完全に売笑婦になってしまうのだ。

この歌の集りは、私のためには一つの自嘲を呼び起すものとしてか終らなかったように思う。だから、私は、その場のこまごました有様はみんな忘れてしまいながら、ただこの惨めな感じだけを、いまもはっきりと覚えている。私と秋月なほ子とは、みなよりも早くそこを出て行ったのであったが、恐らく私の面上に現上われたであろう或る騒擾《そうじょう》を見逃さなかったこの友達は、何の苦もなく訊いたことだ。

「ねえ、あの男《ひと》たれ？」

私は、己れの肩にかかった青羅紗のマントの風にはためく音にさえ身をすくめた。このマントの下にある体が、あの自分のものであろうか。――何か私には、その夜の惨めな有様が、みなこのマントのせいであるような気がしたのだ。そうだ。これをかなぐり捨てよう。それで？　――私はなほ子の問いに応じてその男の名を告げた。するとなほ子は仰山《ぎょうさん》に躍り上る真似《まね》をして見せながら、

「ああ、あの男《おとこ》、知ってる、知ってる、」

そう言って、ふいにくすくす笑い出した。

「あんたが気を悪くしなければ、それは面白いものを見せて上げるんだけれど、」

この前置のあとのなほ子の話に依ると、私の知らない或るグループでは、この男に依

って話し出された私の知らない私についての面白い話が話されているということであった。その話は、もはや一人の作家に依って一篇の小説になり、そして巷に売られている。それは面白い小説だ。それは、私が、自分がその中に描かれているという事実に寛大でさえあるならば、私さえも一緒に笑い、面白がるに違いない、それほどに面白い小説だ。だからもし、それを私が読みたいならば、今夜にもそれを貸して遣ろうと言うのであった。私はそこで、それを借りて読んだ。

それはまことに面白い小説であった。その小説の中では、誰の眼にもこの私とよく似たと思われる(おお、それはまるで違う。)一人の、貧しい生活しか知らず、その貧しい生活をまるで生活の雛型ででもあるかのように愛らしく暮している愛すべき若い女と、誰の眼にもあの男とよく似たと思われる(おお、それはそんなにもよく似ている。)一人の伊達《だて》な、もの好きな、金を持った男とが一緒に街を歩いている。その男は上機嫌だ。街も街の灯も街の空気もそれから側に寄りそって歩いている女も、なにごともその男にとっては楽しい。男は、この女をこれからどこへ連れ込もうかとそのことばかり考えているからである。

と、とある八百屋の店さきで、ふいに女が立ち留った。

「これ、頂戴な、」

とその女の指したのは、一つ四銭と摺り附木の札を立てた一束の葱《ねぎ》であった。それは何て廉《やす》い葱だろう。それは見っけものだ。女はいそいそと嬉しそうに、その葱の束を抱えて歩いて行く。おお、何という無風流なことだ。青くさいことだ。忽《たちま》ち、男の伊達な、もの好きな心は根こそぎに煙《けむり》のように消えてしまった。男は、二度ともはやその女に逢おうとは思わなかった。そういう小説なのであった。――これが面白いのか。それは面白い。まるで粋なフランス種の洒落本《しゃれぼん》をでも読むように面白いではないか。

は、は、は、――と、そこで小母《おば》さんは声ばかり立てて卑しげに笑った。にもかかわらず、その白粉の醜く硬《こわ》ばった面のような顔が、一瞬間、微《かす》かに慄《ふる》えるようなのを私たちは見たのである。やがてまた、小母さんは嘲《あざ》けるような同じ調子で語り出した。

だが、こんな話はみな、昔、私が紙子を着たさむらいのような誇《ほこり》を持っていたころの話である。いつの間にかそんなものも、摺《す》りへらし摺りへらし、あと方もなく消えてしまった。もしいままでもそれに似たものがあるとすれば、それは自分の売笑婦的生涯が、せめてそれ自体としての価値を持っていたものであるように誇負《こふ》し妄想することだ。だが、私のこんな風な生活ももうその一番おしまいのところまで来てしまった。私のようなものにとっては、売笑の終るとともに死が来る。そう思うことは、それは一つの悟りのようなものだ。よその人の眼からは、それさえも知らぬげに見える。知らぬげに見えることとそれ自身がまた、私のようなものの生活なのだ。まだもっと若かったころには、この考えは私を戦慄させた。私は見知らない誰も通らない道端の松の木の下でのたれ死にするであろう自分を想像する。私屍の上にはじきに鳥が下りて来る。それから雨が降り、風が吹いて、白い棒きれのような骨だけが残る――どんな恐しい考えにもいつか馴れてしまうものだ。とは言え、私は絶え間なく自分に言い聴かせることを忘れない。お前はひとりで死ぬ。朝になったら死んでいる。それで好《い》いのだ。自分の死ぬ枕許《まくらもと》に誰かいてもらいたいと思い、大切に看《み》とられたいと思うのは、そして死を惜しまれたいと思うのは、みな、死そのものとは何の関係もない、浮世への執着だ。浮世への虚栄だ。

私は、ただ一羽だけで飛んでいる鳥や、ただ一匹だけで歩いている犬を見るとそう思う。彼奴も、ふいにどこかで死ぬであろう。そしてそれを誰も知らない。――或るとき私はひとりで川っぷちを歩いていた。とその川っぷちの叢《くさむら》の中の一つの大きな平たい石の上に、小さな白い猫のしゃがんでいるのが眼についた。その白い毛のへんに長くつっ立っている上からも非常に痩《や》せていることが分る。それが、へんにぺしゃんこに腹をおとして坐っているのだ。だんだん近づいて行っても動かない。その側を通り過ぎても動かない。そのときは何とも思わなかったのであったが、翌《あ》くる日、同じところを通ったら、まだそのまま同じ恰好でぺしゃんこに坐っているのだ。死んでいたのであった。
　私は自分とその猫とを同じものに思う。私はだから寝るときには、いつも自分の枕の下に僅かな金を敷いて寝る。それはもし、私の死んでいるのが見出されたなら、埋めるだけは埋めてもらいたいからだ。だが、この金は、私は誰にも貰いはしない。私はただ、私の最後の、、によってそれを得たばかりである。――

　この小母《おば》さんの話はあくに満ちて息苦しい。それは、歪み捻じ曲って、聴くものの耳をおおわせる。小母さんの貧しい心は、己れに触れたすべてのものを憎み蔑むことにしか動かなかったかのようにさえ見える。けれども、この捨て鉢な、自分勝手なものの考え方の中に、哀切な、ただ一本の糸のような感情の通っていることを私たちは(――私は、)認めなければならない。それはまた、私(そうだ、私だ。)の心をも認めるからである。

三

　やがて、秋になってその山あいの小さな村にもまた寒い雨が降り出した。そんな日のある日のこと、私は長い間通ることもなかった宿外れの間道を通って、その小母さんの汁粉《しるこ》やのある方へひとりでに出たことがあった。その家はもう、ほんとうに汁粉やでもないのであろう。斜めに長く往還の方へさし立てたあの薄い寒冷紗《かんれいしゃ》のお稲荷さまの幟《のぼり》のような旗が、いまはそれを立てることを思いついた小母さん自身にさえも忘れられてしまったのかも知れない、寒い雨にしおれて、くたくたと風のままにはためいているのが、遠くからも何となく人なげに淋しく見えた。だがその頃のうすら寒さに障子が少うしあいていた。その隙間《すきま》から、人影は見えないながら、ひっそりと何もない部屋の中に一つの古ぼけたちゃぶ台が、上にはただ一つきりの茶碗と箸と皿と、粥《かゆ》でも這入《はい》っていることであろうただ一人の人の喰べるほどの小さなゆきひらとをのせたまま出してあった。何というう寒いただ一人きりの暮しであろう。声もかけず、私はその前を通り過ぎた。——雨に濡れ風にはためいているのは、ただあの田舎汁粉の旗ばかりではなく、ゆくりなくその家の前を通り過ぎたこの私のようなものの心まで、そうなるのかと思われた。

私はその雨の中に傘をすぼめながら、その傘の中にわれとわが体をもすぼめながら、ひょろひょろと石ころの道の上を歩いた。——他人の生活に打たれるのは、自分も同じような運命に近くまで知らぬ間に来ているせいではあるまいか。いまこそ私は、よき良人《おっと》に愛せられよき家の中にうまうまと暮している。それは如何《どう》いうことなのであろう。

愛せられているということは、いま既に愛せられなくなりつつあるということではないか。うまうまと暮しているということは、いま既にそのうまさの破れつつあるということではないか。（そうだ。ひとはいつも、運命のもう一つの側であるその儚《はか》なさにも馴れねばならぬ。）ではお前は、いまその良人からも離れ、そのいまの生活の方法をも失うとしたならば、あの小母さんと同じような道筋をたどる気でいると言うのか。それを誰が言い得よう。私は何も知らない。ただ私の知っているのは、何となく私の前にもあの恐しい雨のなかの茶ぶ台が私を待っているような、そんな気がしてならないことだ。――私はひょろひょろと石ころの道の上を歩いた。そして宿へ帰るとすぐに、それはまるで、愛情のかけらを拾う乞食ででもあるような、哀れな、もの狂わしい便りを東京にいる良人へ宛てて書き送ったことであった。

いくばくもなく、私は東京へ帰るようになった。それは何となく、安易な気持であった。帰るとまた、私はよき家の雑用の中に埋れて、よき妻として暮すことに余念がなかったので、後へのこして来たもののことを忘れるともなく忘れていた。だが或るときのことそれはもう冬になって、その頃までひとり温泉場に残っていた或る一人の友だちが、私の家へ遣って来た。

「船屋の小母さんはもういなくなりましたよ。」

私の顔を見ると、すぐにその友だちは言い出した「あの小母さん、幾つくらいになっていたんだと思います?」

「五十くらい?」

友だちは仰山《ぎょうさん》に首を振って、投げ出すように言ったことだ。

「六十二、」

私はだが、如何いう訳かずっと前からそれを知っていたのでもあるかのように、少しも吃驚《びっくり》はしなかった。私たちはあの小母さんのそれのような老女の粉黛《ふんたい》をどこででもよく見たではないか。どこでそれを見たのであろう。銀座の舗道に横づけにされた自動車の暗い幌の中で、或《あるい》は帝劇や歌舞伎の明るい廊下や座席の中で、或はその舞台の上で。――私はそんな気がしたのであった。(どんな女も粉黛を施さねばならぬ。そして年を老《と》ってはならぬ。それは、自分ひとりの体だけを頼りに思わねばならぬ種類のすべての女の、生活の方法である。)

「ほんとうに可笑《おか》しいわ。あれで体なんかあたしなんかより若いくらいよ。それはつやつやして、」

「それはそうであることが必要だからですよ。ほら、いつだったか、貴方《あなた》が馬鹿な偽悪趣味を出して、貴方とあの小母さんと同じだなんて言ったことがあったでしょう？　あんな馬鹿なことがあれで矢張《やは》り僕の頭に残ってたとみえて、偶然、こないだ、あの村の義太夫大会というのへ行ってみたんですよ。すると、あの小母さんの出語りの番になって、――あててごらんなさい。その貼り紙に何て名前が書いてあったか、」

「あたしのと同じ？」

「ほう？　知ってたんですか。僕はまた、あなたがあんなことを言ってたもんだから、何だかへんで、沈黙《だま》っていようかと思ったんだけれど、」

「それごらんなさい。千代なんて、ありふれた古風な名前はどこにもあるわ。何にも珍しいことはないわ。だのに貴方がそれを取りたてて言うから可笑しいじゃあない？　矢張りあたしとその小母さんと、同じみたいなところがあるんでしょう？」

「そういうのが貴方の文飾ですよ。それどころじゃあない、僕はこっちへ来がけに途中で馬車で一緒になって、閉口しましたよ。実に辟易しましたよ。僕だの、ほかにも知っている顔があるもんだから、わざと聴きてを頭に入れて、それは呆れ返るような猥雑な言辞を弄するんですからね。少し酔っぱらってもいたようだけれど、それをまた、相手にするような奴がいてね、あのうす汚い箱馬車の中でしょう？　まるで、やけ糞なんですよ。何か気に入らないことがあってあの村から出てしまうつもりらしかったけれど、如何も、あんな不貞腐《ふてくさ》れ方は困るな、」

「何か荷物のようなものを持っていて?」

「さあ? 風呂敷包みか何か持ってたか知らん、」

ああ、――小母さんは、どこへか死にに行くのだ。私はその友だちの吐き出すような口調にもかかわらず、不思議なものの錯覚を見たのであった。それはぼんやりと私の頭にうかんだ。私はそれをついこの間、シネマ銀座で見たばかりであるけれども。――ゆく道道に一ぱいに桜の花が咲いている。行けば行くほど咲いている。馬車のうしろに残るものは、その花びらと轍《わだち》のあとばかりである。古風な、日本の牛車のそれのような長い轅《ながえ》を二頭の白い馬に曳《ひ》かせて、その箱馬車のばら色の幌のかげから見えるのは、あの、やけ糞な猥雑な少うし酔っぱらってさえいる小母さんの代りに薄命の美姫マノンが乗っている、その白い裸の肩にかかったうすい青羅紗《らしゃ》のマントではないか。行く道道に一ぱいに桜の花が咲いている。行けば行くほど咲いている。

ああ、――きっと小母さんは、どこかへ死にに行くのであろう。

（一九二八、五、三〇）

《解説》宇野千代の生と文学

1

二〇一〇(平成二二)年夏、滝田樗陰《ちょいん》の遺族から、谷崎潤一郎の「異端者の悲しみ」をはじめとする生原稿・書簡三八九点が、東京駒場の日本近代文学館に寄贈された。宇野千代の「墓を発《あば》く」の生原稿もあるという。雪深い札幌で書き上げ、滝田樗陰のもとに送られた記念すべき原稿である。千代はその投稿の採否を知りたくて、一九二二(大正一一)年春に上京、樗陰の手から刷り上がったばかりの『中央公論』五月号と多額の原稿料を受け取った。尾崎士郎と出会い、作家・宇野千代への道を歩みだすきっかけとなった作品である。

デビュー前の宇野千代が、どのような原稿用紙を使っていたのか、万年筆か、色はブラックなのかブルーなのか。それとも鉛筆か。やはり丸っこい文字なのか。紙縒《こよ》りで綴《と》じていたのだろうか。雪に閉ざされた札幌の冬、ストーブには石炭が燃え、やかんの湯が音をたてて煮えたぎっている。夫はまだ帰って来ない。ペンの音だけが聞こえる。森閑とした部屋でペンを走らせる千代の後ろ姿が浮かぶ。どうしてもその原稿を見たかった。

四〇〇字詰め原稿用紙は、濃紺の枠でクリーム色。かなり地厚でしっかりとしていた。かつては白い紙縒りで右上が綴じられていたという。枠外右肩に一から九三のナンバリングが、千代自身の手で打たれている。一ページ目の三行目、上から四字あけて「墓を発く」とあり、五行目、題字から四字下がって「藤村　千代」の署名。さらに一行あけ、一字下げて「村の人々から八丁堤と言慣されて居る」と書き出される。

文字は褪色してはいるが、インクはブルー・ブラック。ていねいな丸い文字がきちんと升目に収まっていて書きなれている。最後の九三枚目、「灯の蔭が揺れて居た。」と記されて終わる。二行目に(完)。三行目に「一九二一、十一、二二」と脱稿の日付がある。西暦を使っていること、直しがないこと、かなり贅沢な原稿用紙と書きなれた万年筆を使っていること――いくつもの驚きに少々混乱しながらも、私は感動した。習作の域はすでになかった。

宇野千代の作家デビューは、鮮烈だった。

「墓を発く」は、一九二二（大正一一）年『中央公論』五月号に掲載され、続いて八月号に「巷の雑音」、翌二三年には「追憶の父」（三月号）、「人間の意企」（六月号）、「お紺の出京」（九月号）、「淡墨色の憂鬱《ゆううつ》」（一一月号）と四篇が載る。筆名は藤村千代。新人作家の登竜門として知られる『中央公論』誌上に、たて続けに六回。異例である。

すべて滝田樗陰の裁量によった。滝田は一九〇四（明治三七）年中央公論社に入社、一九一二（大正元）年、『中央公論』編集主幹に就任した後、吉野作造の政治評論など、自由主義的論攷を矢継ぎばやに掲載して、『中央公論』を大正デモクラシーの言論界をリードする総合雑誌に育てた。

と同時に樗陰は小説欄に力を注いで、谷崎潤一郎「秘密」（明治四四年一一月号）、田村俊子「離魂」（明治四五年五月号）、「木乃伊《ミイラ》の口紅」（大正二年四月号）、「炮烙《ほうらく》の刑」（大正三年四月号）、宮本百合子「貧しき人々の群」（大正五年九月号）、芥川龍之介「手巾《ハンケチ》」（大正五年一〇月号）、久米正雄「嫌疑」（大正六年三月号）、菊池寛「無名作家の日記」（大正七年七月号）、あるいは室生犀星「幼年時代」（大正八年八月号）等々、枚挙にいとまないほどの新人作家を登場させた。

樗陰は同人雑誌、新聞文芸欄などで作家修業を積んでいる野心と才能に満ちた作家たちに声をかけ、投稿をうながして掲載を決めた。「名伯楽」としての評価は鳴り渡っていた。樗陰に見いだされた作家の多くは、その期待に応えて文壇に登場し、文学史に名を刻んだ。

当時、札幌に在住し、作家修業のまっ最中にいた二五歳の宇野千代もまた、そのひとりだった。一九一八(大正七)年一〇月、恋人の鈴木悦を追ってバンクーバーに去った田村俊子の空席を埋める女性作家を、文壇も滝田樗陰も求めていた。

2

本書には、五冊の初期作品集『脂粉の顔』(一九二三年六月、改造社)、『幸福』(一九二四年一〇月、金星堂)、『白い家と罪』(一九二五年一月、新潮社)、『晩唱』(一九二五年五月、文芸日本社)、『新選宇野千代集』(一九二九年九月、改造社)の一〇〇篇近い作品から六篇を選んだ。

これらの作品は、一九二〇(大正九)年から二八(昭和三)年まで、宇野千代の二三歳から三一歳にかけて、札幌、巣鴨の寓居、馬込《まごめ》、湯ヶ島の温泉宿で書きつがれた。「脂粉の顔」「墓を発く」によって作家としてのスタートを切った宇野千代は、瞬く間にスターダムに駆け上がった。

この間、夫の藤村忠との別居、尾崎士郎との出会いと同棲、藤村との離婚、尾崎との結婚生活とその破綻——あまりにあわただしい実生活だった。同時に、これらの作品を通して見えてくる宇野千代の幼い日、少女の時、上京後の日々の苦闘に胸を衝かれる。父親の凄まじい暴力に耐え、理不尽な言いつけに従う少女がいる。

その一方、すべての差別に憤り、社会、教育、政治問題にも真正面からぶつかる。その強烈な批判精神にも驚かされる。後年の宇野千代の文学からは想像もつかない反逆の精神、非戦の明確な思想もある。にもかかわらず、それらが当時流行していた観念的な社会派小説からほど遠いのは、それぞれの主人公に作者自身が色濃く投影されていて、その肉声が響き渡っていることによる。

一〇〇篇近い初期作品は、のちの『或る一人の女の話』(一九七二年二月、文藝春秋社)、『私の文学的回想記』(一九七二年四月、中央公論社)、『生きて行く私』(一九八三年八月、毎日新聞社)などの回想記、自伝的小説から作りあげられ、流布されてきた宇野千代とは異なる、もうひとつの宇野千代の生と文学のありようを、私たちの目の前に展げてみせる。

杉山平助が『文藝五十年史』(一九四二年一一月、鱒書房)で書いたように、「宇野千代は女性らしい肉感と恋愛の作家である。『色ざんげ』その他濃厚な情痴生活を描いて、大正、昭和期の爛熟した一部女性がどんなものであるかを後世につたえる役割は果たせるであらう」という評価も、「恋多き女」のイメージとともにすでに定着していた。

しかしながら、初期作品のイメージはまったく異なる。作品集『幸福』巻末に、同書の広告が掲載され、「女流作家のために気を吐く唯一の存在は宇野氏だ。冷酷面を染むる底の女性心理の解剖、堂々男子も瞳若《どうちゃく》たらしむる筆致」とある。初期宇野千代作品の特徴は、まさに「冷酷面を染むる底の女性心理の解剖」にあった。

『新選宇野千代集』には、六一篇の初期短篇、中篇小説がびっしりと収められている。二段組五一八ページ、定価一円。円本ブームのひとつとして企画されたこの〈新選名作集〉には、谷崎潤一郎、菊池寛、前田河廣一郎《まえだこうひろいちろう》、永井荷風、藤森成吉《ふじもりせいきち》、葉山嘉樹《はやまよしき》ら当時の人気作家から、夏目漱石、森鷗外まで三一人、三三冊（前田河廣一郎、北原白秋は二冊）が収録され、いずれも二段組五〇〇から六〇〇ページに亘る大著である。

その中で女性作家は宇野千代ただひとりである。「墓を発く」でデビューして七年にしかならないことを思うと、その躍進ぶりがよくわかる。私生活の華やかさでも、実力でも、さらには美貌や若さでも、ずば抜けた存在感があった。

『新選宇野千代集』刊行から半世紀近くを経て、『宇野千代全集』（一九七七年一二月―七八年六月）全一二巻が中央公論社から刊行された。しかし、初期作品を収録した第一巻には一五篇しか収められていない。かぎられたページ数としても、一〇〇篇近くもある初期作品の扱いが、冷たい。作品の選択は宇野千代自身の手による。以下のことに気がつく。

「骸骨と母」「ランプ明るく」「墓参り」「お粂叔母と私」「借りたもの」「生きて居る父」「追憶の父」「往来」「母よ」「三千代の嫁入」「生母」などのような、作者と主人公が重なり、その後の自伝的作品につながっていく作品のほとんどが省かれている。それら作品群と、自伝的作品群では、主人公を囲む状況や主人公の心情にあきらかな相違がある。

さらに「冷酷面を染むる底の女性心理の解剖」の代表作ともいえる、「人間の意企」も収録されていない。ようやく手に入れた札幌郊外の家の貸間に、わけありそうな夫婦が入ってくる。ほっそりと美しい妻が気になって仕方のない女主人は、ついに彼女が「女郎」であったことを知る。女主人の底意地の悪さと卑しさ、なんとか這い上がろうとするものを徹底的に叩いて、奈落にまで引きずっていかずにはいられない、人間の業の深さを、ここまで徹底的に描いた作品を私は知らない。

つまり『宇野千代全集』第一巻から作者が外した作品は、①宇野千代自身を思わせる伝記的な作品、②「冷酷面を染むる底の女性心理の解剖」のあまりに強い作品、さらに③「墓を発く」「巷の雑音」など、社会派的な色彩が濃い作品ということになろうか。
①は自らの生い立ち、歩いてきた道を新たなイメージで再構築・再構成してきた宇野

千代にとって邪魔な作品であり、②③は千代が中央文壇で、人気作家として生きていくために切り捨てた作品だった。

作者自らによって切り捨てられた作品を拾い上げて読むと、作者自身によって作り変えられた記憶の原型が浮かび上がってくる。

「お国はどちらですか、と訊かれると、『岩国です、あの錦帯橋の』と答えるのが私の癖である」(『ブルーシグナル』九二年初夏号)と自慢した岩国の名所錦帯橋の記述が、初期の作品にほとんどないのが、象徴的である。あえて言うなら、若い日の宇野千代には、岩国への愛着はなかった。故郷岩国からの脱出こそが、幼い日からの千代のつよい欲求だった。脱出した後の彼女を岩国につなげたものがあったとしたら、当時まだ住んでいた継母や弟妹であり、狂気のように荒れ狂う男を父としなくてはならなかった、自分自身の負の記憶だった。

本書に選んだのは以下の六篇である。

①自伝的な作品として

「三千代の嫁入」(大正一四年二月号『中央公論』)

「ランプ明るく」(大正一四年六月号『中央公論』)

②冷酷な女性心理の解剖

「脂粉の顔」（大正一〇年一月二日『時事新報』）
「老女マノン」（昭和三年七月号『改造』）
③社会派的色彩の強い
「墓を発く」（大正一一年五月号『中央公論』）
「巷の雑音」（大正一一年八月号『中央公論』）

詳細は、別稿「作品解題」にまとめたが、六篇の作品背景を読み解きながら、宇野千代の生を辿ってみる。

3

一八九七（明治三〇）年一一月二八日、宇野千代は山口県玖珂《くが》郡横山村（現・岩国市川西町）に、宇野俊次・トモの長女として生まれた。結核を病んでいた生母と二歳で死別、翌年三歳の時に、一七歳の継母リュウが迎えられた。リュウを慕う幼い千代の様子、千代を大切にするリュウの様子を「昔から芝居や浄瑠璃に語られている継母子の物語とは、全く反対」（『幸福を知る才能』一九八二年八月、海竜社）と千代は好んで書いている。

しかし、たとえば「母よ」（『若草』昭和三年七月号）には、次のような一文がある。
「私は子供からすぐに大人になりました。ああ、子供でない子供、子供の心を持たない子供、——母よ。貴女の心尽しの　行儀よい愛情は私をそんなにして了《しま》ひました。私はひとり遠くに坐つて、生れてからただの一度も指を触れたことのないあなたの肩や膝や乳房や、そしてそこに眠つてゐる私のほかの燕の子供たちの姿を見詰め乍《なが》ら暮しました。恐しい。それは恐しいことでありました」

語り手である主人公が、結核で死を待つばかりなどと、フィクションの部分は多いが、特別に扱われることによって、幼い心に広がる「継娘」の孤独がしみる。のちの自伝において、注意深く省かれた幼い日の記憶が、初期作品には溢れている。

「考へて見ると私の小さな背中は、おしつこの乾く間がなかつた。おかしなことだけれど私は自分のことを、小さいお母さんになつたやうな心持でいる」(『私のお化粧人生史』一九五五年一一月、中央公論社)

千代が四歳のときに薫、七歳のときに鴻、九歳のときに勝子、一一歳のときに光男、一四歳のときに文雄が生まれている。五、六歳から一五、六歳まで、千代の少女時代は子守に明け暮れたのだろう。作品では微笑ましいエピソードとして紹介されているが、初期作品を重ねてみるとき、遊びたい盛りの女の子に要求された「小さなお母さん」の役割が、はたして幸福であったかどうか。

その上、千代の一家には暴君である父親が君臨していた。理不尽な父親の言動、暴力から、子どもたちを守る母親の腕に入ることもできず、父の娘である千代は、ここでも父親のかたわらで、「小さな妻」の役割を果たさなくてはならない。

原稿末尾に「(一九二三、一、五、巣鴨の寓居にて)」と記された短篇「追憶の父」は、父をテーマにした最初の小説である。藤村千代名で出された作品集『脂粉の顔』に収められたが、それ以降現在まで、発表されることはなかった。

かなりフィクショナイズされてはいるが、父親のドメスティック・ヴァイオレンスそのものの狂乱と暴力、「半殺しの目に逢ふ」まで折檻される若い母親と娘の百合、父親をめぐる暗いエピソードが、次々と語られている。

一四歳の玖珂郡立岩国高等女学校(現・岩国高等学校)二年生の時、千代は父親の命によって、生母の姉の長男藤村亮一のもとに嫁がされる。それらの日々は「三千代の嫁入」「ランプ明るく」に詳細に描かれるが、「追憶の父」とともに、千代は父親を書き尽くした。書き尽くすことで父親は完膚なきまでに解体され、封印された。その父親を「バルザックかドストエフスキーの小説の中にしか出て来ないような一種の畸人乃至《ないし》狂人」(『幸福を知る本能』)として再構築し、父親への切ないレクイエムを完結させたのが、後年の「風の音」(『海』昭和四四年七月号)だった。

初期作品を封印することで、千代は自分自身の岩国での記憶もまた封印する。再構築された故郷とそこでの生活は、作家宇野千代によって注意深く、あらたに作りあげられた世界だった。宇野千代が生涯をかけて紡いだのは、岩国と父親をめぐる物語だったといっていい。

一九一三(大正二)年二月八日、父・宇野俊次は五七歳で病死。千代は一六歳、女学校の三年生だった。物語を紡ぐことも、本や雑誌を読むことも、すべてが自由になった。『青鞜』『第三帝国』『女子文壇』を読み、近隣の岩国中学校の文学仲間と回覧誌『海鳥』を発行して、小品を書いた。

翌一四年、女学校を卒業した千代は、岩国市立川上村小学校の代用教員となる。授業中、同僚教員に恋文を書き、生徒に文遣いをさせたこと、化粧することを覚え、派手な身なりの教師であったことなど、『生きて行く私』などでなじみ深いエピソードである。と同時に社会派的作品「墓を発く」のテーマと背景も、代用教員時代のものである。一九一五(大正四)年秋、同僚との恋愛が噂となり退職を強いられ、女学校時代の作文教師を頼って朝鮮の京城《けいじょう》(現・ソウル)に渡る。翌年春、恋人からの別れの手紙を受け取った千代は帰国し、相手の裏切りを知る。やがて伯母の申し出もあって従兄弟の藤村忠の住む京都に行く。第三高等学校に在学中の忠は、かつて一四歳の千代が嫁いだ藤村亮一の弟である。知恩院近くの下宿屋で、兄妹と称して同棲する。が、生活は苦しく、中国人家庭の手伝いや家庭教師をして生活を支えた。

4

一九一七(大正六)年夏、千代は、東京帝大に入学した藤村忠とともに上京する。本郷湯島の天神裏の下宿に、茶汲み女と暮らしていた亮一のもとに身を寄せたが、まもなく小石川駕籠町の髪結いの二階に落ち着いた。忠の実家からの送金が絶えたために、千代は雑誌社の事務、家庭教師、ホテルの食堂の給仕女、と職を転々とする。

やがて、本郷三丁目の西洋料理屋・燕楽軒のウエートレスになる。わずか一八日間だったが、千代のその後の運命を左右することになる。電車道を隔てた向かい側に中央公論社があり、名編集長として知られていた滝田樗陰が昼食時にかならず姿をあらわした。千代の受け持ちの席に坐り食事をした。ビールを飲み干すと、食事代のほかに五〇銭玉をチップにおいて立ち去った。

いわば作家以前の宇野千代のハイライト、とでもいうべき日々だった。ここで千代は滝田に連れられてやってくる芥川龍之介、久米正雄ら文士と出会い、まだ無名の今東光《こんとうこう》とデートを重ねる。が、ここでも後年の千代の記述は、千代自身によって書かれた初期作品や千代を取り巻く作家たちの証言と微妙にずれている。

上京した時から千代は作家を志していた——ということを前提にしないと、この燕楽軒時代を理解することはできない。千代は上京してすぐに小川未明を訪ねた。怪奇童話集『物言はぬ顔』(一九一二年五月、春陽堂)に感動して以来、私淑していた。当時の小川未明は、年譜に自ら「貧困時代の二児を失つて悲しみ骨に徹し、はなはだしく鞭打たる」と記すような状況の中で、社会主義思想に接近していた。

未明は、戦争を嫌ったがために、「日本軍人の恥」と弾劾されて同僚に惨殺される兵士を、「路上の一人」(『新小説』大正四年一月号)に描いた。一九一七(大正六)年には「密告漢」「小作人の死」、一八年には「戦争」「文明の狂人」と社会主義文学ともいえる作品を連続して発表している。未明との関係は、上京後訪ねたというエピソードで終わっているが、千代の初期作品にその影響は色濃い。「墓を発く」「巷の雑音」は未明作品の延長上にある。

燕楽軒での千代の人気は、美貌はもちろん、新進作家がウエートレスをしているという話題性にもあった。当時の宇野千代の姿を伝える資料がいくつかある。

久米正雄は「不思議な縁」(『婦人公論』大正一五年六月号)に、燕楽軒時代の千代を「何《と》処《こ》やらに硬い感じはあるが、美しい人だと思つた」と書く。ある日、いっしょに店に行った邦枝完二が、「迚《とって》も素敵だね。あんなのが張り落とせたら、大したもんだがなア」

と言った。毎日のように通う久米に、千代もすっかり心許して散歩するくらいの仲にはなっていた。だから久米は邦枝に「落とせたら奢る」と約束するのだが、久米が奢ることはなかった。久米は一文を次のように結ぶ。

「燕楽軒では、滝田樗蔭氏や、今東光君が、矢つ張り彼女の知り合ひだつた。思へば不思議な気がする。(中略)併し、僕流の嫉妬めいた観察を敢てすれば、一番ひそかに、彼女の心を惹いたのは、又尊敬してゐたのは、芥川龍之介だつたかも知れない。間違つてゐたら、お二人とも御勘弁」

東郷青児は「私の履歴書」(昭和三五年八月一二日―九月五日『日本経済新聞』連載)に、「すでに第一作を発表した後だったと思うが大変な評判で、文士から大学教授にいたるまで、押すな押すなの大盛況、界隈の人気を一人でさらった観があった」と記している。後年、東郷と出会った宇野千代が、そのまま東郷の家に直行し、ともに暮らすようになった理由のひとつに、二人の共通の場としての燕楽軒の思い出があったことがわかる。

燕楽軒に千代が勤めたのは一九一九(大正八)年初夏の頃と推測されるが、当時、芥川龍之介は二七歳、久米正雄二七歳、今東光二一歳、東郷青児二二歳、彼らの作家人生を決定するほどの力を持っていた滝田樗陰でさえ三七歳だった。誰とでもいっしょに出歩いていたとしても、わずか一八日間。結局、誰にもなびかなかったために、千代は伝説化され、女神として彼らの青春の記憶に刻印された。しかしながら千代にとっては、これら作家たちとの出会いは、人生の方向を決する重大事だった。

繰り返すが、宇野千代は作家を志していた。室生犀星『黄金の針』(一九六一年四月、中央公論社)に「滝田樗陰が私の家に来て原稿要談の後に、本郷のえんらく軒といふ西洋料理店に、藤村千代といふ女性が勤めてゐるが、話してみると小説が書けるらしく、今夜も飯を食ひに行くが書けたら書かして見る心算《つもり》だ。久米正雄も来るらしいが、頗《すこぶ》る美人だ」と語った、とある。

後年の千代の自伝的作品から、燕楽軒時代の芥川龍之介も、作家としての宇野千代に関心を示した滝田樗陰も、不自然なほどに消し去られている。当時の千代は、『萬朝報《よろずちょうほう》』が毎週募集する懸賞短篇小説の常連投稿者だった。『萬朝報』は一八九二(明治二五)年に黒岩周六(涙香)が創刊した日刊新聞で、暴露的な社会面記事や『噫無情《ああむじょう》』(ヴィクトル・ユゴー作)等の黒岩の翻訳小説で読者を増やしていた。毎週、短篇小説を懸賞募集し、文学を志す者にとっては文壇への登竜門のひとつであり、修業の場でもあった。賞金一〇円も魅力的だった。作品は一五字詰め一二五行(四〇〇字詰め原稿用紙四枚半余)以内。数人の匿名審査員がまわり持ちで審査し、毎週日曜日の紙面(大正六年一月―九年六月は月曜日)に、入選一点を選評付きで掲載していた。

一九一九（大正八）年七月七日『萬朝報』の入選作は緑村生の「甦《よみがえり》」だったが、選評欄に「尚ほ今回の応募作中では『習作』（宇野千代）及び『旅の姉妹』（山田徹雄）の二編が『甦』につぐものであつた。『習作』は男と共に貧しい暮しをしている一人の女が、ある劇団に関係していて、そこの内部の生活を描いたものである」とある。

さらに翌二〇年八月一日、入選作は「焰をかゝぐ」（高橋新吉）だったが、選評欄に「次に『動揺』（藤村千代）は少からず選者の注目を惹いた。これに書かれた若い人妻の心的動揺は、既に今日まで可なりに取り扱われたものであるが、尚必ずしも古いものと言う事は出来ぬ。たゞ作者の筆が、若し果たして女であるとすれば、少しく粗笨《そほん》に過ぎる感がある」と記されている。「老女マノン」だけでなく、「巷の雑音」も「脂粉の顔」も、この時期の宇野千代自身の体験がベースになっている。

5

一九一九（大正八）年八月二九日、三年余の同棲生活を経て、千代は藤村忠と正式に結婚した。翌二〇年七月六日、忠は東京帝国大学法学部政治学科を卒業、西欧金融経済制度史を専攻していたこともあり、北海道拓殖銀行に就職、札幌に単身赴任した。これには、遠縁の『北海タイムス』の支配人・中津井高助の存在が大きくかかわっていた。

『生きて行く私』に実名が記されているが、千代の祖母が高助の叔母にあたる。

当時の札幌は、開道五〇年の記念事業の活気が続いていた。蝦夷地が「北海道」と改められた一八六九(明治二)年から五〇年目にあたる一九一八(大正七)年、北海道博覧会が札幌、小樽で開催された。馬車鉄道が電車に替わり、住宅街、商店街が整備された。東北帝国大学農科大学が、一九年に北海道帝国大学農学部と改称された。中島公園近くの薄野《すすきの》遊郭は、千代が札幌に降り立った同じ頃に、豊平川の対岸、白石村上白石(現・白石区菊水)の農地に移転し、薄野は映画館、カフェが立ち並ぶ歓楽街に様相を変えた。一八七一(明治四)年には、札幌の人口は六二四人、二一一世帯にすぎなかったのが、一九二〇(大正九)年の第一回国勢調査では一〇万二五八〇人、二万四一世帯と急激に膨れ上がった。第一次世界大戦後の日本と世界の好況を札幌もまた共有していた。藤村忠の北海道拓殖銀行入社は、こうした銀行の北進が背後にある。

藤村から二か月遅れて、千代は上野を発ち北海道に向かった。上野から東北本線で青森へ、そこから連絡船で函館に渡った。三七時間半の旅だった。

千代は藤村に連れられて、中津井高助の邸宅の離れに旅装を解き、やがて大通り公園に近い家の六畳一間に移る。千代の書いたものにしたがえば、頼母子講《たのもしこう》(無尽)に入り、月々一二、三円の掛け金で、二か月目に当選して千円の金を得る。ただちに大通り北一条東六丁目一二番地にある築二〇年の一軒家を買い、上京するまでの一年半、ここで生活した。

藤村の初任給は八〇円だった。小学校教員の初任給が四〇円だったから、相当に高給である。『生きて行く私』に書かれているような、「仕立てやの姐さん」と呼ばれ、好物の焼きとうもろこしさえ我慢する日々だったとは、素直に頷けない。

札幌時代こそ、作家修業の仕上げの時だった。もちろん、滝田樗陰、久米正雄、芥川龍之介、当時『時事新報』記者だった邦枝完二とは連絡を取っていた、と考える方が自然である。藤村の勤める拓殖銀行で発刊されていた手作りの同人雑誌『啓明』に夫婦で参加、『北海タイムス』にもしばしば原稿を載せていた事実を、北海道新聞社記者だった神埜勉が詳細に調べて、『宇野千代の札幌時代』(二〇〇〇年八月、共同文化社)にまとめている。

一九二〇(大正九)年一一月二八日、ついに藤村千代の「お染」が『萬朝報』に入選する。「何等独創の見るべきもの、ないのを遺憾とする。それでも他になかつたのだ」という選評は厳しい。この時の記述によって、『萬朝報』が新人作家の育成の場であり、毎回二〇〇篇もの応募作品があった中での入選だったことがうかがえる。

この後、二一（大正一〇）年一月三〇日の『萬朝報』の懸賞募集に「宴の前」が入選する。選評は「女性の心理描写が行届いてゐて一寸深刻な処《ところ》にも触れてゐたので入選に決めた。但し、結末の処が少し変ではあつた」とあいかわらず厳しい。

作品には「叔父叔母と云馴らしては居るがお互《たがい》の曽祖父母辺に兄弟と云ふ繋がりが有つたに過ぎない、至極、遠縁」の叔母の家での新年会の様子が描かれている。「姪」と呼ばれているお雪は、手伝わなくてはならないのだが、気が乗らない。「不断は水々しい優しさを持つた叔母の眼が、如何《どう》か為《し》た拍子にほんの一瞬間ではあるが、ぎろつと、人の肚《はら》の底迄で視透《みとお》す様な不気味な光を帯びる、彼の一瞥《いちべつ》で、悉皆《すっかり》視破られて了ふのは」わかりきったことだった。女ばかりの宴会がどのように展開するのか、お雪には想像できた。「空虚な、が、愛と熱とを凝《こ》めたらしくさへ見える、幾多の挨拶、空笑ひ、饒舌《じょうぜつ》が、彼女自身には如何しても出来な」かった。

が、女たちに混じって立ち動くうちに「お雪は妙にそわ〳〵と嬉しくなつて来た。彼女は、長い袖をだらりとさせた儘《まま》の、彼女の晴着姿がどんなに、働く人々に邪魔つ気で目障りなのかを、悉皆忘れて居たのであつた」と作品は終わる。

千代が決して触れることのなかった札幌での生活が、ここに浮かび上がってくる。千代は自分を札幌で周囲とは異質な存在として感じていた。女給をしていたことも、貧しい日々も、過去も、中津井高助の妻キヨには、すべて見透かされているような不安があった。拓銀に勤める帝大出のエリートの妻として、キヨは千代に札幌の上流階級の妻の立ち居振る舞いを教えたかったのかもしれない。

しかし、作家を志す千代にとっては、社交などどうでもいいことだった。キヨの側にも小説を書く千代への違和感はあったのだろう。札幌を去るための条件が千代の中で少しずつ用意されていたことが思われる。

さらに二本の作品が『萬朝報』の選評から確認される。一九二一年五月一日の選評欄に「『或夫婦』(藤村千代)はまだ材料をこなし得ていない恨みがあつた」とある。同年一〇月三〇日の選評欄には「『妬心』(藤村千代)は描写力に優れていた。狙い処は通俗的に堕ちている」とある。「新進女性作家」として話題をさらいながらも、地道な努力を続けていたことがうかがえる。

6

大正時代は全国的に文芸運動が盛んだった。『中央公論』『改造』をはじめとする商業文芸誌が多く発刊されたし、新聞は文芸欄が読者獲得に結びつくことを知り、その充実と新人作家の登竜門としての役割に力を入れた。『北海タイムス』『小樽新聞』も、文芸に力を入れ、読者文芸欄に俳句、和歌、川柳、短篇小説の投稿を歓迎した。原稿料も入選作への賞金の額も高くなり、作家の地位は収入とともにあがり、作家が職業として成立した時代だった。

杉山平助は『文藝五十年史』で「国家および社会の本質的な動きに対する無関心の一方で、文芸と社会との接触面が驚くべく広くなり、この個人主義的独善性を性格とする文学が、社会の――特に青年男女の間に、すさまじい勢で浸潤して行ったという事実」「好景気、ならびに民衆の知的水準の向上は、新聞および雑誌ヂャーナリズム、一般に出版資本主義文化を、この時代にゆるぎなく確立した」と書いている。

一九二〇(大正九)年一一月一九日『時事新報』に「短篇小説を募る―無名作家の登龍門 本紙新年号紙上に掲ぐ 奮って投稿せられよ」と記された社告が載る。一等二百円(一人)、二等五拾円(一人)、三等三拾円(一人)、選外拾円(二人)の賞金は破格だった。締め切りは一二月二〇日。一五字詰めで二五〇行以内(四〇〇〇字換算で一〇枚以内)。選者には里見弴《とん》と並んで久米正雄がいた。高額の懸賞金額のせいもあって、全国からの応募は三〇〇〇篇を超えた。

千代の「脂粉の顔」は、翌年一月二日の『時事新報』に掲載される。次いで一月二一日、「当選の栄を得たる懸賞短篇小説の作者 一等は藤村千代子女史の『脂粉の顔』」の見出しで、二人の選者による採点と順位、「選後の感」が発表された。「脂粉の顔」は一五五点、二等は尾崎涸作（尾崎士郎）「獄中より」一五四点、三等は八木東作「秋の一日」、選外には兼光左馬（横光利一）「踊見」が入った。

藤村千代と並んで尾崎涸作、八木東作の顔写真が掲載されている。二等に当選した尾崎士郎とは一点の差だった。後に尾崎士郎は『厭世立志伝』（一九五七年九月、中央公論社）に、このときの様子をつぶさに書き込んでいる。大逆事件に材を得た「獄中より」は、長年温めてきた尾崎士郎の原点とも言うべき作品だった。新進女性作家として注目された千代は、さらに『中央公論』を目指す。滝田樗陰から勧められたのかもしれない。書き上げたのが「墓を発く」の原稿だった。

駒場の日本近代文学館で確認できた「墓を発く」原稿最後のページ裏には、二つの住所が宇野千代の文字で書かれていた。

「札幌区北一条東六丁目十二番地」「府下西巣鴨町宮仲二四六六　藤村亮弌方」

札幌の住所は当時のものだが、巣鴨は結核で死去した藤村忠の兄、亮一名義の住所である。

次の作品が正念場だった。作家としての今後が懸かっていることは、滝田樗陰に言われるまでもなかった。札幌にもどれば主婦として、妻として雑用に追われ、近所づきあいや中津井家の「叔母」に強いられる社交が、千代の時間を奪うのは目にみえていた。中央文壇に登場した千代に対する羨望も想像された。千代は夫の了解のもとに、巣鴨の家に滞在したのではないか。尾崎士郎にまだ出会っていない千代には、なんら疚《やま》しさはなかった。

千代はひたすらに書き続ける。一三五枚からなる小説「巷の雑音」は、一九二二(大正一一)年八月号の『中央公論』に掲載された。正直に真面目に健気に生きているのに、いつのまにか底辺に堕ちていく若い女性の憤りは、社会への告発につながる。「墓を発く」に続く社会派文学だった。

書き終わって、千代は一度札幌に帰ったと考えられる。尾崎士郎に出会うまで、まだ五か月余ある。この間の千代の生活は、実は推測しようがない。

尾崎士郎『厭世立志伝』が、唯一の資料であるが、中に、「やつと一二月にはいつたばかり」のころ、評論家の室伏高信《むろぶせこうしん》が言い出して、日本橋の裏通りの鳥料理屋で、上京中の藤枝美江(宇野千代)と上海《シャンハイ》帰りの一次郎(尾崎士郎)の歓迎会がひらかれる場面がある。初対面の千代の描写は美しく、尾崎はすぐに心奪われた。千代も同様だった。

いったん札幌にもどった千代は、年末、夫の藤村忠とともに上京し、尾崎と三人で食事をする。が、藤村だけが札幌へ帰り、千代は尾崎の住む本郷の菊富士ホテルへ向かう。

二人は一月半ばには大森の寿館で暮らし始めた。

尾崎と千代の関係はゴシップとなって文壇を駆け巡った。二三年四月三日、同二八日の『東京朝日新聞』は、文化面コラム「回転椅子」に「千代女の事ども」「文壇痴情沙汰の頻出」と題して二度に亘って取り上げている。同年八月二八日の『国民新聞』は、「懸賞当選から／夫君を捨て／愛人に走つた閨秀《けいしゅう》作家／藤村千代子と尾崎士郎君」と四行見出しで報じた。団扇をもった浴衣姿で、宿の手摺に寄りかかった千代の写真の下に、やはり着物姿の尾崎の半身写真が載った。

藤村忠の勤め先までもが詳しく報じられ、微に入り細に入りのレポートだった。銀行員の藤村の困惑が想像される。四月には『地上』の作者島田清次郎の「処女誘拐事件」、七月には有島武郎と波多野秋子の軽井沢心中事件（心中は六月）、武者小路実篤の「新しき村」を舞台とした恋愛事件と、文壇のゴシップがマスコミを賑わしていた。

千代と尾崎の話は、その中の一つにすぎなかったが、千代にとっては、おそらく初めての激しい恋愛であり、文学の道に進む決意とひとつになって、引き返すことのできないものだった。五月、荏原《えばら》郡馬込村（現・東京都大田区）の農家の納屋を買い取った。

尾崎は『読売新聞』に「予は野良犬の如くかの女を盗めり」と題した釈明文を持ち込んだ。一三〇〇字の一文は、八月三〇日付に掲載された。「道徳、法律、それ等はすべての私の欲求の背後にあつた」と、尾崎はあえて世論に挑むかのように書いた。
関東大震災がすべてを吹き飛ばしたのは、その二日後だった。

7

大震災にも無事だった馬込村の小さな家で、千代は作家として本格的なスタートを切った。この馬込での生活は、一九二三(大正一二)年秋から二九(昭和四)年の別居まで六年に及ぶ。この間に前述した五冊の単行本を出した。人力車で滝田樗陰が原稿依頼に訪れたエピソードは知られている。執筆は『中央公論』『改造』『新潮』『婦人公論』『文藝春秋』などの一流誌が中心だった。

千代は瞬く間に流行作家となった。『婦人公論』と『新潮』が宇野千代を特集した。尾崎との生活の中で、千代の作風は小川未明から離れ、自然主義的な色彩に代わった。テーマも社会的なものから、自らの生い立ちや父親などの肉親、身近なものに移り、対象に肉迫し対峙し、自身のこころの状態をもふくめて、リアリズムの手法で描くようになった。

『婦人公論』(大正一四年一〇月号)は、「人物評論(十)　宇野千代女史」として、生田長《ちょう》江《こう》「宇野千代子さんの芸術」、中條百合子「読者の感想」、尾崎士郎「女房禅」、木蘇《きそ》穀《こく》

「家庭の女房ぶり」、久米正雄「不思議な縁」を掲載。生田長江は「宇野千代子さんは少くとも小説家として、樋口一葉女史以来の人であらう」と絶賛する。

『新潮』（大正一五年六月号）の「宇野千代氏の印象」には、間《ま》宮茂《みやも》輔《すけ》「千代さんと云ふ人」、尾崎士郎「未完成である」、木蘇穀「宇野女史素描」、岡田三郎「一面識観」、久米正雄「不思議な縁」が載る。

尾崎士郎は「彼女の芸術観と私の芸術観との間には根柢において大きな溝がある」が、ともに生活するうえで互いの影響を知らずに受ける事からは免れない、と記している。木蘇穀は、「隅から隅まで意識が透徹し」「少し冷た過ぎた」これまでの作品に、「彼女の情炎」が盛られたなら、「樋口一葉になれる」のではないかとみている。

岡田三郎は「作品から来る暗い感じがつきまとつて」いたが、千代に会って驚く。「黒味勝の眼を持つた細面に、いかにも優しい女性的な身体の曲線美、小説なんか書きさうにもない、あたりまへな、すぐにも親しみを寄せられるやうな女の人」と書く。いずれも馬込時代の宇野千代を彷彿とさせる。

馬込は震災後、住宅地として開発され、森林が切り拓かれて、姿を変えていった。近くに住む上泉秀信《かみいずみひでのぶ》、室伏高信、吉田甲子《きね》太郎、榊山潤《さかきやまじゅん》、間宮茂輔らが尾崎家に集まり、毎晩のように文学論や人生論をたたかわせていた。千代が手際よく酒と料理を用意して盛り上がった。広津和郎《かずお》、萩原朔太郎、三好達治、川端康成なども馬込に移り住んできた。「馬込文士村」の中心が、尾崎家だった。

吃音気味の尾崎は、仲間たちに信頼されて人気があった。ストリンドベルヒやアルツィバーシェフの作品に傾倒し、ニヒルとデカダンに過ごした馬込の日々が、尾崎文学の基礎をつくった。その間の生活全般を千代が支えた。後年、千代は「青春の合宿のよう」と回想しているが、現実はかなり厳しく、当時書かれた二人の作品には、日常に潜む不安、焦燥がすでに色濃く現れている。

宇野千代「往来」(『中央公論』大正一四年一〇月号)は、馬込での日々を舞台に、現実にふたりを囲むそれぞれの家族、近隣の人たち、彼らを通して往来するいくつもの過去の記憶が織り込まれた作品である。自分の中を流れる父の血を怖れ、「自分が醸し出す憎しみの空気を吸はないでは生きて居られない」性格に怯え、継母に対しても「私はあの母を少しも愛しはしなかつた。今でも愛しては居ない」と書かずにはいられない。自分たちの幸福を「破壊の上に立つてゐる幸福」だと感じている。『新選宇野千代集』に収められた「家」「或る半日」「一事件」等々、「破壊の上に立つてゐる幸福」すら崩れ落ちそうな予感に満ちている。

尾崎士郎もまた、「河鹿《かじか》」(『新潮』大正一二年九月号)、「荏原郡馬込村」(『新潮』大正一三年

九月号)、「窓にうつる風景」(『中央公論』大正一四年八月号)、「悲劇を探す男」(『中央公論』昭和四年一月号)、「待機」(『改造』昭和一〇年一〇月号)、さらにそれらをベースにした『厭世的自叙伝』などに、千代との日々を詳しく書き残している。

おそらくは千代よりずっと早い時期に、情熱と名づけるしかない愛情から覚めている。「窓にうつる風景」に、彼の心の呟きを聞く。おせん(千代と重なる)と前夫との離婚が成立し、「私を脅かすものは何者もなくなつてしまつた」頃から、「おせんと私の関係にはすつかり黴《かび》が生え、私たちは、それぞれが独自の運命を疑う自由すらも奪われかけている」と思う。

千代が語らなかった二人の日常生活が浮かび上がり、破局への予感が濃い。すべてを支配しないではいられない千代の過剰な愛情が、尾崎には重苦しかったのかもしれない。相手を愛情で支配しなくてはいられない性格は、二人に共通していた。

尾崎が家を出たのは、一九二八(昭和三)年の正月だった。千代との関係を整理できないままに、銀座のカフェー・ライオンのウエートレスだった一七歳の古賀清子と暮らし始める。すでに尾崎の作家としての地歩も定まり、新たな生活を踏み出していく準備は整っていた。一九三〇(昭和五)年八月、離婚成立。千代も東郷青児との生活の中にいた。

『宇野千代全集』第一巻(一九七七年一二月)の「あとがき」に、八〇歳の宇野千代は次のように書く。

「処女作『脂粉の顔』から『独身倶楽部の話』まで、いまから六十年前かその後かに書いた小説ばかりを収録してある。こんな小説を誰が書いたか、と作者自身にとっても記憶にないものばかりだと言ったら、信じる人があるだろうか。しかし、私と言う作家が、どう言う道を辿って、脱皮し、脱皮し、そして到達したその道筋が眼に見えるようなのも、思えば恐しい経路である。この作者は何も知らなかった。獣が生きるようにして生きて来た。小説とは、暴れた世界をそのまま書くもの、とそう思ってでもいたのか。それでもなお、その中に、厳然と作者の本音が隠されているのを見て、言いようのない気持になった。」

この作品集を通して、ひたむきに、ひたすらに文学に生きていた、若い日の宇野千代の姿が浮かぶ。一九九六(平成八)年六月一〇日、宇野千代は九八歳の生を閉じた。「暴れた世界そのもの」の文学が放つ、光芒とエネルギーに圧倒されながら、今、あらためて作家の長い人生を思う。

作品解題

①「脂粉の顔」（大正一〇年一月二日『時事新報』、『脂粉の顔』、『宇野千代全集』第一巻収録）

「横浜の羽二重《はぶたえ》輸出会社の支配人である瑞西人《スイス》のフバーから、カフエの給仕女のお澄《すみ》が月額六十円の手当を宛《あて》がはれる談合には、何等《なんら》明白な条件と言ふものはなかつた」と作品は始まる。翌朝、目黒の競馬場見物に呼び出されて行くと「なよやかな羅《うすもの》の着物を、小さい骨組の形よく盛り上がつた肉の上に」無雑作に着こなした若い娘がいっしょだった。

お澄は自分の身なりの貧しさに引け目を感じ、厚化粧が昼の陽の中では場違いな「濃い脂粉《しふん》の牡丹《ぼたん》の花の様」であることに気がつく。無邪気で傍若無人な言動が周囲までを巻き込む娘に打ちのめされて「カフエの瓦斯《ガス》の光りの下で彩色《さいしき》美人の誇りを恣《ほしいまま》にした境涯が如何《いか》に安易なものであつたかを」思う。

翌日フバーから絶交状が届き、作品は「六十円の手当でも償ひのつかない、或むしやくしやした糟《かす》が胸の中へ溜つて何時《いつ》までも取れなかつた」と結ばれる。競馬場での娘の行動とその描写のしつこいいやらしさなど気持ちのいい作品ではないが、随所に作者の実感がちりばめられていて、初期の宇野千代文学の特色である「冷酷面を染むる底の女性心理の解剖」が、その萌芽を見せている。

②「墓を発く」(大正一一年五月号『中央公論』、『幸福』収録)

「自信は懸賞小説から／小川未明氏に私淑／階級組織の欠陥が主題／「墓を発く」の作者藤村千代夫人語る」の見出しで、一九二二(大正一一)年五月一五日付『読売新聞』は、「巣鴨の寓居」での「藤村千代夫人」へのインタビューを載せる。「墓を発く」の主題を千代は「女学校卒業当時、一寸の間小学校教員をしてゐた折の実感、それは階級組織の欠陥がどんなに人類の上に悲しむべき運命を齎《もた》らすかといふ事」と語る。

自ら体験し、感じた底辺の人たち、弱者への差別、不幸を、さまざまに描こうとする。炎天下の演習から脱落して、嘔吐し、よろめきながら進む二等兵、新知事が気まぐれに一斉試験をすると言い出したために、能力の低い子供を休ませ、機械的に教え込む授業が校長命令で出される。学校が好きな「唖の久太」は、父親の目を盗んで登校し、連れ戻そうとする父親と大騒ぎになる。が、主人公の吉子には為す術がない。

小さな文房具屋を営んでいる伯母(千代の継母の母親がモデル)の家に立ち寄れば、古参の体育教師が伯母を食い物にしていた。そのうえ、朝鮮で郵便配達をしていた近所の農夫の息子が、朝鮮人に殺されたことを知る。一九一〇（明治四三）年、日韓併合後、「重税に苦しむ」朝鮮人の暴動は各地で起きていた。吉子は身近なところでも朝鮮人に対する差別があることを思い浮かべ、「民族の行方」を考える。

不登校生徒を訪ねると、演習に荒らされた畑を一家総出で耕していて、補償費がすべて地主に支払われていたことを知る。学校では校長におべっかを使っている教員が「べたべたした長い袴《はかま》」を引きずり、「濃い脂粉の顔」した女教師と恋愛し、恋文を女生徒に持たせていることを目撃する。「何から何まで汚穢《おわい》だらけなのだ」と吉子は嘆くが、文遣いさせた女教師とは、かつての宇野千代自身の姿だった。

作品は後半三分の一で、吉子の異父の姉、兄が登場し、社会悲劇から家庭悲劇に転じる。実母に裏切られた少女期の心の傷を抱えたまま半狂乱で、母の墓を発きたて、その骨に怒りをぶつけてやりたい、と叫ぶ姉。危篤の床にいる兄は、おそらく冒頭に描かれた、炎天下の演習で熱中症にかかり脱落した兵隊なのだろう。

③「巷の雑音」（大正一一年八月号『中央公論』、『脂粉の顔』収録）

大塚に近い西巣鴨の家で、千代はひたすらに書き続けた。「一九二二・七・五」の脱稿日を作品末に記した一三五枚からなる「巷の雑音」は、「墓を発く」に続く社会派小説であり、千代自身のかつての東京での日々を重ね合わせることにより、リアリティが強まっている。初期・宇野千代文学の代表作である。

大正期、日本の手工業に導入された機械は、ミシンの形で家庭に入り込み、主婦の内職にミシン掛けが加わった。千代はその実態を描く。主人公お絹が、頭の中にまで鳴り響くミシンの音に起こされる場面から始まる。上京したお絹はまず月賦でミシンを手に入れる。ミシンこそが自分の夢をかなえてくれるように思う。

しかし請け負い仕事の工賃は驚くほど安い。四六時中踏み続けるミシンの音が頭の中を廻り、神経に刺さるようになる。そのうえ車に轢《ひ》かれそうな子どもを助けようと往来に飛び出し怪我をして、ミシンが踏めなくなる。ミシンは販売員によって持ち去られ、田舎から上京してきた弟のためにお絹はカフェの女給になる。

初めてチップを貰って、お絹は「これは正しくない仕事か。自分は媚を売ったか」と悩むのだが、「恥かしめ」の代償なのだと理解する。そしてそれは「白粉《おしろい》を塗り紅をさして」男たちに接するあらゆる階層の女たちと同じなのだと思い返す。「猫を膝に載せたお妾《めかけ》でなくとも、凡《すべ》ての家で凡ての女が、男に色を鬻《ひさ》いで」いるではないか。

書きながら、千代は札幌の近所に住む妻たちや叔母の家に集まる上流階級の女性たちを思い浮かべたことであろう。千代の意識の中ではカフェの女給も妻や娘も、男に「媚を売らないでは生きて行かれなかつた」という意味で同列だった。

さらに千代は、これまで書かれることのなかった〈カフェの女給〉の実態を明らかにした。朝八時に出勤した女たちは、まず朝食をとる。「豚小屋と言つた方がましであつた。便所と、貯蔵室とが両方に隣り合せ」た食堂で、ラングーン米が混じったご飯と、わかめが浮かんだ薄い味噌汁が与えられる。それから三時間、彼女等は「幾《いく》百の靴と草履《ぞうり》に踏躪《ふみにじ》られた化粧煉瓦《れんが》の床の上に、泥をなめる程、腹這《ば》ひになり乍《なが》ら、雑巾掛をし、拭《ふ》いても拭いても果しのない窓硝子《ガラス》の汚点《しみ》に、溜息《ためいき》と共に息をふきかけ、尚《なお》、卓子《テーブル》の上の飾付け、皿洗ひ、食器磨き」に従事する。

昼食の客が去ったあとも、また朝と同じ仕事が繰り返された。まさに「体《てい》の好い下女奉公」だった。店主に反発することもなく、女たちはひたすら「客が来るのを待ち受けて居た。朝からの激しい労働の腹癒せをする積りで居た。彼女等の頭は只《ただ》、チップの事許《ばか》りで、一杯になつて居た」。

客も、女給も、店主も、すべての人々を憎悪し、噛み付き、切り刻む鋭利な刃物のような宇野千代がいる。

「鶏の片足が、ナイフを一刺《ひとさし》入れただけで抛《ほう》り出されて居た。彼等はその一皿が、貧しい者の一日分の生活費に相当して居る事を知らないで居た。若しくは、知つて居て自分の結構な身分をみせびらかして居た」と書かずにはいられない。午後三時、客のいない店で、お絹は奈落のそこに引きずり込まれるようにうたた寝をする。夢の中で、爆発が起こり、女や男が逃げまどう中、「気狂ひのやうに、手を叩い」て「焼けつ了《ちま》へ！黒焦《こ》げになつて死んで了《しま》へ！」と叫ぶお絹の様子を描いて終わる。

のちの宇野千代が、その文学から捨て去ったものが鮮やかである。男たちの軽薄さ、女たちの卑しさの向こうに、矛盾だらけの現実の社会構造が浮かび上がってくる。燕楽軒時代、千代を追い回した今東光も、芥川龍之介も、久米正雄も、毎日五〇銭のチップを置いていた滝田樗陰をも、千代はこの作品でカリカチュアライズし、発いてみせた。

④「三千代の嫁入」(大正一四年二月号『中央公論』、『新選宇野千代集』収録)

『宇野千代全集』第一二巻末年譜(大塚豊子作成)には、一九一一(明治四四)年一四歳の項が、次のように記載されている。

「二月二十五日、弟文雄(四男)が生まれる。この夏、生母の姉にあたる藤村家(玖珂郡師木野村)の伯母から始めて実母のことを聞く。やがて従兄弟の藤村亮一、忠とも会い、父の命令で当時中学生であった十七歳の亮一のもとに嫁入りしたが、十日間ほどで実家に帰ったまま、再び戻らなかった」

満年齢だから、千代がしばしば数え年で「一五歳」と記していることと矛盾はしない。千代は一〇年岩国尋常小学校を卒業して、玖珂郡立岩国高等女学校に入学。女学校の二年生だった。「三千代の嫁入」には、千代と藤村家の長男との結婚の様子が描かれている。ほぼ事実にそったものと考えていいのだろう。

三千代は千代、吉村家は藤村家、〈伯母〉と記された吉村の主婦は、千代の生母土井トモの姉カツで、藤村武吉と結婚しハワイにわたり財産を手にして帰国、藤村は裁判所の雇員となった。長男の亮一は陽一、同じく中学生の弟忠は晃として登場する。病床にいる父親の命に逆らうことなど思いもよらず、村役場の代書をしている上田という老人が仲人となり縁談がまとまる。

「暗い夜であつた。お下げに、瓦斯紡績の羽織を着て、ひとりぼつちで連れられて行く花嫁を、誰も見るものはなかつた」と千代は記している。

吉村の家ではあかあかと電気がつき、座敷には膳が並べられていて、見知らぬ人たちが三千代を待っていた。結婚の祝いの宴がにぎやかに始まり、三千代は陽一と並んで坐らされ、言われるままに盃を手にした。その夜、三千代は伯母の横に寝るが、三千代と陽一の結婚は、母が生きていた頃からの約束だったと告げられる。自分が死ぬ前に先妻の娘を片付けておきたいと父親が思ったのだ、と三千代は理解した。

陽一は婚礼から抜け出して他所に泊まり、朝になって帰ってきた。弟の晃も、上田の養子になった三男芳雄もいっしょのにぎやかな朝食だった。伯母の家は自由で豊かだったが、三千代は自分を不幸だと思う。陽一の留守に三千代は彼の日記を読む。そこには三千代を嫌い、好きな娘のもとに泊まる日々が記されていて、三千代は自分がその娘に嫉妬していること、そして自分が色の黒い醜い娘であることに気付く。居場所のない孤独感でいっぱいになった三千代は、祭りの日、親類縁者の女たちが集まり宴会の準備でにぎわう吉村の家を出る。吉村に来てから一八日が経ち、その日は三千代の誕生日だった。町中の子どもたちが祭りに浮かれている中、そこに加わっていないのは、あの暗い家に住む弟たちだけだ、と三千代は思う。それでも「自分の坐るところは父の家。そして、その家から眼に見えない血脈に依つて送られる憎悪、不幸、冷酷は自分を包んで離さず、もう一度そこへ戻る事だけが、自分を救ふことを感じさせる」――そう思いながら眼鏡橋を渡り、父の家に向かう。

後年、千代が語るよりも、はるかに正式な嫁入りをしたことがここには語られ、生母の姉である伯母一家、のちに千代の夫となる弟の忠の姿も見える。

父の家と婚家とは、すべてに対照的だった。亮一が千代を嫌わなかったら、千代は藤村家の長男の嫁としての生を送ることになったのかもしれない。三千代を千代と重ね合わせるなら、誕生日の記述から推測して、婚礼は一一月一〇日の夜、家に戻ったのは二八日の夜ということになる。一四歳の花嫁が、ここに浮かび上がってくる。

⑤「ランプ明るく」（大正一四年六月号『中央公論』、『新選宇野千代集』収録）

「三千代の嫁入」の続きである。「土間の敷居のところで、若い母はランプの掃除をして居るらしくうづくまつて、お婆さんのやうだ」と始まる。明るすぎるほどに明るい伯母の家で暮らし、祭りの街を通ってきた三千代は家の暗さを改めて思う。ランプが暗いのは、母がランプのほやを拭くと、父が「吟味《ぎんみ》るな」と叱り付けるためだった。〈吟味るな〉とは「人前を繕《つくろ》ふな」の意で、父は怒りに震えながら叫び、母はそれを惧《おそ》れて、ランプは煤《すす》のために光が遮られるままになっていた。

三千代のいない間に、父は町外れの太子堂で加持祈禱《かじきとう》する巫女《みこ》を信じるようになっていた。翌日、上田老人が吉村の使いとして来て、婚姻は解消される。

発病から二年が経ち、死を待つばかりとなっていた父が、刃物を持ちだし「寄ると殺すぞ！」と言って往来に出た。

「一種凄惨な冷《ひやや》かさ」をこめた顔とはっきりとした声とは、病気になる前の、狂暴な父の甦りを思わせたが、「血走つた、けれどもどこか虚《うつ》ろな感じのする、あの、気狂ひの眼」をしていた。遠まわしに囲んだ近所の人々は痛ましげな顔をしていたが、まもなく起こるであろう惨事への意地悪い興味が渦巻いていた。三千代は父親の着物と足に汚物がこびり付いていることに気がついて、父を隠したかった。

駆けつけた堂守の女になだめられて、家に担ぎ上げられた後、父はもはや死んだも同然であり、家の中の空気はそのあと微妙に変わった。若い母も弟たちも「解放せられた囚人」のようだった。父親が死ぬと、生前は出入りしたことがなかった義母の母親が来て、「何と言ふ暗いランプ」と言ってほやを外して磨く。

妻に向かって父が意地悪く言い続けた〈吟味るな〉という言葉の意味を、執筆時の二八歳の宇野千代は、「嫉妬するかたちを借りて、たゞ妻の若さを責め、自分と同じやうに老いる事を強ひ」た、と述懐する。三千代に仮託して父を理解することが、千代にとってこの作品を書くことのテーマだった。文末に「(一九二五。二。二六)」と、脱稿の日付がある。

父俊次は一八五五(安政二)年、代々酒醸造を営む宇野家の次男に生まれる。生涯生業につかず、本家からの仕送りを受け放蕩無頼な生活をしていたが、時には馬を飼って競馬に出し、カナリヤや鶯《うぐいす》を飼育していた。何度か賭博で警察に勾留されもした。千代の生母の死後、一七歳の佐伯リュウと再婚した。

⑥「老女マノン」（昭和三年七月号『改造』、『新選宇野千代集』、『宇野千代全集』第一巻収録）

伊豆の山村の小料理屋で働いている年齢も経歴も不詳の「小母《おば》さん」を主人公とした物語である。三十代の女性作家の視点から「小母さん」が描かれ、そこに「小母さん」自身の若い日の回想がひとり語りで入り込み、やがて女性作家は、「小母さん」にわが身の末を重ねるようになる。「小母さん」の死を知った日、まぼろしに浮かぶその姿に、作家は映画で見た美女「マノン」の老いた姿を重ねるのだった。

「小母さん」は、若い日の自分をモデルにしたという有名作家の作品を、「私語り」の手法で織り込み、見事に解説・分析してみせる。この作品が芥川龍之介の短篇小説「葱」（『新小説』大正九年一月号）であることは知られている。

実際の「葱」を読んでみる。「大正八年一二月一一日」の脱稿日が文末に記されている。カフェの場所を神田神保町とし、女主人公お君さんは、一五、六歳の「色が白くつて、眼が涼しい」く、「竹久夢二君の画中の人物が抜け出したやうだ」と描かれる。お君さんは「近所の露路の奥にある、ある女髪結の二階」に間借りしている。部屋は「天井の低い六畳で、西日のさす窓から外を見ても、瓦屋根のほかは何も見えない」。

窓側に更紗の布をかけたちゃぶ台が机代わりに置かれ、上には「不如帰《ほととぎす》」「藤村詩集」

「松井須磨子の一生」などの書物や婦人雑誌が数冊。「一月六円の間代」「一升七十銭の米代」と「世智辛い東京の実生活」にあえぎながらも、お君さんは芸術に憧れていた。やがてお君さんは「無名の—まあ芸術家である」田中君に恋するようになる。田中君はお君さんをサーカスに誘う。筆者はお君さんが恋しているのが「芸術的感激が円光を頂かせた」田中君である、とわざわざ記している。

小川町の停車場に「怪しげな紫紺《しこん》の御召《おめし》のコオトの上にクリイム色の肩掛」をしてお君さんが現れる。サーカスに行くつもりのお君さんに対して、田中君の頭の中にあるのは「格子戸造の家」にどうやって連れ込むか、だけだった。が、お君さんは突然、八百屋の店先の「一束四銭」と書かれた葱を目にする。

お君さんは思わず葱を二束買う。埃風とともに葱の匂いが田中君の鼻を打ち、田中君は「世にも情無い眼つきをして、まるで別人でも見るように、じろじろお君さんの顔を眺め」、その夜は何事もなくお君さんは家に戻る。が、筆者は「カツフエの女給仕をやめない限り、その後も田中君と二人で遊びに出る事がないとは云へまい」と記して終わる。

「老女マノン」と重ね合わせて読むなら芥川龍之介の筆がたっぷりとした皮肉にみちていることがわかる。カフェに勤める田舎出の可憐な文学少女〈お君さん〉と宇野千代との差は大きいし、お君さんは田舎から出てきた少女の典型と言ってもいい。田中君のモデルが今東光であることも知られているが、「神田本郷辺のバアやカツフエ、青年会館や音楽学校の音楽会」あたりでゴロゴロしている青年の、典型でもあった。

興味深いのは「葱」に描かれたお君さんの部屋の描写である。男女の関係というより、芥川に頼まれて、千代が部屋を見せたのかもしれない。後年の自伝的作品から、燕楽軒時代の芥川龍之介は、不自然なほどに消されている。

作家として大成し、仏門に入りながらも洒脱な人柄で人気を集めていた今東光をクローズアップすることで、芥川を消したとも考えられる。今東光の側に憧れとひとつになった欲望があったとしても、後年、二人が語るような恋愛関係はなかった、と「老女マノン」は告げる。

芥川龍之介は一八九二(明治二五)年生まれ。すでに一九一七(大正六)年に『羅生門』『煙草と悪魔』の作品集を出版、颯爽と文壇にデビューしていた。一九一九年二月初めに塚本文と結婚しているから、千代との関係が進展するはずはなかった。

宇野千代と重なる女性作家は三十代。「老い」にはまだかなり間があるが、「一七歳の少女」古賀清子に夫の尾崎士郎を奪われたことが、自らの「老い」を千代に感じさせていたのかもしれない。

〔編集付記〕

一、本書を編集するにあたっては、以下の本文を底本とした。

「脂粉の顔」　『脂粉の顔』一九二三年、改造社
「墓を発く」　「中央公論」一九二二年五月号
「巷の雑音」　『脂粉の顔』一九二三年、改造社
「三千代の嫁入」　「中央公論」一九二五年二月号
「ランプ明るく」　「中央公論」一九二五年六月号
「老女マノン」　「改造」一九二八年七月号

一、本文中、差別的な表現が用いられている箇所があるが、原文の歴史性を考慮して、原文どおりとした。

一、左記の要項に従って表記がえをおこなった。

岩波文庫(緑帯)の表記について

近代日本文学の鑑賞が若い読者にとって少しでも容易となるよう、旧字・旧仮名で書かれた作品の表記の現代化をはかった。そのさい、原文の趣をできるだけ損なうことがないように配慮しながら、次の方針にのっとって表記がえをおこなった。

(一) 旧仮名づかいを現代仮名づかいに改める。ただし、原文が文語文であるときは旧仮名づかいのままとする。
(二) 「常用漢字表」に掲げられている漢字は新字体に改める。
(三) 漢字語のうち代名詞・副詞・接続詞など、使用頻度の高いものを一定の枠内で平仮名に改める。
(四) 平仮名を漢字に、あるいは漢字を別の漢字にかえることは、原則としておこなわない。

㈤　振り仮名を次のように使用する。
(イ)　読みにくい語、読み誤りやすい語には現代仮名づかいで振り仮名を付す。
(ロ)　送り仮名は原文どおりとし、その過不足は振り仮名によって処理する。
例、明に→明《あきらか》に

（岩波文庫編集部）

老女《ろうじょ》マノン・脂粉《しふん》の顔《かお》 他四篇

2019年6月14日　第1刷発行

作　者　宇野千代《うのちよ》

編　者　尾形明子《おがたあきこ》

発行者　岡本　厚

発行所　株式会社　岩波書店
〒101-8002 東京都千代田区一ツ橋 2-5-5
案内 03-5210-4000　営業部 03-5210-4111
文庫編集部 03-5210-4051
https://www.iwanami.co.jp/

印刷・三秀舎　カバー・精興社　製本・中永製本

ISBN 978-4-00-312222-8　　Printed in Japan

読書子に寄す

――岩波文庫発刊に際して――

岩波茂雄

真理は万人によって求められることを自ら欲し、芸術は万人によって愛されることを自ら望む。かつては民を愚昧ならしめるために学芸が最も狭き堂宇に閉鎖されたことがあった。今や知識と美とを特権階級の独占より奪い返すことはつねに進取的なる民衆の切実なる要求である。岩波文庫はこの要求に応じそれに励まされて生まれた。それは生命ある不朽の書を少数者の書斎と研究室とより解放して街頭にくまなく立たしめ民衆に伍せしめるであろう。近時大量生産予約出版の流行を見る。その広告宣伝の狂態はしばらくおくも、後代にのこすと誇称する全集がその編集に万全の用意をなしたるか。千古の典籍の翻訳企図に敬虔の態度を欠かざりしか。さらに分売を許さず読者を繫縛して数十冊を強うるがごとき、はたしてその揚言する学芸解放のゆえんなりや。吾人は天下の名士の声に和してこれを推挙するに躊躇するものである。このときにあたって、岩波書店は自己の責務のいよいよ重大なるを思い、従来の方針の徹底を期するため、すでに十数年以前より志して来た計画を慎重審議この際断然実行することにした。吾人は範をかのレクラム文庫にとり、古今東西にわたって文芸・哲学・社会科学・自然科学等種類のいかんを問わず、いやしくも万人の必読すべき真に古典的価値ある書をきわめて簡易なる形式において逐次刊行し、あらゆる人間に須要なる生活向上の資料、生活批判の原理を提供せんと欲する。この文庫は予約出版の方法を排したるがゆえに、読者は自己の欲する時に自己の欲する書物を各個に自由に選択することができる。携帯に便にして価格の低きを最主とするがゆえに、外観を顧みざるも内容に至っては厳選最も力を尽くし、従来の岩波出版物の特色をますます発揮せしめようとする。この計画たるや世間の一時の投機的なるものと異なり、永遠の事業として吾人は微力を傾倒し、あらゆる犠牲を忍んで今後永久に継続発展せしめ、もって文庫の使命を遺憾なく果たさしめることを期する。芸術を愛し知識を求むる士の自ら進んでこの挙に参加し、希望と忠言とを寄せられることは吾人の熱望するところである。その性質上経済的には最も困難多きこの事業にあえて当たらんとする吾人の志を諒として、その達成のため世の読書子とのうるわしき共同を期待する。

昭和二年七月

《日本文学（現代）》〔緑〕

怪談 牡丹燈籠　三遊亭円朝
真景累ヶ淵　三遊亭円朝
塩原多助一代記　三遊亭円朝
小説神髄　坪内逍遥
当世書生気質　坪内逍遥
役の行者　坪内逍遥
桐一葉・沓手鳥孤城落月　坪内逍遥
ウィタ・セクスアリス　森鷗外
青年　森鷗外
雁　森鷗外
山椒大夫・高瀬舟 他四篇　森鷗外
渋江抽斎　森鷗外
舞姫・うたかたの記 他三篇　森鷗外
ファウスト 全二冊　森林太郎訳
みれん　シュニッツラー 森鷗外訳
うた日記　森鷗外

森鷗外 椋鳥通信 全三冊　池内紀編注
浮雲　二葉亭四迷 十川信介校注
平凡 他六篇　二葉亭四迷
其面影　二葉亭四迷
今戸心中 他二篇　広津柳浪
河内屋・黒蜴蜓 他一篇　広津柳浪
野菊の墓 他四篇　伊藤左千夫
漱石文芸論集　磯田光一編
吾輩は猫である　夏目漱石
坊っちゃん　夏目漱石
草枕　夏目漱石
虞美人草　夏目漱石
三四郎　夏目漱石
それから　夏目漱石
門　夏目漱石
彼岸過迄　夏目漱石
行人　夏目漱石

こころ　夏目漱石
硝子戸の中　夏目漱石
道草　夏目漱石
明暗　夏目漱石
思い出す事など 他七篇　夏目漱石
文学評論 全二冊　夏目漱石
夢十夜 他二篇　夏目漱石
漱石文明論集　三好行雄編
倫敦塔・幻影の盾 他五篇　夏目漱石
漱石日記　平岡敏夫編
漱石書簡集　三好行雄編
漱石俳句集　坪内稔典編
漱石・子規往復書簡集　和田茂樹編
文学論 全二冊　夏目漱石
坑夫　夏目漱石
漱石紀行文集　藤井淑禎編
二百十日・野分　夏目漱石

五重塔	幸田露伴
運命 他一篇	幸田露伴
努力論	幸田露伴
幻談・観画談 他三篇	幸田露伴
連環記 他一篇	幸田露伴
天うつ浪 全二冊	幸田露伴
子規句集	高浜虚子選
病牀六尺	正岡子規
子規歌集	土屋文明編
墨汁一滴	正岡子規
仰臥漫録	正岡子規
歌よみに与ふる書	正岡子規
俳諧大要	正岡子規
獺祭書屋俳話・芭蕉雑談	正岡子規
金色夜叉 全二冊	尾崎紅葉
三人妻	尾崎紅葉
不如帰	徳冨蘆花
謀叛論 他六篇 日記	徳冨健次郎 中野好夫編
北村透谷選集	北村透谷 勝本清一郎校訂
武蔵野	国木田独歩
愛弟通信	国木田独歩
蒲団・一兵卒	田山花袋
田舎教師	田山花袋
東京の三十年	田山花袋
藤村詩抄	島崎藤村自選
破戒	島崎藤村
春	島崎藤村
千曲川のスケッチ	島崎藤村
桜の実の熟する時	島崎藤村
新生 全二冊	島崎藤村
夜明け前 全四冊	島崎藤村
藤村文明論集	十川信介編
藤村随筆集	十川信介編
にごりえ・たけくらべ	樋口一葉
大つごもり・十三夜 他五篇	樋口一葉
高野聖・眉かくしの霊	泉鏡花
歌行燈	泉鏡花
夜叉ケ池・天守物語	泉鏡花
草迷宮	泉鏡花
春昼・春昼後刻	泉鏡花
鏡花短篇集	川村二郎編
日本橋	泉鏡花
婦系図 全二冊	泉鏡花
外科室・海城発電 他五篇	泉鏡花
鏡花随筆集	吉田昌志編
化鳥・三尺角 他六篇	泉鏡花
鏡花紀行文集	田中励儀編
俳諧師・続俳諧師	高浜虚子
泣菫詩抄	薄田泣菫
有明詩抄	蒲原有明
上田敏全訳詩集	山内義雄 矢野峰人編

岩波文庫の最新刊

佐藤秀明編
三島由紀夫スポーツ論集

三島のスポーツ論、オリンピック観戦記集。名文家三島の本領が存分に発揮されている。「太陽と鉄」は、肉体、行為を論じて三島の思想を語った代表作。
〔緑二一九-三〕　本体七四〇円

開高　健作
夜と陽炎
耳の物語2

自伝的長篇『耳の物語』二部作の後篇。芥川賞を受賞して作家となり、ベトナム戦争を生き抜いて晩年にいたるまでを、精緻玲瓏の文章で綴る。（解説＝湯川豊）
〔緑二二一-三〕　本体七四〇円

井筒俊彦著
コスモスとアンチコスモス
―東洋哲学のために―

東洋思想の諸伝統に共通する根源的思惟を探り、東洋哲学の新たな可能性を追究する。司馬遼太郎との生前最後の対談を併載した。（解説＝河合俊雄）
〔青一八五-五〕　本体一二六〇円

バリントン・ムーア著／宮崎隆次、森山茂徳、高橋直樹訳
独裁と民主政治の社会的起源（上）
―近代世界形成過程における領主と農民―

各国が民主主義・ファシズム・共産主義に分かれた理由を、社会経済構造の差から説明した比較歴史分析の名著。上巻では英仏米中を分析する。（全二冊）
〔白二三〇-一〕　本体一一三〇円

……今月の重版再開……

武田泰淳著／川西政明編
評論集　滅亡について　他三十篇
本体八五〇円
〔緑一三四-一〕

近藤恒一編訳
ペトラルカ　ルネサンス書簡集
本体八四〇円
〔赤七一二-一〕

コレット作／工藤庸子訳
牝　猫（めすねこ）
本体六〇〇円
〔赤五八五-一〕

田口卯吉著／嘉治隆一校訂
日本開化小史
本体七二〇円
〔青一一三-一〕